モブ同然の悪役令嬢は男装して攻略対象の座を狙う

3

著　岡崎マサムネ
イラスト　早瀬ジュン

TOブックス

Mob douzen no akuyaku reijou ha dansou shite kouryaku taishou no za wo nerau

CONTENTS

イラスト 早瀬ジュン
デザイン モンマ蚕(ムシカゴグラフィクス)

CHARACTERS
登場人物＆関係図

エドワード・ディアグランツ

ディアグランツ王国の王太子
一見優しげな美少年

スキ♥

面倒くさい上司

スキ♥

頼れる親友

アイザック・ギルフォード

宰相家の三男坊
真面目系眼鏡キャラ

ロベルト・ディアグランツ

ディアグランツ王国の第二王子
エリザベスの元婚約者。脳筋。

スキ♥

過剰に
崇拝してくる弟子

スキ♥

かわいい義弟

クリストファー・バートン

バートン公爵家の養子
エリザベスの義弟

リリア・ダグラス

聖女の力を持つ乙女ゲームヒロイン
エリザベスと同じ転生者

スキ♥

私たち、
友達だよね？

プロローグ

いつもの時間に起床する。

秋になり、だんだんと日が出ている時間が短くなってきた。外はまだ薄暗い。

動きやすい服装に着替えて、日課のランニングに出かける。

徐々に明るくなる空を眺めながら、不意に実感した。

そうか――終わったのだ。

私は、やり遂げたのだ。攻略対象たちに、乙女ゲームの世界に、私は勝ったのだ。

清々しい気分だった。心地よい朝の空気がいつもより爽やかで、新鮮で、きらきらとしているように思えた。

ランニングを終えた後、シャワーを浴びて制服に着替える。

ダンスパーティーの騒動の後、休日を挟んで初めての学園だ。ずっと休んでいたので授業も久しぶりである。

いつものように整髪料を手に取って……やめた。

主人公（ヒロイン）――リリアに選ばれ、友情エンドを迎えた今、もう女子ウケを気にする必要はないのだ。

無理に他の攻略対象たちとの差別化を意識する必要もない。

それどころか、私の平穏のためには本来の「モブ同然の悪役令嬢」のように、攻略対象の誰かがリリアと結ばれるようアシストする側に回ったほうが良いくらいだ。

そう思った瞬間、また肩からふっと力が抜けた。

安心したような、重荷から解放されたような感覚。

それと、何とも表現しがたい虚脱感。これが燃え尽き症候群というやつだろうか。

髪は適当に梳かしておしまいにする。毎日セットするの、実は結構手間だったのだ。

今すぐに男装をやめるつもりはないが……いずれはその辺りも、考えなければならない時が来るのだろうか。

鏡を見る。

……いや、さすがにすっぴんは味気なさすぎる。無味だ。無味乾燥だ。

自分のテンションを維持するためにも、化粧はしておくのが良いだろう。

化粧道具を手に取って、すっかり手馴れた顔面の構築を開始した。

たとえルートが決まっても、ゲームが終わっても。日常はこんなふうに続いていくのだろうなと、何となく思った。

出来る限りその日常が、平和で平穏で、やさしいものであることを願ってやまない。

朝食の席に行くと、クリストファーが怪訝そうな顔で私を見た。

「あれ？　姉上、寝坊したんですか？」

そう来るか。

救急車だって、呼ばなければ来ません　―リリア―

ある日気がついたら、前世で大好きだった乙女ゲーム「Royal LOVERS」の主人公に転生していた「わたし」こと、リリア・ダグラス。

でもわたし、前世のときから三次元の男の人が苦手なんです。ちゃんと乙女ゲームできるか自信ないよ～！

聖女の力を使いこなすには、攻略対象と「真実の愛」を見つけないといけないのに！

ゲームの始まる学園編入の日、推しキャラの王太子と出会う……はずが、実際にわたしが出会ったのはゲームには登場していなかったイケメン公爵令息で……？

えぇっ⁉　この人モブなの⁉　やだやだ！　わたし、攻略するなら彼がいい！

だけど、わたしが彼を攻略しようとすると、ほかの攻略対象たちが次々に妨害してきて……？

ああもう、これからわたし、どうなっちゃうの～⁉

これは、わたしがイケメンモブ令息を攻略して「真実の愛」を見つけるまでの、どたばた純愛ラブコメディー！

はい。というわけで。

嘘あらすじから始まりました。リリア・ダグラスです。

それほど嘘じゃないところが困っちゃいますね。

「彼」が「彼女」であることを除けば、ですけど。

大違いじゃないか、と思いきや、実際その立場になってみるとそんなことはたいした問題じゃないと思えてくるので、慣れって不思議ですね。

ちなみに「これからわたし、どうなっちゃうの～!?」に対する解としては、「どうにもなりませんでした！」です。

そんなことある？

閑話休題。

メタ的な視点で言えば、ここから先のお話は、エピローグです。

いいえ、まだゲームは終わっていないんですけど。乙女ゲームって攻略するまでが本番、みたいなところ、ありません？

なのでわたし的には、ルート分岐が終わったのであとはもうエンディングまで一直線、という気持ちなわけで。

ここから先は、おまけというかアフターストーリーというか。余韻というか。

恋愛エンドなら甘々な展開だったり、攻略対象の暗い過去に迫る核心的なお話があるのでしょうけど、友情エンドですし。あってもなくても良いような、当たり障りのないお話です。

きっとエリ様もそのつもりでいるでしょう。もう終わったようなつもりでいるでしょう。

でも、正直言ってわたしは不完全燃焼です。

諦めていませんし、諦めるつもりもありません。このまま終わるつもりもありません。

そしてそれは、わたしだけではないはずです。

そういう意味ではカーテンコールと言えるかもしれません。

わたしを含む、不完全燃焼のキャラクターが勢揃いする、カーテンコール。

だからといって、物語が大きく動くような何かが起こるかといえば、それも疑問です。だってお
まけで、エピローグですから。

だけど、かっこよくて強いだけの「エリザベス・バートン」はいないかもしれません。

元気で無邪気なロベルトも、余裕の微笑みのエドワードも、馬鹿真面目なアイザックも、天使の
ように可愛いクリストファーも、いないかもしれません。

清楚で可憐な聖女……は、元からいないですけど。

望む展開が待っているとも限りません。何しろ友情エンドです。

それこそ「何でも許せる人向け」なのかもしれません。

そういう意味では蛇足でしょう。何度も言うように、おまけです。余韻です。

ま、エピローグが終わったところで、おそらくわたしの人生は続くのでしょうけど。

なんせ前世のわたし、死んでますから。

乙女ゲームのクリアと同時に元の世界に戻る、なんてことは起きないのです。火葬文化ですので、
戻る場所、ありません。

そういう意味では、やっぱりエピローグなんてものではないのかもしれません。わたしたちはまだまだ、これから先長いこと続くわたしや彼らの人生の、プロローグの途中なのかもしれません。

そうであるなら、わたしはあえてこう言いましょう。

言うまでもなくブラフであって、あらすじでもなく願望ですけど。

これは、わたしがエリ様を攻略して「真実の愛」を知るまでの軌跡を描く、超王道ラブストーリーであると。

◇◇◇

教室に着き、席に座るエリ様の後姿を見つけました。わたしは髪が乱れていないか確認してから、声を掛けます。

「お、おはよう、ございます！」

「あ、リリア」

エリ様が頬杖をついたままこちらを振り向き、ふにゃりと笑います。

今まで見たことのない、無防備な笑顔でした。

「おはよ」

その声は、いつもの完璧にかっこいいエリ様とはどこか違っていて。

角のない、どこか気の抜けたような……気だるげなような、それでいてどうしようもなく、甘い。

そんな声で。

表情も相まって、とんでもない色気を感じます。むんむんです。

そう。まるで朝目覚めた時、隣に寝ている女の子に向けられるもののようで。

妄想力豊かなわたしは、白いシーツに包まってベッドに寝転んだまま、上半身をはだけさせたエリ様がこちらに微笑んでくれている光景を幻視しました。

エリ様の様子に、背後からほうっとため息が聞こえます。

振り返ると、クラスの女の子たちが頬を染めてこちらを……エリ様を凝視していました。

いけない。奥ゆかしいご令嬢方には刺激が強すぎます。

これは、CER●Cどころの騒ぎじゃありません。R18です。

「え、エリ様、ちょっと、こっち」

「ん？　どしたの？」

くいくいと袖を引くと、エリ様は不思議そうに首を傾げながらもついてきてくれました。

廊下の隅っこまで引っ張ってきて、彼女に詰め寄ります。

「ど、どど、どうしちゃったんですか、その髪！　あと、その顔と、声！」

「髪？　ああ、セットせずに来たんだけれど……変かな？」

「いえ、死ぬほどイケメてますけど」

「ふふ、ありがとう」

ふっとやさしく微笑まれてしまいました。

いつもの余裕たっぷりの微笑みとも、わたしに愛おしそうな眼差しをくれるときとも違う。

やはりどこか気だるげで、優美で、妖艶でした。

何これ。全方位型イケメン砲(キャノン)？　殲滅兵器？

「ほ、ほんとにどうしちゃったんですかエリ様！　養殖ジゴロが天然ジゴロになってますよ!?」

「養殖ジゴロって、何」

わたしの言葉尻を捉えて、エリ様が首を捻ります。養殖は養殖です。

「ひ、表情も、声も、いつもと違う気がするんですけれど！」

「うーん、どうだろう。ちょっと気が抜けているかも。燃え尽き症候群ってやつかな」

「も、燃え尽き症候群……？」

「何というか……ずっと君に攻略されることだけ目指してきたから。ゲームが終わって次にどうしたら良いのか、自分でも考えあぐねているところで」

エリ様が軽く肩を竦めます。話し方も、普段の紳士っぽいものよりちょっと自然な感じでした。

これは、これで。ええ。これはこれで。

「まぁ、ほら。私のこういう姿を見たら、君も幻滅して攻略を諦めてくれるかもしれないし」

「いえ、むしろラブが募ってますけど。キャントストップラビニューですけど」

「女の子って難しいなぁ」

困ったように笑うエリ様。いや、あなたも女の子のはずなんですけれども。

「早めに幻滅しておいた方が君のためだと思うんだけど……ほら。新しい恋を見つけた方が、真実の愛とやらに近づけるかもしれないだろ？」

「それが、不思議なことに……『星の観測会』以降、聖女の力が強まっていまして」

わたしは自分の手を見つめます。

あの日以来、身体の中に巡っている「力の流れ」というものが分かるようになっていました。単純に命の危機だったからかもしれませんけど……たとえば、性別に関係なく、目の前のこの人を愛しいと思ったから、とか。利害に関係なく、ぼろぼろになって戦うこの人を癒したいと思ったから、とか。

そういう「真実の愛」っぽい感情を抱いたからなのではないかと、わたしは考えています。

今なら、捻挫やたんこぶくらいまでは自分で治せるでしょう。

「むしろ振られてさらに強まった感じがあるんです。つまり、諦めないのが真実の愛なのでは？」

「いや、それは世界が『力はやるからこいつはやめておけ』と言っているんじゃないかな？」

エリ様がまた苦笑いしました。

笑う時の仕草さえ、いつもと違って見えます。

いつもより口を大きく開けて笑っている気がします。

いえ、きっとそうです。エリ様検定一級のわたしが言うのだから間違いありません。

歯並びの良い歯がまざまざと見えて、それすらエロいのでもうだめです。意識が持っていかれそうになります。発禁です。ご禁制です。

「あ、あのですねエリ様。ちょっと、顔面がR18なので、もう少し気合いを入れてもらえると」

「あれ？　今もしかして私、悪口言われてる？」

「い、いえその、いい意味でR18なんですけども」

「いい意味とかある？」

わたしにツッコミをくれてから、一拍置いてエリ様がぷっと噴き出しました。

え？　何その顔。そんなに無邪気に笑うエリ様、初めて見たのですが？

スチル。スチルください。後で見返すので。網膜仕事して。

「やっと君の独り言にツッコめるようになった。ずっと我慢してたんだ」

「ず、ずっと？」

「うん、ずっと。君、独り言が大きいから。独り言以外にも結構普通に前世の話とかしていたし」

「……え？」

「はは、本当に自覚がないんだね」

一時停止してしまうわたしを見て、エリ様はまた、おかしそうに笑っていました。

「ほら、教室に戻ろう。リリア」

「うう……ま、待ってください……ちょっと、ショックが……」

行きとは逆に、エリ様に引っ張られて教室に戻ることになりました。

エリ様を注意するために連れ出したのに、目的の半分も果たせないままになってしまいました。

倒れるご令嬢が出ないといいのですが。

ていうかわたし、そんなに何でもかんでも口から出ていたんでしょうか。

それってまるで、イタい子みたいじゃないですか？

「ああ、ダグラス。そこにいたのか」

教室に戻ると、アイザック様から声を掛けられました。

珍しい、と思いました。エリ様と二人で過ごすことはそこそこありましたが、あくまでエリ様が中心の関係で、二人で話すことも少なかったので。

「昼休みに生徒会室へ来い。……王太子殿下がお呼びだ」

「お、王太子殿下が⁉」

思わず声を上げてしまいました。

隣に立つエリ様はもちろん、クラス中の視線がわたしに集まってきます。

クラスの女の子たちが「何故殿下が？」という目で見てきます。

当たり前です。一応聖女の端くれですが、ただの男爵家の養子のわたしにエドワード殿下がお声を掛けるなんて、本来ありえない事態です。

乙女ゲーム的展開でもない限り。

「え、エリ様……」

助けを求めてエリ様を見上げると、彼女はまったくもって興味がなさそうに、にこやかにわたしに向かって手を振りました。

わぁ、お手振りです。ファンサです。嬉しくないのは何故でしょう。

「行ってらっしゃい」

「い、一緒に、来てくれないんですか⁉」

「私、昼休みには昼食を取るという予定があるから」

「わたしもですけど⁉」

ダンスパーティーより前だったら絶対に一緒に来てくれたはずなのに、けろりとした顔で薄情なことを言うエリ様。これがあれでしょうか。釣った魚に餌はやらない、というやつでしょうか。

つくづくひどい人です。でも好き。つれないエリ様もそれはそれで良き。はぁ好き。好（ハオ）。

ひとしきり悶えてから、思考を戻します。

もとの乙女ゲームのとおりだったら、エドワード殿下が「主人公（ヒロイン）」を呼び出す事態は起こり得たでしょう。

だけど、おかしいです。

今更、この世界で乙女ゲーム的展開が起こるなんて、どう考えてもあり得ません。

だって、エドワード殿下を含め、攻略対象の四人は——。

わたしの、恋敵なのですから。

◇◇◇

「よく来たね、リリア嬢」

生徒会室に入ると、真正面にエドワード殿下が座っていました。

にっこり微笑んでいますが、目が笑っていません。ビビりなのでそのあたりは敏感です。バシバシに敵意を感じます。

なまじお顔が綺麗なだけあって、迫力満点です。目から冷凍光線的なものが出ていそうです。

椅子を勧められたので、黙って腰を下ろしました。断る勇気がないので言いなりです。

部屋を見渡すと、エドワード殿下の斜め後ろにはロベルト殿下が立っていました。そして机の左右には、アイザック様とクリストファー様が座っています。

攻略対象が揃っているところをこう正面から見ると、何というか壮観ですね。

皆さんとても整った顔をしています。直視したら目が焼けそうです。顔面偏差値が七十ないと生徒会室の敷居は跨げないのでしょうか？

まぁ？　言うて？　わたしのエリ様が？　いちばんかっこいいんですけどね??

そして皆さんがわたしを見る視線からは、やっぱり敵意を感じます。いえ、ロベルト殿下だけは特に何も考えていなさそうな目をしていますけど。

そもそも、ロベルト殿下が生徒会室にいるというのもおかしな話です。

クリストファー様は主人公と一緒に生徒会室に忍び込むイベントとかもありましたが、基本ここはエドワード殿下とアイザック様のテリトリーのはず。

エドワード殿下と折り合いの悪いロベルト殿下が生徒会室に来るというのは、記憶にある限りゲームでは起こらなかった展開です。あまつさえ、エドワード殿下の背後に控えているなんて……どのエンドでも見ることのなかった光景でした。

わたしが背後に視線を送っているのに気づいたのでしょうか。エドワード殿下がやれやれとため息をつきます。

「ギルフォードはともかく、他二人は部外者だから出て行ってもらうよう言ったのだけれど」

「部外者って言っても、生徒会の話をするわけじゃないですよね？　職権濫用って言うんですよ、そういうの」

「隊長に関する話でしたら、俺にも聞く権利があるはずです」

やいのやいのと話し始めた攻略対象たちを、眩しさに目を細めながら眺めます。

何だか顔の良い男たちが話しているなぁ、とどこか他人事のように思ってしまいました。

やっぱり顔はエドワード殿下が一番良いですね。推しの欲目かもしれませんけれど。

まさか推しと恋敵になるとは、前世ではとても思いもよらなかった事態です。今世でも思いもよりませんでした。

いくら推しでも、そこは譲れません。わたしは腐の者ではなく、夢の者です。

しばらく待ってみたものの、なかなか話が終わる様子がないので、恐る恐る手を挙げました。

「あ、あのう。ちょっといいですか？」

「ん？　ああ、何かな？」

「わたし、何で呼ばれたんでしょうか？」

当然の疑問に、エドワード殿下は優雅に足を組み替えてにこやかに返します。

「きみから情報を得ようかと思ってね。ほら、『友達』なのでしょう？」

やたらと強調された「友達」から悪意をビシバシ感じるのは、気のせいではないでしょう。

確かに、今のわたしは「友達」ですけど。じゃああなたはエリ様の何なんですか、というのが正直な気持ちです。

呼ばれた理由を察しました。これはきっと、牽制ですね。

振られたのだから、大人しく手を引けという。

「同じ人間を愛する者同士、協力し合おうじゃないか」

「……あの」

わたしは声を発しました。

若干上擦った声になってしまいましたけれど。

だって仕方がありません。怖いんです。

相手は王太子です。しかも超絶イケメンです。冷たい扱いをされたら心が折れちゃう、と思っていた相手です。

それでも。

それでもわたしは、ここで引きたくないと思ったから。

ここで引くのは、主人公（ヒロイン）らしくないと思ったから。

がんばって前を見て、攻略対象たちと対峙して、言葉を紡ぎます。

「ど、どうして、わたしとあなた方が同じ、みたいな言われ方、しなくちゃいけないんですか？」

わたしの言葉に、すっと殿下の瞳の温度が下がった気がしました。

こわっ。内心震えあがります。怒った美人ってどうしてこんなに怖いんでしょう。

「わた、わたし、確かに振られました。で、でもそれは、ちゃんと告白したからです」

震えそうになる膝を励まして、恐怖を振り切って、負けずに声を張り上げます。

「だ、誰か、言いました？　エリ様に、すきだって。と、特別だって。付き合ってって！」

首を巡らせて、四人を見回します。みんな、わたしからそっと目を逸らしていました。

わたしはふんと鼻を鳴らします。

そうでしょう、そうでしょう。誰一人、そんなことをしていないのです。

わたし以外は。

「それをしてないなら、あなたたちは一生、逆立ちしたって、わたしに勝てません」

現にエリ様は、彼らが自分をどう思っているかについてまったく気づいていないようです。

何なら興味もなさそうです。

わたしもずっと違和感はあったのですが、乙女ゲーム的な事情による強制力がわたしとエリ様を引き裂こうとしているものだと考えていたので、断定するには時間がかかりました。

確信したのは最近になってからです。エリ様が気づかないのも無理はありません。

そう、「誰も告白していないのである！」というやつです。

救急車だって、呼ばなければ来ません。

「安全圏からチラチラ察してチャンしてるだけの人に、勇気を出したことのない人に、同じみたいな顔されるの、ふ、不愉快です」

言ってやりました。目の前の四人から、怒気のこもった視線が降り注ぎます。

でも、そのくらいでは負けません。

いえ、実際のところめちゃくちゃブルっていますけど。

心象風景としては、四神に囲まれたチワワですけど。

わたしの好きになったひとは、このぐらいでは負けないひとだから。

虚勢を張って、胸を張ります。

「ど、土下座して靴とか舐めたら、アドバイスぐらいしてあげますけど」

わざとらしく鼻で笑ってみせます。挑発するように、小馬鹿にするように。

「わたし、エリ様と出会って、まだ、半年です。あなたたちは、もっと前からエリ様と出会っていたはず、ですよね？　なのに、追いつかれて、追い越されて。それでも、まだそんなところにいるんですか？　集まって、傷の舐めあいして」

不思議と言葉がすらすら出てきます。

何でしょう。これはあまり、主人公（ヒロイン）らしいムーブではない気がするのですけれど。

「そんなんじゃ、また鳶（とんび）に油揚げ、さらわれちゃいますよ。なんて。フヒ」

最後まで言い切りました。はぁ、すっきりです。

途中から、まるで自分のものではないみたいに口が動いた気がします。

苦々しげな表情でわたしを眺めていたエドワード殿下が、嫌味ったらしい様子を隠しもせずに言いました。

「きみ、リジーといるときとずいぶん態度が違うね。まるで別人だ」

「さぁ？　皆さんだって、そうなんじゃないですか？　エリ様の前では、見せたい自分を演じてるんじゃないですか？」

わたしの言葉に、誰も言い返しませんでした。

極論、人間なんてみんなそうです。

他人と接するときに、本当に「ありのままの自分」でいられるひとなんて、いるんでしょうか。

「そもそも、わたしがどんな人間か、とか、分かるんですかね？　わ、わたしだって、分かってないのに」

目を伏せて、肩を竦めて返します。ふと気づきました。

ああ、これ、エリ様がよくやっている癖ですね。アイザック様とかロベルト殿下と一緒にいるときによく見るやつです。呆れていますよ、というポーズです。

「とやかく言われる、筋合いないです」

「……『友達』に似て、ずいぶん性格が悪いようだ」

「……デュフ。そうかもしれません」

エドワード殿下の言葉に、はっとしました。そしてにやりと、出来るだけ不敵に笑います。

なるほど。そうですね。それはあり得る話です。

エドワードルートなら、王妃にふさわしい女の子。

ロベルトルートなら、負けん気の強い女の子。

アイザックルートなら、賢く清楚な女の子。

クリストファールートなら、母のような愛を持つ女の子。

攻略対象たちがそうであるように……主人公も、どのルートに進むかによって少しずつ、彼らの影響を受けているようでした。

そうだとすれば、わたしの口から言葉がするすると出てくるのも納得です。

「だって、わ、わたしが選んだの……悪役令嬢ルート、ですから」

頭も良いし真面目だし眼鏡だし

「今日は、転入生を紹介する」

ある日の朝。担任教師の言葉に、クラス中がざわめきに包まれた。

リリアが四月に編入してくることだって異例の事態だったのに、この十月にもなって転入生が入ってくるなどほとんどあり得ないことだ。

ちらりとリリアに視線を向けると、彼女は小さく首を振る。リリアも知らない展開のようだ。

担任教師の案内で、転入生が教室に入ってくる。

この国の人間と比べれば、少し浅黒い肌の男だ。長い黒髪をひとつに括り、背中に垂らしている。

狐目というのか、少々吊りあがった目をしているが……その唇がにっこりと弧を描いているので、きつい印象はない。

一見すると人当たりがよさそうで、柔和な風貌の男だ。

総合的には、どこか前世で言うところのアジア系の雰囲気がある。そしてとにかく、顔が良い。

彼の姿に、私は目を見開いた。おそらくリリアも同じ顔をしているだろう。

「東の国からきましタ、ヨウ・ウォンレイと申しマス。東の国の第六王子デス。半年という短い期間の留学デスが、どうぞよろしくお願いいたしマス」

彼は両手の拳を身体の前で突き合わせて、異国風の礼をする。

ヨウ・ウォンレイ。

隣国の王子であり……ゲームでは二周目以降のプレイでしか出会うことのできない隠しキャラである。

つまり彼は……攻略対象だ。

身体を起こした彼と、目が合った。

「じゃ、ウォンレイの席は……」

ヨウが話している教師の隣を素通りして、私の席の横まで来て立ち止まる。

あれ。彼の出会いイベントは確か、いきなり初対面の主人公（ヒロイン）相手に求婚するというものだったはず。そこで立ち止まるのは、おかしい。

「失礼ですが……聖女の席はもうひとつ後ろですよ」

小声で伝えてみた。前にもこんなことがあった気がするが、何だったか。

やれやれ、また善行を積んでしまった。これは来世は安泰だな。知らんけど。

ヨウは私を見て、ぱっと表情を輝かせた。

「何と美しい方でショウ！　ワタシはアナタと出会うために、ここへ遣わされたのですネ！」

「は？」

彼が跪き、そして。

私の手を取って、口付けた。

「麗しいお嬢サン。お名前は？」

「……リリア」

私は首を巡らせて、リリアに助けを求める。

「この方に聖女の祈りをお願いできるかな？　強めのやつを頼むよ。どうやら目を患っておられるようだ」

「ワタシの目はおかしくなどありまセン！」

「では問題があるのは頭ですね」

「ワタシはアナタに一目惚れしましタ！　どうかワタシと結婚してくだサイ！」

結婚。

……結婚？

「リ、リリア！」

「そ、それが……さっきから聖女の祈りをかけまくってるんですけど……効果ありません！　そ、その人、正気です！」

私も大概だがお前もなかなか失礼なやつだな。

私だって年頃のご令嬢、リップサービスの求婚ぐらいされたこと……ないな。当たり前である。

ご令嬢に囁く求婚まがいの台詞の引き出しは山ほどあるのだが、男性からお世辞で求婚を受けた場合のうまい躱し方の引き出しがない。

答えに窮してしまった。

しかし、そうだ。ご令嬢たちからの「バートン様が婚約者だったらよかったのに……」は割と頻繁にお寄せいただいている。それと同じだ。

前例を踏襲して対応しようと、私はにっこりと彼に微笑みかけた。

「ありがとうございます。貴方のように素敵な方にそう言っていただけて、私も嬉し」

「ダメです！」

「もが」

突如背後から、誰かが私の口を手の平で覆う。

声からしてロベルトだ。私の背後を取るとは、なかなかやるな。

「先生」

アイザックの呼びかけで我に返った担任教師が、ぱんぱんと手を叩く。

「はいはい、お遊びはそこまで。ほら、授業始めるから席につけ」

「お遊びではありまセン！」

「分かった分かった。楽しそうだね、どうも。授業後にやんなさい」

心底迷惑そうな先生に促され、ヨウが渋々と言った様子で私の手を離した。

さりげなく服で手の甲を拭う。

「鳶だ……」

リリアがぽつりと、大きな独り言をこぼした。

窓の外を見てみたが、鳥の姿は見つけられなかった。

「ああ、麗しい人……どうかワタシにその名前を呼ぶ権利を」

休み時間になって早々、ヨウがまた私の席の横までやってきて跪き、芝居がかった調子で話しかけてきた。

何だろう、これ。私はいったい何に付き合わされているんだ？　砂を吐きそうだ。

とりあえず、私の手を取ろうとする彼の手を握り、引っ張り起こして立ち上がらせた。

自然に握手をしている風を装って、社交辞令の挨拶をする。

「お初にお目にかかります。バートン公爵家が長女、エリザベス・バートンと申します。どうぞ、お見知りおきを」

「おお、何と素敵な名前でショウ！　どのようにお呼びすれば？」

「好きに呼んでくださってかまいませんよ」

「では、ワタシの美しい駒鳥、と」

「…………バートンでもエリザベスでも、好きな方でお呼びください」

予想の斜め上を行く球を投げてくるな。

会話をする気がないとしか思えない大暴投である。

黒々とした目が爛々と輝き、私を見つめている。そこに映る自分の笑顔がわずかに引き攣っているのに気がついた。

まずい。相手のペースに呑まれてはいけない。

「では、エリザベスと」

「ええ。よろしくお願いいたします、ウォンレイ様」

「ヨウでかまいまセン！」

「ヨウ様」

「様も敬語もいりまセン！　ワタシたちの仲ではありませんカ」

仲も何も初対面だ。

正直敬う気持ちは欠片も起こらないが、そうは言っても相手は他国の王子様である。外交問題になったらどう責任を取ってくれるのか。

同じ王族に聞こうとロベルトに視線を送ると、ぶんぶんと首を振られた。

「俺に外交のことが分かるわけないじゃないですか！」と顔に書いてある。それもそうだ。

仕方ない。一応学園内では身分の差はないものとして扱うことになっているわけだし、何かあってもせいぜい学園長の首が飛ぶ程度だろう。

「よろしく、ヨウ。それじゃ、私は用事があるから、これで」

「え？」

「行くよ、リリア」

「え？」

するりとヨウの前から抜け出して、後ろの席で様子を窺っていたリリアを小脇に抱える。

そのまますたすた歩いて、颯爽と教室を抜け出すことに成功した。

追いかけて来られてはたまらない。適当な窓を開けて、目で隣の校舎の屋上までの距離を測る。

「え、エリ様？　あ、ああ、あの」

「ちょっと、落ち着いて話が出来るところに行こう」

窓枠に足を掛けて、跳躍する。リリアの悲鳴が聞こえたが、黙殺した。


屋上に降り立って、リリアを降ろしてやる。

彼女は生まれたての小鹿のようになっていたが、やがてへたり込んでしまった。

「あれ。君、高いところ苦手だっけ？」

「に、苦手とかの問題じゃないと、思います……」

ぜーはー言っているリリアの背中を摩(さす)ってやっていると、だんだんと真っ青だった顔に血色が戻って来た。

私としては届く見込みがあるから跳んだわけで、少しは信用してもらいたいものである。まぁ、日頃の行いというやつだろうが。

リリアの隣に座って、話を切り出す。

「ヨウ、何を企んでいるんだろう」

「案外、本当にエリ様がタイプなだけかもしれませんよ？」

「そもそも論、私、女に見えるか？」

「……まったく」

「だろう？　なのに、初対面で私を女だと断定して求婚してきた。事前に情報を持っていたとしか思えない」

ゲームの中の彼は、一見人当たりがよい片言キャラとして描かれてはいたが、裏の顔は聖女のことを探るために東の国が送り込んだスパイである。

大人たちに政治の道具として利用されていたところ、本来心根のピュアな彼は主人公と過ごすうちに本当に彼女のことを愛してしまう、という筋書きだ。

この世界でも、スパイとして送り込まれている可能性は十分にある。

だが理由が分からない。私はただの公爵令嬢だし、いまや王族の婚約者でもない。

自慢することではないが公爵家では私にまったく発言権がないので、スパイ行為をするほどの価値があるとは思えないのである。

かと言って原作どおり聖女狙いなら、それこそゲームのようにリリアに近づくべきだ。私に近づくことにメリットがない。

もっと何か、裏があるような気がする。

「それに、何となくだけど……彼からは私と同じ匂いがする」

「同じ匂い？」

「他人を騙すことを何とも思っていないって匂い」

リリアが息を呑んだ。私がそういう人間だということは、彼女が一番、身をもって理解しているはずだ。

「で、でも！　ヨウ、ゲームではそんなキャラじゃなかったですよね？　確かにスパイだけど、それは仕方なくやってるって感じでしたし、基本ピュアで押しの強い片言キャラっていうか」

「ロベルトだってゲームではあんなキャラじゃなかっただろ？　ゲームと変わっていたっておかしくない」

「それは、そうかもですけど……」

「じゃあ君の言う通り性善説に則って、彼がピュアで押しの強い片言キャラだと仮定する。スパイなのはゲームの設定どおりだとする。その場合、聖女を探るという目的や彼自身の性質は変化していないのに、聖女への求婚を蹴って本心から私に求婚してきたことになる。だとすれば、それが示すのは……」

一拍置いて、私は結論を述べる。

「彼は男が好きだということだ」

「え、ええええ」

リリアが大袈裟に仰け反った。とても他人様を左固定呼ばわりした人間の反応とは思えない。

本当は男が好きだけれど王子なので女性と結婚しないといけない、という状況で、見た目だけでも男ならまだマシだと思って求婚してきた可能性はある。というかそれしか考えられない。

「ヨウも隠しキャラですけど、攻略対象ですよね!?　ゲームではちゃんと主人公と結ばれてましたよ!?　エリ様のことも、ちゃんと女性と認識してましたし、おすし」

「じゃあ両刀だな。別に珍しくもない」

より正確に言うなら、どちらかと言えば男性が好きな両刀、ということだろう。

子孫繁栄至上主義のこの国の貴族ですら、男性しか愛せない男性がカモフラージュに結婚をしたという話や、夫が執事見習い(フットマン)に手を出していたことが分かって離縁した妻の話など、その手の噂には事欠かない。

まぁ、文化が違うであろう東の国で、そのあたりの扱いがどうなっているかは分からないが。

「東の国は男同士でも結婚できるのかもしれないしね」

「……それは、女の子同士でも結婚できる国ってことですかね」

「……リリア、目が怖いよ」

「エリ様の害になるようなことは、何もしませんよぅ」

「君の思う危害と私の思う危害が一致していない気がする」

やれやれとため息をついた。

最近めっきり肉食聖女と化していて、対応に困ってしまう。

「私は裏があると踏んでるけどね。相手が本当に自分のことを好きなのかどうかくらい、接していたら分かる。こう見えて、私は君に攻略されるために十年やってきたんだ。その辺りの機微にはかなり明るい方だと思うよ」

「こんなに『お前が言うな』なことってあります？」

心外だ。

ダンスパーティーでの失態を未だに引きずられているらしい。好みのタイプをきちんと答えられなかったのは確かだが、それは自分ごととして物事を考えていなかったからである。

他人のそういった機微に気を配る能力については、人並み以上だと自負している。

「ゲームどおり君に求婚していてくれたらよかったのに。私が彼なら絶対にそうする」

「お、おま言う……」

「私はほら、モブだし、一応悪役だから。でも彼は違うだろう。君のことを好きになるべくして作られた存在のはずだ。それでこそ攻略対象だというものだ」

ここは乙女ゲームの世界である。

ここで暮らしてみて、実際に攻略対象と接してみて、彼らも一人一人が人間として生きていることは理解している。

だが、それでも「乙女ゲームの世界機構」というものが確かに存在していることを私は……私たちは知っていた。

あの罷が最たるものだ。イベントや設定、強制力。そういったものが、この世界にはあるのだ。

「他の攻略対象だってそうだよ。私の妨害さえなければ、きっとすぐに君を好きになっただろう」

「妨害と言えば、ま、妨害ですかね。……いろんな意味で」

リリアがすっと私から視線を逸らした。

彼女を攻略対象たちから横取りしたのだ。妨害と言わずして何だと言うのか。

「それがもともとの主人公と攻略対象ってもののありかたのはずだ」

「確かに、主人公だからっていうのもあると思うんですけど。わたしは『聖女』だからっていうのが大きいと思うんですよね」

リリアの言葉に、私は首を捻る。

ゲームの主人公は聖女だったからこそ学園に入学できたし、聖女の力で攻略対象を助けた。

聖女だからこそ身分の高い彼らと結ばれることが許された。

だがそれは、「聖女だから愛された」というわけではないと思うのだが。

「せ、聖女の力に目覚めてから、いろいろ聖女のことを調べていて、知ったんですが……教会の記録を読み解くと、どうも聖女というのは、治癒魔法的な『聖女の祈り』だけじゃなくて……いわゆる『魅了（チャーム）』の魔法が使えるみたいなんです」

「魅了（チャーム）？」

「だ、だって、おかしいと思いませんか？　いくら美少女だからって、みんながみんな、ぽっと出の、庶民の普通の女の子のこと、好きになるなんて」

「ロベルトがチョロすぎるだけじゃないのか？」

「ロベルト殿下はチョロいですけど」

即答だった。

おお、ロベルトよ。気の毒に。

「人間ですから、こう、好みってものがありますよね？」

「ああ。百点の顔だけど好みじゃない人と、顔が七十点だけど好みドンピシャの人がいたらどうする？　って話か」

「み、身も蓋もないことを……」

よく聞く言説を伝えてみたところ、若干引いた顔をされた。

時々リリアのツボが分からない。早く幻滅してもらいたいので、引いてくれるのは大歓迎だが。

「それを解決するのが、魅了(チャーム)なんだと思うんですよ。それなら、記録でやたらと聖女が美しく素晴らしい存在として描かれていることにも説明がつきますし」

「それ、どちらかというと聖女じゃなくて、魔女なんじゃ……」

「だから、魔法だって言ってるじゃないですか。思うに、教会に与したものは聖女、異教徒は魔女、とか。そんな感じなんじゃないかと」

そう言われても、にわかには信じがたい話だ。

この世界はもともとファンタジー要素がかなり薄い。続編はもう少しファンタジー色が強かったが……無印のこの世界にある魔法らしいものは聖女の持つ癒しの力くらいだ。

突然魔法だなんだという話をされても、ピンとこなかった。

「感じたこと、ないですか？　わ、わたしを見ていてこう、何だか無性に愛おしく思えたり、頭がふわふわして何も考えられなくなったり」

「あれは君のしわざだったのか……！」

思わず膝を打った。

どうにもおかしいと思っていたのだ。

私は我が身が一番可愛い。自分の利益が最も大切だ。そのために十年、様々な努力を積み重ねてきた。多少の罪悪感は抱いたとて、そしていくら相手が絶世の美少女であったとて、目の前の女の子への情などというものが我が身可愛さに勝るわけがないのである。

しかし、彼女を見ていて不意に、手放したくないと思ったり、私も彼女を愛しているのではないかという思いが湧き出ることがあった。

それも唐突に、何の前触れもなく。

どこか頭がぼーっとして、他のことに思考が行かなくなる。身体が勝手に動く。

そんな妙な感覚に、何度か覚えがあった。

そしてそのときの感情は、彼女から離れたり、他の物事に気を取られたりするとふつりと消えるのだ。本当にそこに私の意思があるならば、一瞬で消えてしまうわけがない。

「わ、わたしの場合、それほど強くはないみたいですし……もともと、誰彼構わずかかるようなものじゃないみたいです。と、当然ですよね。親兄弟に効いたりしたら地獄ですから」

「急にCER●指定が上がりそうなことを言うのをやめてくれるかな?」

「『血縁者』と『心に決めた相手がいる人』には通じないみたいなんです。純真無垢な聖女の存在が、愛し合う二人を引き裂くようなことがあってはいけませんから」

それは何とも「真実の愛」とやらを重視する乙女ゲームらしいシステムだな、と思った。

婚約者がいるとか結婚しているとかそういう対外的なものではなく、内在的な「心」なるものが制約になっているというわけである。

確かに、ゲームの中のロベルトとエリザベス・バートンの関係性は「心に決めた相手」と呼べるようなものではなかっただろう。

「あ、あと、いわゆるモブほどよく効くみたいで」

「逆じゃないのか？」

「ネームドの敵キャラには即死が入らない、というか」

「なるほど、分かりやすい」

道理で、クラスメイトの顔が溶けているのにアイザックとロベルトはけろりとしていたわけだ。

アイザックはともかく、チョロさに定評のあるロベルトはそういった催眠術的なものにかかりやすそうに思うのだが……私の方がかかりやすいと言われると、彼より単純だと言われているような気がしていささか釈然としない。

「ほ、本当にモブだって言うなら、エリ様にはもっとがっつり効いていてもおかしくないと思うんですけどぉ……」

「効いてはいると思うよ。何度か心当たりがある」

「もっとこう、その。目がハートになって『リリアたんしゅきしゅき！』ってなるはずなんです」

「なってたまるか」

苦笑いしてしまった。

仮にその状態になったとして、果たしてそれは嬉しいのか？　それこそ百年の恋も冷めそうだ。

呆れる私を見つめていたリリアが、ぽつりと呟く。

「エリ様にわたしの魅了が効くってことは……まだ、チャンスはあるってことですよね」

「え？」

「ほかの誰かと、結ばれてないってことだから」

私は黙って無反応を決め込んだ。そりゃあ私には「心に決めた相手」なんてものはいないが、だからってそれがリリアになるわけでもないだろうに。

どうしたら諦めてくれるものかと、彼女の琥珀色の瞳を見つめて思案する。

女らしくしてみる？　ダメだな、あまり自信がない。

いっそヨウに靡（なび）いたフリでもしてみるか？　……いや、普通に私が嫌だな、それは。

もし今あっさり彼に靡いたところなど見せようものなら、他人から「男装していたけど本当は女の子扱いされたかったに違いない」とか邪推されそうだ。

男装しているご令嬢はそういうものだと思われてしまったら、全国の男装令嬢の皆さんに申し訳が立たない。いや、何人くらいいるのかは知らないが。

私は特に男扱いされたいわけでも女扱いされたいわけでもない。

強いて言うなら人間扱いはされたいところだが……御し易い人間として扱われるのは癪に障る。

「も、もちろん、魅了の力じゃなくて、本当に、わたしのこと……す、好きになってほしいんですけど」

「おや、主人公（ヒロイン）っぽいことを言うね」

「だって、魔法で好きになったフリだけさせても、気持ちがなかったら虚しくないですか？」

「うーん。気持ちって結局、目に見えないだろう？　結果として目に見えて起きる現象が同じなら、そこに大した差はないと思うんだけど」

「……エリ様って、分かっているような顔しておいて、意外と分かってないですよね……」

「よく言われる」

その辺りはもう、考え方の差だろう。諦めてもらうしかない。

もちろん理解はしている。共感していないだけで。

「そ、そういえば。エリ様って、ロイラバは誰推しだったんですか？」

「ん？」

「だから、ゲームやってたとき、誰が一番好きでした？」

「何、急に」

「いえ、今後の参考に」

「参考……？」

私は首を捻った。リリアが黙って続きを待っているようだったので、軽く肩を竦めてみせる。

やれやれ、彼女は何を言っているのだろう。

「そんなの、決まってるじゃないか」

リリアがごくりと唾を呑む音が聞こえた。

勿体つけるほどのことでもないので、淡々と返事をする。

「その時攻略しているキャラが一番好きだったよ」

「は？」

「え？」

彼女が聞き返してくるので、私も聞き返してしまった。

「え、リリアは違うの？」

「わ、わたしは王太子推しだったので……え？　普通、推しって出来ませんか？　みんな良いけどやっぱり誰それが一番かっこいい！　みたいな……」

「じゃ、エドワードしか攻略していないの？」

「いえ、隠しキャラのヨウも気になってたし、もともとスチルとか全部埋めたいタイプなんで全員全ルートクリアしました。あ、王太子の恋愛ルートと大恋愛ルートは何周もしましたけど」

やはり予想通り、なかなかやりこんでいたらしい。

ますます不思議だ。王太子が好きならそのルートだけやっていた方が効率的だし、精神衛生上もよさそうに思える。好きではないキャラクターの友情エンドとか、苦痛でしかないだろう。

「それだと、好きでもないキャラをコンプのために攻略してるってことにならない？　それは本命に対しても他のキャラに対しても不誠実なんじゃないかと思うんだけど」

「ふ、不誠実……」

私の言葉に、リリアがよろりとよろける。

彼女はまるでモンゴリアンデスワームでも見るような目でこちらを見ていた。

「そんな心持ちで乙女ゲーやる人います……⁇」

「ここにいるけど」

「げ、現実では不誠実なのに……？」

「それを言われると返す言葉がないなぁ」

笑いながら、私は立ち上がる。

だいぶ時間が経ってしまった。昼休みは昼食を取るための時間だというのに、散々である。

食堂のマダムに頼んで、適当にさっとつまめるものでも包んでもらうとしよう。

◇◇◇

「エリザベス！　どうかワタシに学園を案内してくだサイ！」

帰ろうとしたところで、ヨウに捕まった。

にこにこと愛想よく微笑む彼とは対照的に、私の眉間には皺が刻まれていく。

「断る。何で私が」

「アナタのその鈴を転がすような声で教えてくださったら、すぐに覚えられる気がしマス」

こんなに低い音の鈴があってたまるか。

目の前の男のせいで、私の声はテンションと共に絶賛地を這っている。神社の賽銭箱の上の鈴だってもうちょっと軽やかな音が鳴るだろう。

「そういうのは、……生徒会の人間にでも頼むといい。な、アイザック！」

「は？」

虚を衝かれた表情でこちらを振り向いたアイザックの肩を抱き、ヨウに紹介する。

「彼はアイザック。生徒会に所属していて、頭も良いし真面目だし眼鏡だし、私よりよっぽどいい案内役になるよ」

「おい」

じろりとこちらを睨むアイザックに、頼むよとウィンクを飛ばす。

文句を言おうと口を開きかけていた彼が、ぐっと口をつぐんだ。

「ノー！　ワタシはアナタに……」

「……いいだろう」

アイザックがヨウを手で制し、眼鏡の位置を直しながら私とヨウの間に割って入った。

ゲームをやっているときから疑問だったのだが、ヨウの見た目はどちらかと言えばアジア系なのに片言が英語交じりなのは何故なのだろう。

ライターの片言キャラのイメージによるものだろうか。

アジアっぽく「なんとかアル！」みたいな感じでも良かったんじゃないかと思うのだが……いや、そうすると真面目なシーンが一段と締まらないような気はするが。

「案内してやる。二度と質問する気が起きなくなるくらい、微に入り細を穿ち」

さすがアイザック。頼りになる。持つべきものは親友……いや、大親友だな！

肩を叩いて、小声で彼に耳打ちする。

「サンキュー、アイザック！　愛してるよ！」

「……僕もだ」

「はは。君、たまにノッてくるからびっくりするな」

笑う私を横目にちらりと見て、アイザックはやれやれとため息をついていた。

基本は馬鹿真面目なのだが、意外と軽口も叩くし貴族らしい言い回しをしたりもする。

それが驚くほど真面目な顔で言うわ、そもそも冗談が似合わないわで、妙にシュールで毎回笑ってしまう。卑怯だ。

私たちの様子を見ていたヨウが、ぱちぱちと目を瞬いた。

「二人は、仲が良いのデスね？」

「ああ、うん。親友だからね」

「親友？」

首を傾げるヨウの言葉に頷いてみせる。

視線を向ければ、アイザックも私をちらりと見て頷いた。

「……そうだ。だから、困っていたら手を貸す。あまり僕の手を煩わせないでもらおう」

「親友なら、恋路に口出しすべきではありませン」

何が恋路だ。一度辞書を引いてから出直してもらいたい。その路は行きどまりだ。

「親友だから口出しもする」

何やら笑顔で圧を掛けるヨウに対して、アイザックは一歩も引かなかった。

そして当然と言った様子で、胸を張ってヨウに告げる。

「親友は、恋愛相談にだって乗るものだろう」

乗ったこともないくせに大きな口を叩くアイザックだった。

気持ちはありがたいのだが、仮に相談事があったとして、恋愛関連だったら私はたぶん彼に相談しない気がする。女性嫌いで奥手の彼では、まともなアドバイスは期待できないだろう。

「バートン、親友として忠告する。こいつはやめておけ。初対面でベタベタと……ロクな男ではないぞ」

「私だって彼とどうこうなる気はない」

「聞いただろう。相手が嫌がっているのに付き纏うのではストーカーだ。ますます見過ごせない」

ヨウはしばらく未練がましくこちらを見ていたが、アイザックが退く様子がないのを悟って肩を落とした。

やれやれ、助かった。

「……疲れた」
「そうみたいだな」
机に突っ伏してぐったりしている私を見下ろし、アイザックが呆れた様子で言う。
ヨウが転入してきてからというもの、ことあるごとに求婚されるし求愛されるし、べたくそ触ってくるしでげっそりしていた。

基本的には逃げているし、リリアやアイザック、ロベルトも助けに入ってくれるのだが、授業の合間などの短い時間ではなかなかそうもいかない。

生来気が短いので、そろそろ本格的に手が出てしまう可能性がある。

最近はもし仮に他国の王族を絞め落としてしまったとき、どうすれば罪が軽くなるのだろうかと考え始めていた。

今日は何やら公務があるとかで、ヨウはロベルトと揃って早退していった。

普段ならばいいご身分だなと言いたいところだが、今回ばかりは王族最高！　と諸手を挙げたい気分だ。

「はっきり断ればいいだろう」

「私はこれ以上ないくらいはっきり断っているつもりなんだけど」

「まだ甘い」

「うーん……でも一応他国の王族だしなぁ」

窓から放り投げたらさすがにまずかろう。国際問題待ったなしだ。

セットが崩れ、はらりと落ちてきた前髪をかき上げる。

ちなみに、友の会のご令嬢が三人ほど医務室送りになってしまったので、髪は元通りセットすることにした。顔面も頑張って気合いを入れている。

というより、隠しキャラに求婚されるという予想外の事態にのんびり気を抜いていられなくなった、というほうが正しいが。

「……僕が恋人のフリでもしてやろうか？」

「はは、ありがとう。気持ちだけもらっておくよ」

アイザックの申し出に苦笑する。どうやら彼が慣れない気を回すくらい疲れて見えるらしい。

気合いを入れて背筋を伸ばす。アイザックの赤褐色の瞳が、私の横顔を見つめていた。

その瞳を見つめ返すと、彼は何やら言いにくそうに視線を泳がせた後、鞄の中からノートを取り出して、こちらに差し出す。

「お前、次の授業で当たるぞ。課題、どうせやってきていないだろう」

「助かる」

次の授業は数学だ。ただでさえテストが怪しいので、授業態度くらい良くしておきたい。

机の中を探って、自分のノートと教科書を取り出した。ぺらぺらと教科書をめくる。

確か今やっているのは微分だ。自慢ではないがまったく意味が分かっていない。

夏休み明けに席替えがあったものの、私は自宅療養中——と言う名の軟禁状態——だったため勝手に席が決められ、また一番前かつアイザックの隣になっていた。

一番前なのは正直、出来の悪いやつは目の届くところに置いておこうという教師の作為を感じて不満ではあるが、アイザックが隣なのは非常に助かっている。

……つい頼ってしまって自分で勉強しないというデメリットもあるが。課題なんて出ていたっけな、という有り様である。

試験前に泣きを見るのは自分だと分かってはいるのだが、意外と友情に厚いアイザックが世話を焼いてくれ過ぎるのも原因の一つだと思う。

「君が甘やかすから、私はどんどんダメなやつになっていく気がする。どうしてくれるんだ？」

「自力で解くならそれでいいが」

「写させてください、神様アイザック様」

冗談で恨み言を言ってみたらノートを引っ込められたので、両手を合わせて彼を拝んでおいた。

アイザックはやれやれとため息をつき、引っ込めかけたノートを渡してくれる。

「……あれ」

問題を確認しようとめくっていた教科書に、見覚えのない手紙が挟まっているのを見つけた。

可愛らしい花の模様が入った封筒だ。宛名は書かれていないが、差出人の名前はどう見ても女の子である。

不思議に思って教科書の裏を見ると、アイザックの名前が書かれていた。

「アイザック。これ、君の教科書じゃないか？」

「ん？」

私が教科書を見せると、彼は鞄の中を確認する。

「すまない。この前一緒に勉強したとき取り違えたらしい」

彼が鞄から取り出した教科書と、私の机に入っていた教科書を見比べる。

そうそう、私の教科書はこういう――新品同然の感じだったな。

「君、教科書に名前書いているんだな」

「書くだろう、それは」

当然のように言われたが、書くか？　高校生だぞ？

クラスの八割は書いていないと思うのだが、その自信はいったいどこから来るのだ。

彼に教科書を返しながら、挟まっていた手紙について聞いてみた。

「間に女の子からの手紙が挟まっていたけど」

「は？」

私の言葉に、アイザックが怪訝そうな顔をする。そして教科書をぱらりとめくって、停止した。

これは、うっかり教科書に挟んだことを忘れていたとみた。

そして何故そんなところに挟まっているのかといえば、誰かに見つかって揶揄（からか）われるのが照れくさくて隠していた、とかそんなところだろう。

「隠さなくてもいいんだぞ。言っとくけど、私だって恋愛相談ぐらい乗れるんだからな」

「いや、僕は」

「ふふ、君も隅に置けないな」

にやにや笑いながら彼の顔を覗き込めば、アイザックはしばらく文句ありげな顔で私を睨んだあと、観念したように眼鏡を押さえてため息をついた。

僕はただ、彼女のために　―アイザック―

教科書に挟まっていた手紙に書かれていたのは、一般クラスの女子生徒の名前だった。

直接話したことはないが、新興子爵家の一人娘のはずだ。

中身を確認すると、放課後に校舎裏に来てほしいという内容が書かれている。

僕宛てではない、と思った。

中身の宛名も「愛しい貴方へ」としか書かれていなかったが、確信があった。

クラスメイトには何故かバートンとの仲を応援されているためそれなりに話をする女子生徒がいるものの、本来僕は女性が近寄ってくるような性質ではない。

そもそも、この教科書は取り違えによってバートンの机の中に入っていたものだ。

何者かが彼女の教科書だと思い手紙を挟み込んだとする方が自然だろう。

だが、だとすると妙な点がある。

バートンへの手紙は「バートン様友の会」なる組織が取りまとめ、検閲を経てバートンに届けられるルールになっていた。わざわざ教科書に挟まなくとも、確実にバートンに届ける方法がある。

検閲を嫌ったと考えることもできるが、手紙の内容はごくシンプルなもので、特段過激とも思えない。検閲では問題にされないだろう。

友の会のルールでは、手紙でバートンを呼び出すことは容認されている。

学内で短時間での呼び出し……つまり、告白のために呼び出すことは検閲があったとしても許可されているのだ。

ダグラスが来てから頻度は減ったと聞いたが、ここ最近また増えているらしい。先週だけでも数回、校舎の裏や中庭で、泣いている女子生徒の前で困ったように笑う彼女を見かけていた。

友の会のルールは厳格だ。まことしやかに「粛清」された生徒の噂を聞くほどである。

そのリスクを冒すだけのメリットが、この手紙にはない。

以上のことを踏まえると、一つの推測が成り立つ。

誰の目にも触れず、知られず、彼女を呼び出す必要があったのではないか。

そしてその理由は、他者には知られたくないような後ろ暗いものなのではないか。

……彼女の身を脅かすようなものなのではないか。

何も起こらない可能性ももちろんある。ただの杞憂であればその方がいい。

だが、もしものことがあった時、僕はきっと後悔するだろう。

だからこそ僕は、僕にできるすべての手段を使って、できるすべての準備を整える。

何をどういう手順で進めるのが効率的か脳内で算段をつけながら、手紙を畳んで封筒に戻す。

隣で機嫌よくにやついているバートンを横目で見て、ため息をついた。

人の気も知らないで……いい気なものだ。

放課後。指定された校舎裏に、僕は一人で向かった。

しばらく待っていると、指定の時間より少し前に一人の女子生徒が現れた。

ある程度の距離を保った状態で立ち止まった女子生徒に、呼びかける。

「デミル子爵令嬢だな？」

「……貴方は」

女子生徒が視線だけを上げて、ちらりとこちらを窺う。

栗色の長い前髪越しにしか表情が見えないが、右の口許に黒子があるのが見えた。猫背で俯き加減で、見た目はどこか自信のなさそうな、大人しそうな印象を受ける。

だが、その声は見た目に反して妙に落ち着いていて、違和感があった。

「あの。バートン様は、どちらに？　わたくし、バートン様にお手紙を差し上げたのですけれど」

「こちらの質問に答えてもらおう」

質問に答えない女子生徒に、僕は問いを重ねる。

「お前は、デミル子爵令嬢で間違いないか？」

「……ええ」

僕の言葉に、女子生徒は確かに頷いた。

「何故嘘をつく」

「嘘など……」

「ここ二週間ほど体調を崩して休んでいたようだが、戻って来てから様子がおかしいとクラスメイトから情報を得た」

僕は眼鏡の位置を整えながら、目の前の女子生徒を観察する。彼女は口をぐっと噤んで、また俯いた。

「もともと仲の良い友人と呼べるような相手はいなかったようだが……いつにも増して猫背で、俯いていることが増えたそうだな。授業で当てられた時、教師に声がおかしいと言われて、風邪を引いたと答えたとも」

「……何が仰りたいの？」

「聞いた通りだ。何故嘘をつく？」

揺さぶりに対して、女子生徒は態度を崩さない。

慌てた様子はなかったが……先ほどまでのおどおどとした雰囲気も掻き消えた。

ちらちらとこちらを窺うのではなく、前髪越しにこちらを睨むような視線を感じる。

学園内では身分の差はないものとされている。

だが、それでも子爵家の令嬢が、伯爵家の者に向ける視線ではなかった。

「何故、デミル子爵令嬢の振りをする？」

「……馬鹿馬鹿しい。不愉快ですわ」

「これも聞いた話だが」

立ち去ろうと踵を返した女子生徒の背中に、僕はまた言葉を投げかける。

「デミル子爵令嬢は、口許に黒子があるそうだ」

「だから、どうしたと？」

振り返った女子生徒は、もう俯いてはいなかった。口許の右側に、黒子がはっきりと視認できる。前髪の奥の表情が垣間見えた。迷惑そうに眉根を寄せている。

僕はその顔をまっすぐ見つめて、はっきりと言った。

「左側の、口許に」

「え？」

「聞こえなかったのか？　本物のデミル子爵令嬢の黒子は、お前とは逆側だ」

「な……！」

咄嗟に自分の口許に手をやる女子生徒の姿を見て、僕はふっと口角を上げた。よく知る誰かを思い出すような、嫌味な笑顔になっている自覚があった。

「嘘だがな」

「き、貴様！」

「さぁ、デミル子爵令嬢に化けたお前は誰だ？　目的は？　どうしてバートンに近づく？」

僕の問いかけに、女子生徒——偽者のデミル子爵令嬢は、答えなかった。

その上半身が、ゆらりと前方に傾く。

そして、呼吸の間をつくように一瞬で距離を詰めて来た。僕も反射的に逃げようとわずかに後ずさりしたものの、間に合わない。勢い余って尻餅をつく。

ガサ——ッ！

乾燥した落ち葉と、そこそこの重さの物体が落下するような音がした。

「アイザック様！」

「大丈夫だ」

校舎の二階から、ミケーレ侯爵令嬢の声が飛んできた。

尻についた砂を叩いて立ち上がりながら、それに応じる。

一階の窓からは、屈強な男子生徒たちが飛び出してきた。

「まさか本当に落ちるとはなぁ」

「足元がお留守なんじゃないか、偽者さんよ」

彼らは口々に言いながら、僕の足元にぽっかり空いた穴の周りを取り囲んだ。

穴は直径二メートル、深さは大体三メートルほどである。短時間でよくここまで掘ったものだ。

穴の底には、デミル子爵令嬢の振りをした何者かが、大量の落ち葉と共にひっくり返っていた。

何が起きたか理解できていないらしく、目を白黒させている。

かつらだったのだろう。栗色の髪の下から、一部黒色の髪が見えていた。

端的に言えば、偽者のデミル子爵令嬢は落ち葉でカモフラージュしてあった落とし穴に落ちたのだ。ただそれだけの、子供だましの罠だ。

それでも、入念な事前のシミュレーションと、標的ではない僕が待っていたという不測の事態や、偽令嬢の変装を見破られたことなど、落とし穴から意識を逸らさせるような要因が複数重なれば——罠に嵌めるのは、十分に可能であった。

「お前の敗因は、僕の前に姿を見せたことだ」

穴の中を見下ろしながら、僕は告げる。

「ここで待っていたのが僕だった時点で——標的であるエリザベス・バートンでないと分かった時点で、引くべきだった」

偽令嬢の顔が悔しげに歪む。とても貴族令嬢がする表情ではない。

いや——そもそも、貴族令嬢などではないのだろう。

「それとも、僕一人なら黙らせられると思ったか？」

僕の隣には、屈強な男子生徒たちが並んでいる。バートン隊なる組織の面々だ。

彼らが崇拝する隊長の危機である可能性を伝えると、力を貸してくれた。落とし穴を掘ったのは彼らである。

二階からこちらを見下ろしているのは、ミケーレ侯爵令嬢をはじめとするクラスの女子生徒たちだ。落とし穴の位置と僕の立ち位置の確認とシミュレーションへの協力、そして万が一の時に教師に連絡する役目を買って出てくれた。

「残念ながら、一人ではない。……僕も、彼女も」

「くッ……覚えていろ！」

低く唸るような声で叫ぶ偽令嬢。そしてポケットから取り出した何かを、足元に向かって放り投げた。

瞬間、おびただしい量の煙が穴から噴き出し、視界を覆った。

発煙弾の類だろうか。毒物の恐れもある。

口元を袖で覆って出来るだけ煙を吸わないように注意を払う。

幸い毒や薬の類ではなかったようだが、煙が切れた頃には穴の中はもぬけの殻になっていた。

「……逃がしたか」

「すまん、ギルフォード。取り押さえられなかった」

「いや、問題ない」

歯噛みするバートン隊の面々を見回す。怪我人もいなければ、煙の影響で体調不良になった者もいない。わずかだが情報も得た。有り合わせの作戦にしては上々だ。

二階を見上げて、心配そうにこちらを見下ろす女子生徒たちに呼びかける。

「とりあえず先生に知らせてくれ。……それから、王太子殿下にも」

「で、ですが、それでは」

ミケーレ侯爵令嬢が言葉を差し挟んだ。他の女子生徒たちも不満げな顔をしている。

理由はすぐに察しがついた。今回の作戦の立案時も、彼女たちは「バートン様に良いところを見せるチャンスですわ!」と妙に意気込んでいたからだ。

僕の恋を応援している彼女たちは、王太子殿下に報告することで、みすみす手柄を渡すことになるのではないかと心配しているらしい。

応援はありがたいが、それでエリザベス・バートンに何かあっては本末転倒だ。僕は小さく首を振る。

「権力のある者の方が、都合がいいことも多い。実際に救うのが僕でなくてもいい。僕はただ、彼女のために持てる手段をすべて使うだけだ」

◇　◇　◇

変化は突然だった。

バートンのリリア・ダグラスへの態度が変わった。

以前の壊れ物を扱うような愛おしげなものから、打って変わって「気安い友人」に接するものになった。

罵と争ったときの打ち所が悪かったのかと疑いたくなるほどの変わりようだ。

彼女とダグラスの間に何があったのかは分からない。

彼女がダグラスを「友達」だと断じた瞬間はこの耳で聞いたが……それでも信じがたいくらい、彼女は……ダグラスに好意を向けているように見えたのに。

僕の知ったことではないが、「運命」とやらはどうなったのだ、と思わないではない。

だが僕は概ね、安堵していた。

やっと彼女の隣に――今までの日常に戻れるのだろうと思っていた。

そのはずだったのに。

「ワタシはアナタに一目惚れしましタ！　どうかワタシと結婚してくだサイ！」

あの男が跪いて彼女の手を取った瞬間。

彼女の手の甲に口付けた瞬間。

奔流のように様々な感情が脳内を巡り、咄嗟に身体が動かなかった。

ずっと、ずっと。

僕がそうしたかった。

ずっとずっと、耐えてきた。

まだ足りないと。

もっと彼女の信頼を手に入れてから。

彼女の両親の承諾を得てから。

彼女の家と釣り合うくらいの身分を手に入れてから。

その思いでここまでやってきた。

彼女がリリア・ダグラスに愛おしそうな視線を向けるのを間近で見ていても、嫉妬に駆られて衝動的な行動をすることなく、ここまでやってきた。

運命などという非科学的なものに……積み重ねてきたものが、負けるはずなどないと。

諦めなければ負けではないと。

そう信じて、僕は進んできた。

これからも、きっとそれは変わらない。今更変えることはできないし……変えたいとは思っていない。

それが僕にできる最善だ。

彼女にしてやれる最善だ。

だからこそ、目の前で僕のしたかったことに……ずっと夢見ていたことにやすやすと手を伸ばされているのが、我慢ならなかった。

今そこでそうしているのが僕だったらどんなに良かっただろうと、そう心の片隅で思ってしまうのを、止められなかった。

先日のリリア・ダグラスの言葉が頭を過ぎる。

もたもたしていると、誰かに横から攫われてしまうかもしれないと。

あの男に対するバートンの態度を見るに、焦るほどのことではないだろうが……どうしても、不安が頭を掠める。

一つ片付いたと思ったら、すぐにこれだ。本当に、心配させられてばかりだ。


彼女がまた例の男にまとわりつかれているのを内心では面白くないと眺めていたところ、急に近づいてきた彼女に肩に手を回されて、ぐっと引き寄せられた。

予期していなかった接触に、一瞬置いて顔に熱が集まってくる。

「な、アイザック！」

「は？」

「彼はアイザック。生徒会に所属していて、頭も良いし真面目だし眼鏡だし、私よりよっぽどいい案内役になるよ」

よく聞いてみれば、どうも僕にあの男の案内を押し付けようとしているらしい。

「おい」

文句を言おうと彼女を睨むと、ぱちんと音がしそうなくらい見事なウィンクが飛んできた。

気障ったらしいだけのはずのその仕草が、くらくらしそうなほど様になっている。

ああ、もう――その顔をすれば僕が言うことをきくと思っているのだろうか。

「……いいだろう。案内してやる。二度と質問する気が起きなくなるくらい、微に入り細を穿ち」

彼女の意のままに行動している自覚はありながらも、僕は最終的にそう言った。

どのみち、東の国の王子が彼女に馴れ馴れしいことが気に食わないのは事実である。

みすみす二人きりになるようなことはさせたくない。

僕の言葉に、彼女はにっと歯を見せて笑う。そして僕の耳元に唇を寄せると、そっと耳打ちした。

「サンキュー、アイザック！　愛してるよ！」

冗談で告げられたその言葉にすら、どうしようもなく胸が高鳴る。

分かっている。理解している。冗談だということは、僕が一番よく知っている。

彼女に他意がないことも、本意がないことも。

それでも彼女の口から、彼女の声で――僕に向けてその言葉が紡がれたという事実だけで、鼓動がうるさい。

同時に心臓が締め付けられるような心地がした。

こんな冗談を気安く言えてしまうのが、今の僕と彼女の関係だ。

いい意味でも、悪い意味でも。

絞り出した言葉に、彼女は一瞬目を丸くしてから、おかしそうに笑う。

「……僕もだ」

冗談にしかならない距離が、もどかしい。

冗談でしか伝えられない距離が、もどかしい。

彼女がその言葉を向けるのが僕だけならいいのにと、そんなことを考えた。

いつか彼女に、この想いを伝えるまでに。

その時が来るまでに、僕にできるのは——ただ、今できる全力を尽くすことだけだ。

何者かがエリザベス・バートンに、危害を加えようとしている。その情報だけで、僕が動くには十分だった。

私の気が済むまで、な

「Aランチですね」

「ん？　ああ、そうだね」

「え、エリ様、いつもAランチ、ですよね？」

「え？」

昼食の時間。小走りで追いついてきたリリアは、私のお盆の上を覗き込むとぽつりと言った。

「わたしが編入してから今日まで、なんとエリ様、九十六．二五パーセントの確率で、Aランチなんですよ」

「その細かい数字は何」

「ランチだけじゃなく単品メニューもあるのに、この確率は異常です」

「私には君の方が異常に思えるんだけど」

把握のされ方が怖い。

何故友達にストーカー紛いのことをされているんだ、私は。

空いている席を選んで、椅子を引いてやる。

リリアがそこに腰かけたのを確認してから、私も向かい側の椅子に腰を下ろした。

「……特に好き嫌いがないから。目についたものを頼んでいるだけだよ」

「好きな食べ物もないんですか？」

「ぱっと思いつかないなぁ……もちろん、まずいよりはおいしい方がいいけれど」

二人して手を合わせてから、食事を開始する。

もちろんこの国には「いただきます」の文化などないのだが、リリアがやるのでついつられてしまった。

チキンソテーと一緒に、久しぶりに食堂でゆっくりと昼食を取れる幸せを噛み締める。今日もヨウは公務とやらで休みだ。ずっと来なくてもいいのに。

おいしいものは好きだ。甘い物でも辛い物でもおいしくいただける質なので、「おいしい」のゾーンは人より広いかもしれない。

ピーマンについては、あれは食べ物ではないのでこの場合除外して問題なかろう。

「じゃあ、前世の食べ物では？」

「前世か……うーん。あまり食にこだわりがないんだよね。きっと、前世でもそうだったんじゃないかな」

「無性に食べたくなるものとか、ないですか？　ラーメンとか、お寿司とか」

「言ってなかったっけ？　私は前世の記憶自体がかなり希薄なんだ」

付け合わせのジャガイモをフォークで刺す。

リリアはすっかり手が止まっていて、お盆の上のグラタンがまったく減っていない。

「前世のこと、全然覚えてないんですか?」

「乙女ゲームのことは覚えてるんだけど。それ以外は、そんなに。乙女ゲーム関連は他にもいろいろ覚えているよ。それこそこのゲーム以外のことも、はっきり。一番好きだったのは『忍ブレド、恋モヨウ』ってやつなんだけど……」

「あ、忍ブレドやったことあります。グラフィック綺麗でしたよね」

「そうそう。立ち絵の表情差分とか口パクも自然で良かった」

皿のソースをパンで拭った。食堂のメニューはどれも外れがない。

欲を言えば、パンの代わりにキャベツにするとか、ジャガイモをブロッコリーに変更できるとか、そういうサービスを設けてほしいものだ。

トレーニーだけでなく、ダイエット中のご令嬢にも需要があると思うのだが。

「名前とか、何をしてたとか、年齢とかは」

「その辺はさっぱりだな。リリアは覚えているの?」

「……ええ。思い出したくは、ないですけど」

聞き返すと、リリアの表情が曇る。

以前からそんな気はしていたのだが、どうもリリアの前世はあまり良いものではなかったらしい。

この場合の良い悪いは主観なので、私に理解できるものではないだろう。

リリアは少し決まりの悪そうな顔をして、私を見上げる。

「き、気にならないんですか? 前世の自分がどういう人間で……どうやって死んだのか、とか」

「あんまり」

パンを嚥下して、答える。リリアがきょとんと目を丸くした。

「だって、何かを恨むことも、憎むこともなく……来世まで持ってくるようなつらい記憶がない人生だったってことだろう？　それって、案外幸せなことなんじゃないかと思うんだよね」

「ポジティブですねぇ……」

「ポジティブじゃなきゃ、現れるかどうかも分からない主人公のために、十年も頑張って来られないよ」

私が笑うと、リリアが机に突っ伏してしまった。「すき……」とかいう呟きが聞こえてきたが、黙殺する。

身もだえしているリリアのつむじを見て、再び前世に思いを馳せる。

もともと重湯程度の記憶だったが、十年この世界で過ごすうちにさらに薄くなっているような気がした。

「う～ん。ちゃんと覚えているのは……組み体操の十人タワーのてっぺんから落ちて頭を縫ったこと、大学の追い出しコンパで急性アルコール中毒になって緊急搬送されたくらいかな」

「前世でも相当やんちゃしてません⁉」

リリアががばりと身体を起こした。やんちゃだったなら、それこそ覚えていそうなものである。

それより「前世でも」の「も」が気になる。今世の私も別にやんちゃではない。

「どうだろう。羽目の外し方を知らないやつだったのかも。他には、……ああ。感電している人を助けるときは、ドロップキックが良いとか」

「ドロップキック」

「CtrlとN同時押しで新規ウィンドウが開くとか」

「た、試しようがないことを思い出されましても……」

「だろう？　そんな程度なんだよね。結局」

グラスの水を飲みほした。机に備え付けの水差しを手に取って、空になったグラスを満たす。

ついでにリリアのグラスにも注いでやった。

「日本の暮らし、恋しくなりません？　あれがあったらいいなとか、これを作ってみよう、とか」

「いや？　特には？」

「お風呂は？」

「シャワーで充分かな。一応バスタブもあるし」

「和食は？」

「出てきたら、そりゃ食べるけど……自分で作ってまで、とは思わないなぁ」

「えーと。電気は？　ガスは？」

「なくても、意外と困らないものだね」

「じ、銃とか、爆弾とか？」

「それ、前世でも使ったことないだろ」

苦笑いする私に、リリアはしばらく何やらもごもごと言っていたが、やがて黙って手元に視線を落とした。

公爵家で不自由なく暮らしてきた私と違って、庶民暮らしを経験したリリアはそれなりに苦労をしていたのかもしれない。

あれがあったらいいのにとか、前世を思い出したこともあったのだろうか。

少しは話に乗ってやろうと、顎に手を当てて考えてみる。

何があるだろうか。あったらいいと思うもの。嬉しいもの。面白そうなもの。

「ああ、あったらいいなと思うもの、思いついた」

「何ですか？」

リリアがぱっと顔を上げて、わくわくした様子で瞳を輝かせる。

やれやれ、今泣いたカラスが何とやら、というやつだ。別に泣いてはいないが。

「ロイラバのゲームがあったら面白いと思わない？　ロベルトやアイザックの前でプレイして見せたら、きっとあいつら悶絶するぞ」

「……エリ様の前世って、悪魔か何かだったんですか？」

「違うと思うけれど……どうして？」

「人の心がないからですよ!!」

せっかく話に乗ってやろうとしたのに、失礼なやつだ。非常に心外である。

機嫌を損ねた私は「早く食べないと、昼休み終わっちゃうぞ」と彼女を急かしながら、机に頬杖を突いた。

「エリザベス！　ワタシと試合してくだサイ！」

訓練場につくなり、先に待っていたらしいヨウが飛びついてきた。

そういえば訓練場の話をした時に、一緒に行きたいとか言っていたなぁと思い出す。大方ロベルトあたりについて来たのだろう。

さっと躱して存在自体を黙殺し、教官控え室に入ってコートを脱ぎにかかる。寒くなったので、家から騎士団の制服を着て通っていた。上からコートを着てしまえばバレないからな。

ロベルトがいつの間にやら控えていて、私のコートを引き取ってハンガーに掛けた。

そして鞄も受け取って、教官たちが荷物を置いている机の上に運ぶ。

王族のはずなのに、どんどん鞄持ちが板についてきている気がするのは何故だろう。育て方を間違えた気がする。

……私が育てたわけではないが。

「すみません。出掛けに見つかってしまい……ついてくるなと言ったのですが」

「いい。いつかはこうなっただろうからな」

謝罪するロベルトに応じながら、模造剣を装備する。

ドアを開けて外に出ると、ドアのすぐ前で待っていたヨウが駆け寄って来た。

ロベルトも犬だがこいつも犬だな。いや、顔はどちらかというと、狐か。

「エリザベス！」

「ああ、試合だっけ？」

「ロベルトから、アナタはとても強いと聞きましタ！　ワタシと試合、してくだサイ！」

「……構わないが」

まとわりついてくるヨウを剥がしながら歩く。私の返事に、彼がぱっと顔を輝かせた。

「では……ワタシが勝ったら、ワタシと結婚してくだサイ」

「なっ」

「いいぞ」

「た、隊長⁉」

後ろからロベルトが駆け寄って来た。飛び出していこうとする彼を、広げた腕で制する。

ちらりと横目に確認すると、妙に心配そうな顔をしていた。

何故だろう。まさか私が、負けるとでも思っているのだろうか。

それは少々……心外だ。

ロベルトに「待て」の視線を送りながら、私は位置についた。肩の力を抜き、剣を構える。

「まぁ、見ていろ。私はこれでもずいぶん我慢しているんだ。そろそろ鬱憤（うっぷん）を晴らしたって良いだろう」

「鬱憤……？」

ロベルトが、不思議そうな顔で私の背中を見送った。

グリード教官の合図で、模擬試合が始まる。

「え？」

開始〇．〇二秒で伸した。

地面に倒れ首元に剣の切っ先を突きつけられたヨウは、しばらくぽかんとして空を眺めていたが、おそるおそると言った様子でこちらに視線を向ける。

「で？」

彼を見下ろし、鼻で笑う。

「お前が勝ったら、何だって？」

剣を払い、鞘にしまう。模造剣だし、残念ながら切り捨てご免というわけにもいかないので、この動作は不要なのだが。

「な、何かの間違いデス！　もう一回！」

起き上がって再び剣を構えるヨウ。先ほどまでとは立ち姿からして違っていた。

こちらを格上と見て、気を引き締めたらしい。

私は特に剣を構えもせず、人差し指で宙を引っかいて挑発しながら、にやりと口角を上げた。

「いいぞ、気が済むまでかかってこい」

そう。私の気が済むまで、な。

そこから、私は日頃の鬱憤をぶつけにぶつけた。

周りの候補生と教官たちが引くレベルの大人気なさだった。

「ほら立て、もう終わりか？」

「だ、だめデス、エリザベス、もう限界……」

「限界は決めるものじゃない！　超えるものだ！」

「し、死んでしまいマ～ス!!」

「ふん。情けないぞ、軟弱者めが！」

「隊長、隊長！」

はたと我に返った。

いつの間にかすぐ隣に来ていたロベルトに、腕を引かれている。

このまま止められなければ悪役らしく高笑いしているところだった。

いかん。教官という立場上、特定の人間ばかり扱いていたらパワハラになってしまう。

「悪い。つい私怨が」

「楽しそう……ですね」

「否定はしない」

清々した気分だ。

これに懲りて今後近寄らないでいてくれたら万々歳なのだが。

途中何度か手を抜いてヨウの動きを見てみたが、スパイという設定も納得の良い動きだった。

身のこなしは軽いし、スピードも目を見張るものがある。気配を殺してこちらが読めないような攻撃を仕掛けてくるのも上手い。

訓練場で受けるような騎士同士の戦闘経験しかない者にとっては、手ごわい相手となるだろう。

ゲームでも、腕自慢のロベルトがヨウに負けるイベントがあったくらいだ。

だが……似たような得意分野を持つ近衛師団のエースとしょっちゅうじゃれあっている私からすれば、やりやすい相手だった。

十分目で追えるし、気配の消し方だってまだ甘い。捕まえてしまえば、力押しで容易く勝てる。

おそらく今のロベルトであれば、後れを取ることはないだろう。その程度の力量だった。

「隊長」

「うん?」

「俺とも一戦、お願いします!」

「ああ、いいぞ」

向かい合って立つ。

開始の合図は、ヨウとの立ち合いでは途中から合図を出す職務を放棄していたグリード教官が出してくれた。

ロベルトと剣を交わす。数ヶ月前の剣術大会より、剣の重みが増している。

だが、今日はエキシビションではない。観客を意識する必要はないだろう。

ということで、五秒で伸した。

「まだ、手も足も出ませんね」

「十年早い」

手を差し出してやると、ロベルトは私の手を取って立ち上がった。

間近で見上げると、また一回り大きくなった気がする。身長も、ガタイも。

握った手のひらも私よりも大きい。豆が潰れて硬くなった、騎士の手だ。

「十年」

「ん？」

立ち上がった彼に、貸してやった手を両手で握りこまれた。

「十年経ったら、追いつけますか？」

「いや、それは言葉の綾というか、慣用句というか」

「前は百年早いとおっしゃいました。そのときより、俺は近づいているということでしょうか？」

「えーと。たぶん、そうだな。成長してるんじゃないか、お前は」

はて。そんなことを言っただろうか。まったく記憶にない。

どちらにしろ、ただのよくある表現だと思うのだが。

ロベルトは真剣な、どこか縋るような目で、私を見る。

「俺が追いつくまで……待って、いてくれますか？」

何を？

思わず首を傾げたところで、ヨウがロベルトと私の間に割って入ってきた。

「ノー！　握手が長いデス！」

「お前が言うのか？」

ことあるごとに手を握ったりハグを求めてくるやつに、そんなことを気にする神経があるとは思わなかった。だとしたら、他人に口出しする前にまず己の所業を省みてもらいたいものだ。

呆れた目で彼を見ていると、彼は不機嫌そうに私とロベルトを交互に見比べる。

「エリザベスとロベルトは、以前婚約していたと聞きましタ」

「ああ、そうだけど」

「どうして、婚約を解消したのデスか？　ずいぶん仲が良さそうデスが」

仲が良いか悪いかで言えば、まぁ悪くはない。

だが、それと結婚は別の話だろう。

「そんなもの、私がこんなだからに決まっているだろう」

「こんな？」

「男装しているし、彼より強い。普通そんな女は嫌だろう。あと私に王子妃は向いてない。いいか。もう一回言うぞ。私に、王子妃は、向いてない」

「それは勿体ナイ。エリザベスはこんなに素敵なのに、その価値が分からないなんて」

第六王子たるヨウに理解してもらおうとわざわざ二回も言ったのだが、伝わらなかった。やれやれである。

「私を女性として見てくるのはお前ぐらいだよ」

「違います！」

呆れて苦笑いしていると、ロベルトが口を挟んできた。

彼は妙に真剣な顔をして言い募る。

「隊長、俺は。貴女を」

「ロベルト？」

「貴女を男だとは思っていません！」

「それは実際のところそうだけれども」

フォローが下手にもほどがある。

王家、ロベルトを放っておきすぎではないだろうか。

今のように他国の王族と関わらせたり、多少なり表に出すつもりがあるのなら、もうちょっと貴族らしいうまい言い回しを教えてやってほしいものだ。

殿下と足して二で割って……いや、それは止したほうがいいな。混ぜるな危険な気がする。

「ロベルトもロベルトデス。結婚したくないから、婚約破棄したのでショウ？　なのに、どうして今もこうして一緒にいるのデス？」

「それは……」

「悪い噂が立ちますヨ。婚約破棄されたのに、前の男に未練があるト。貴方に弄ばれているト。彼女にとっても不名誉デス」

「お、俺は」

珍しく強い調子のヨウに詰め寄られ、ロベルトが答えに窮している。

ヨウがどういう想像をしたのか知らないが、私とロベルトの婚約解消は非常に穏便なものだ。

それに、最終的な決断はロベルト自身がしたのだろうが……比重としては私の父の申し入れによるところが大きい。

私からも殿下に頼んで陛下に奏上してもらったのだし、ロベルトを責めるのはお門違いだ。

ヨウとロベルトの間に割って入り、ため息まじりにヨウをなだめる。

「やめろ、ヨウ。そういう間柄じゃないのは見たら分かるだろ」

「では、どういう間柄デスか？」

聞かれて、ちらりとロベルトに視線を送った。

ロベルトはどこか緊張した面持ちで、期待のキラキラを湛えた目で私を見ている。

「弟子」

「一番弟子です！」

「……だ、そうだ」

訂正された。

確かに私がここに来て最初に担当した候補生という意味では、一期生ということになるかもしれないが……それ、そんなに大事だろうか。

「今は弟子ですが、いつか隊長と並び立つくらい……隊長に勝てるくらい、強くなります！」

「大きな口を利くものだな」

私が肩を竦めると、ロベルトはまたキラキラを私に突き刺してくる。

ふと、「待っていてくれますか」の意味を理解した。

ロベルトの言う「いつか」がくるまで、ここで挑戦を受け付けてほしいと、そういうことか。

変に期待をさせるのも悪いので、先に断っておく。

「別に、相手してやるのは構わないが。私、いつまでここにいるか分からないぞ」

「え⁉　お前、ここに就職するんじゃないのか⁉」

おとなしくこちらを静観していたグリード教官が、いきなり素っ頓狂な声を出した。

そんなことは一言も言っていない。もちろん就職するかもしれないが、私自身も自分の身の振り方はまだ決めかねている。

他の教官たちも続々とこちらに集まってきて、私の肩を掴んで揺さぶる。

「もう隊長を頭数に入れた人員と予算になってんだよ！　急にいなくなられたら困る！」

「就職するとか一度も言っていませんが」

「冷たいこと言うなよ～！」

「第四もそのつもりだぞ、あいつら」

それはもう、騎士団の経営や人事サイドの問題なので、私のような一介のバイトには関係ない。

平和が続いて、騎士団の人員や予算が削られているのだろうか。世知辛い。

だとしても、バイトが一人抜けた程度でどうこうなるような体制は問題だろう。

このままだといつの間にか正社員に昇格させられていた、とかいう展開がありそうなので、今後騎士団関連の書類にサインをするときは注意深く確認しようと心に決めた。

◇◇◇

休日だと言うのに、部屋に飛び込んできた侍女長によって朝っぱらから叩き起こされた。ランニングとシャワーの後の二度寝という休日にしか許されない至福の時間を邪魔され、非常に機嫌が悪い。

最低限の身支度を済ませて、来客が待っているという玄関に向かう。

「……ロベルト」

「おはようございます、隊長！」

玄関ホールに着くと、ロベルトが一目散に駆け寄って来た。輝かんばかりの笑顔である。朝も早よからたいそう元気だ。

侍女長によるとサロンに案内しようとしたが「ここでいい」と言われたらしい。逆に迷惑だから素直にサロンで待っていてほしい。玄関口で待つ王族があるか。

「今日、俺に稽古をつけてください！」

「稽古？」

そのために私を叩き起こしたのか？　こいつは。

ちょっと一回話し合いが必要かもしれない。肉体言語で。

まぁ、今週も訓練場には顔を出そうと思っていたので、ちょうどいい。

「分かった、訓練場に行くとしよう。すぐに支度をするから、サロンで待っていろ」

「いえ、今日はプライベートレッスンをお願いしたいのです！」

「は？」

「場所はこちらで構いませんので、マンツーマンで！」

「はぁ」

勢い込んで距離を詰めて来るロベルト。

まだ目が覚めきっていないので、ちょっとエクスクラメーションマークの多さしか頭に入ってこない。

つまり、話し合えばいいということか？　肉体言語で。それなら望むところだが。

「お前はいつも元気だな」

「はい！　隊長のおかげです！」

皮肉交じりで言えば、邪気のない爽やかな笑顔で元気いっぱいの返事が返って来た。

勢いにつられて笑ってしまう。

「分かったよ。庭で相手をしてやるから、サロンで待っていてくれ」

「はい！」

実際に稽古を始めてみれば、時間は驚くほどあっという間に過ぎていった。

ロベルトも強くなったものだなとしみじみしてしまう。まだまだ、それこそ十年くらいは、負けてやる気はないのだが。

昼食時に差し掛かってもまだまだ続けるつもりのようだったので、侍女長に「ロベルトご飯食べて行くって」と言ったらロベルトの見ていないところでめちゃくちゃ怒られた。

飲み会の帰りに急に部下を連れて帰ってきたお父さんばりに怒られた。

いろいろ言われたが要約すると「先に言え！」だそうだ。それはもう、ロベルトがアポ無しで来たのがそもそも悪い。

以前王太子に限って言った私も悪かったかもしれない。訂正しよう。王族は、アポなしで来てはいけない。全国の王族の皆さんにはぜひこのことを覚えて帰ってほしい。

侍女長が夕食の準備に気を揉み始めた頃、ロベルトは満足した表情で暇乞いをすると、足取りも軽く帰って行った。

彼女の役に立てるなら　―ロベルト―

「何をしている」

隊長とのプライベートレッスンの後、訓練場に取って返した俺は、教官室のある小屋の周囲をうろついている男を見つけて声をかけた。

灰色の騎士団候補生の制服を身に着けているが、見覚えのない顔だ。

周囲に他の候補生の姿はない。日が落ちるのが早くなったので、訓練も早めに切り上げることが多いからだろう。

今日もまだ夕方だと言うのに、ランプなしでは視界が心もとないくらいだ。

教官室の明かりが消えているせいもあるかもしれない。教官たちもすでに帰ったようだった。

男はこちらを振り向き、頬を掻きながら答える。どこかばつの悪そうな表情をしていた。

「ああ、いえ。落し物をしたみたいで……」

「何を落とした？　俺も一緒に探そう」

「そんな、ロベルト殿下に探していただくようなものでは」

その言葉に、男の顔をよく確認する。俺のことを「殿下」だなんて呼ぶ人間は、候補生にはほとんどいないはずだ。

目を凝らしてみても……やはり、見覚えのない顔だった。

俺は腰に佩いていた剣を抜き、男の眼前に突きつける。訓練で使う、刃を潰した模造剣ではない。真剣だ。

「武器を捨てろ。両手を上げて跪け」

「!? で、殿下、何を……」

「訓練場の候補生は、全員覚えている」

俺の言葉に、目の前の男がわずかに息を呑んだ。

「この訓練場に、お前のようなやつはいない」

瞬間、男の気配が掻き消えた。

横合いから飛んできた刃を剣で防ぐ。甲高い金属音が辺りに鳴り響いた。男が切りかかってきたのだ。

当てた刃をそのまま押し返すと、男は宙返りをして後ろに飛び退く。

地面を蹴って、一歩二歩と距離を詰める。横薙ぎに切り払うが、手ごたえはほとんどなかった。

相手を休ませまいと剣を振り続ける。スタミナには自信があった。

相手は身が軽い。こちらの攻撃を紙一重で躱している。アイザックから聞いたとおり、騎士というより暗殺者や、諜報員といった身のこなしだ。

使っている得物は短いが、身体ごと飛び掛かってくるのと腕を大きくしならせて攻撃を放ってくるのとで、実際にはこちらの剣とのリーチの差はほとんど感じない。

こちらの優位があるとすれば、スタミナと……力だ。

上段から切りかかる。体の重心をずらして躱そうとした男に、踏み込んだ勢いのまま当て身を食らわせた。

「っぐ⁉」

今度は当たった手ごたえがあった。

くるりと剣を逆手に持ち替え、その柄で男の鳩尾に突きを食らわせる。

息を詰まらせた男が地面に倒れた。

周囲はすでに俺の護衛が囲んでいる。逃がすつもりはない。

髪を掴んで無理矢理上半身を起こさせると、今度は首元に剣をひたりと押し当てた。

「どこの手の者だ」

「チッ、王族の癖に……公爵家の犬に成り下がりやがって」

男は吐き捨てるように言った。

俺は公爵家の配下に入ったつもりはない。

無論、彼女のものであるなら――彼女の役に立てるなら、犬にだって剣にだってなるだろうが。

「お前は、彼女の敵なのか」

「はぁ？」

俺の問いに、男は嘲笑うように喉を鳴らした。

そして俺の目を見ると、低く唸るように言う。

「何も話す気はない。さっさと殺せ」

男を見下ろす。首元に当てた剣に力を込めると、わずかに刃が埋まった。

皮が切れ、たらりと血が垂れる。

男はそれでも、黙ってこちらを睨みつけていた。

「公爵家の犬」という言葉から薄々感じてはいたが、今のやりとりではっきりした。

この男の狙いは……本当の目的は、バートン公爵家だ。

「ああ、よかった。お前はバートン公爵家の敵なのか」

誰にともなく、俺は呟く。男が、不思議そうに目を丸くした。

もし彼女の敵であったなら……冷静でいられたか自信がない。

兄上からの指示を聞けたか、分からない。

「もしも隊長の……エリザベス・バートン個人の敵であったなら、この手で八つ裂きにしているところだ」

男を見据える。月明かりに照らされ、男の目に映りこんだ自分の姿が見えた。

すべての表情を削ぎ落としたような顔をしていた。

ひどい顔だ。とても、彼女には見せられない。

「命拾いをしたな。……もっとも、死んでいた方がマシだったかもしれないが」

男の髪から手を離す。崩れ落ちるように、男の身体が地面に倒れた。

踵を返すと、隠れていたグリード教官が俺と入れ替わりに、わざとらしく指をボキボキと鳴らしながら男に歩み寄る。

すれ違いざまに視線を交わす。肉食獣のような眼光をしていた。彼はその目を、倒れている男に向ける。

第一線を退いてなお、騎士団一と名高い尋問官だ。彼に任せておくのが最善だろう。俺の仕事は、それからだ。

剣を振るって鞘に戻すと、背後からグリード教官のひどく愉快そうな声が聞こえてきた。

「さーて、全部喋ってもらおうか」

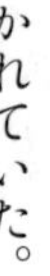

◇◇◇

俺は浮かれていた。

一時は隊長がリリア嬢を愛していて……それが彼女の幸せならばと身を引くことも考えたが、それが杞憂であったと分かったのだ。

つまり隊長は今、フリーなのだ。

ライバルはいるが……兄上もギルフォードも、誰も彼女を射止めていない。

となれば、俺が一日も早く彼女に相応しい男になって、思いを告げればよいだけの話だ。

そう思うと、自然に訓練にも身が入る。隊長も訓練場に顔を出してくださる頻度が増えて、俺はより一層熱心に鍛錬に打ち込んでいた。

すべてが順調だった。その、はずだった。

「ワタシはアナタに一目惚れしましタ！　どうかワタシと結婚してくだサイ！」

東の国からの留学生、ヨウが彼女に求婚するまでは。

東の国の第六王子で、少し前から国賓として王城に滞在していたので、俺も挨拶程度には話をしていた。

だが、まさかこんなことになるとは思わなかった。

そこで俺はやっと理解した。

たとえ彼女がリリア嬢を選ばなかったからといって、隊長ほどの人を周囲が放っておくわけがない。俺が追いつくまでに、誰かが彼女を攫って行ってしまうかもしれない。隊長が待っていてくれる保証などないのだ。

リリア・ダグラスの言葉を思い出す。

きっと、このことを言っていたのだろう。

でも俺は、自分で決めたのだ。

この気持ちを告げるのは、彼女に勝てるくらいに強くなってからだと。

それを曲げるような男に、自分で決めたことすら守れない男に、彼女が守れるだろうか。

結局俺に出来るのは、今まで以上に鍛錬に打ち込むことだけだった。

ある日、とうとう訓練場にヨウがついてきてしまった。

ここは俺と隊長の場所なのに、と思うと……何となく、面白くない。

ヨウは隊長にまとわりつきながら、隊長に手合わせを申し込んでいた。

ヨウの次は俺も相手をしてもらおうと眺めていると、ヨウはにっこり笑って言った。

「では……ワタシが勝ったら、ワタシと結婚してくだサイ」

「なっ」

思わず声が出てしまった。

何故、ヨウが、それを。

だって、それは、俺が、ずっと。

「いいぞ」

「た、隊長!?」

予想外の返事に、頭より先に身体が動いた。隊長とヨウの間に割り込もうとしたところを、隊長の腕が制する。

どうして止めるんですか。

どうして、「いい」なんて言うんですか。

隊長はちらりと俺に視線を送ると、試合の際の定位置に歩いていく。

「まぁ、見ていろ」

隊長はそう言った。

行ってしまう。

俺はその背中に、掛ける言葉が見つけられなかった。

どうしよう。もし、隊長が、ヨウのことを……。

そう思う間もなく、ヨウが瞬く間に隊長に伸された。

俺でも太刀筋を追えないような、早業だった。

「で？」

隊長がヨウを見下ろし、笑う。

凛と立つその背中はもちろん、剣を払う仕草までもが美しく、俺は彼女に見惚れてしまった。

「お前が勝ったら、何だって？」

「な、何かの間違いデス！　もう一回！」

「いいぞ、気が済むまでかかってこい」

まったく相手になっていないヨウを見て、俺はほっと胸を撫で下ろす。

そうだ。俺の――俺たちの隊長が、そう簡単に負けるはずはない。

そこからは安心して見学していたのだが……だんだんと、隊長が妙に楽しそうに笑っているのが気になってきた。

試合の時は楽しそうにしていることが多い人だが、今日は何となく、いつもよりも楽しそうに見えたのだ。

また、不安がむくむくと頭をもたげる。

隊長、どうしてそんなに、楽しそうなんですか？

相手が、ヨウだからですか？

へたり込んだヨウに立ち上がるよう急かす隊長。その姿に、また咄嗟に身体が動いた。

彼女の腕を引いて、制止する。

「隊長、隊長！」

「ん」

隊長はぴたりと動きを止めると、俺に視線を向けた。

俺は次の言葉を考えていなかったのだが……隊長は一瞬はっと息を呑むと、咳払いをする。

「悪い。つい私怨が」

「楽しそう……ですね」

「否定はしない」

そう答えた隊長の唇には、堪えきれない笑みが浮かんでいた。

その表情に、また何となく「面白くない」という気持ちが生まれる。

ああ、俺はこの人が好きなんだ、と、そう思った。

誰にも渡したくないくらいに。他の人間と楽しそうにしているだけで、嫉妬してしまうほどに。

俺には分からないと思っていた恋というものが、徐々にその輪郭を表してきたようだった。

「隊長」

「うん？」

「俺とも一戦、お願いします！」

俺の言葉に、彼女はこちらを向いて、にやりと笑った。

結局その日、俺は隊長に勝つことができなかった。けれど……隊長はこう言った。

「十年早い」

その言葉に、俺は一年生の時のダンスパーティーを思い出していた。

エスコートを断られたあの日。何度も夢に見るくらい、忘れられない衝撃を受けたあの日。

彼女は俺に言ったのだ。「私のエスコートなど百年早い」と。

思わず差し出された彼女の手をぎゅっと握り込んだ。

訓練場で出会ったばかりの頃……兄上に初めて勝った頃に握った隊長の手は、もっと大きく思えたのに。今では俺の手の方が、ずっと大きくなっていた。

あの頃は、俺の方が背も低かった。

いつの間にか、身長も、手の大きさも、俺は隊長を追い越していた。

「十年経ったら、追いつけますか？」

気づいたら、口から言葉がこぼれだしていた。

俺が自分に課した条件は、いつ越えられるのか分からないくらい、どこまでも高い壁で。

だけど、それを曲げるようでは、俺は彼女に相応しい男とは、胸を張って言えないから。

「俺が追いつくまで……待って、いてくれますか？」

きっと俺は、相当切羽詰まった顔をしていたのだろう。

隊長は不思議そうに首を傾げていた。

いつかあの人に、胸を張って伝えられるその日まで、俺はどこまでもあの人の背中を追いかけようと決めた。

それまではどうか、誰のものにもならないで、走り続けていてほしい。

もしあの人の行く手を阻む者が現れたなら……彼女の歩みを止めようとする者を見つけたなら、俺は。

何度でもあの人のために、剣を振るおう。

どの意味でも手は出していない

ヨウから逃げて屋上で昼食を取った私とリリアは、連れ立って教室に戻る。

教室のある階に着くと、廊下に王太子殿下とクリストファーが立っているのが見えた。

珍しい組み合わせである。学年によって教室のある階が違うので、この二人はこの階に用事はないはずだが。

「やぁ、リジー」

「殿下」

殿下がこちらに気づいて、軽く手を上げた。目礼して、リリアと一緒に歩み寄る。

「どうしてこちらに？」

「ロベルトからクラスでの様子を聞いてね、気になったものだから」

なるほど、ヨウは一応国賓扱いのはずだ。その様子を見に来たということだろう。

「クリストファーは？」

「そこで行き合ったんだ」

「ぼくはあねう……先輩が心配で。大丈夫ですか？　例の、しつこいって言っていた王子様。腹が立って手を出したりしていませんか？」

読まれている。義弟に完全に思考を読まれている。

今のところ、まだ出していない。訓練場での件は試合だし合意の上なのでノーカンだろう。

私は鷹揚に「大丈夫だよ」と頷いておいた。クリストファーは少しの間疑いの色が滲む目でこちらを見ていたが、やがて納得したようだ。

「エリザベス！　置いていくなんてひどいデス！」

噂をすればこれである。

横合いから飛びついてきたヨウを、半身になって軽く躱す。

殿下とクリストファーが驚いた顔で、勢いあまって壁にハグするヨウを見ていた。もう慣れてしまった自分が悲しい。

ヨウは恨みがましい目で私を見つめて体勢を立て直し、不満げに言う。

「この前はあんなに激しくワタシを求めてくれたのに。ワタシ、足腰がガクガクになりマシタ」

「気色の悪い言い方をやめろ」

「せ、先輩⁉」

「違う、誤解だ。どの意味でも手は出していない」

ものすごい勢いでこちらを向いたクリストファーを、どうどうと手で制す。

殿下は私たちの様子をちらりと横目で見てから、にっこり笑ってヨウに声をかけた。

「やぁ、ヨウ。学園には慣れた？」

「エドワード！」

ヨウがぱっと表情を明るくして、殿下に歩み寄り握手を交わす。

すぐ手を握るのは相手を問わないらしい。東の国の作法なのか、彼の個人的な性質によるものかは知らないが。

ヨウは機嫌よく両手を広げて、芝居がかった調子で高らかに語り出す。

「この国は素晴らしいところデス！　ワタシに運命の出会いをもたらしてくれマシタ」

「へぇ」

「ね、エリザベス」

ばちんとウィンクを投げてくるヨウ。そっと避けてリリアの背後に回る。

「そうだろう。私もここで運命の相手を見つけたからね」

負けじとこちらにウィンクを投げてくる殿下。

そりゃあ殿下は見つけただろう。学園(ここ)で、主人公(ヒロイン)を。

いい男からのウィンク二連撃を食らったリリアがカチコチに固まっている。

可哀想に。だが尊い犠牲だ、やむを得まい。私は心の中で合掌した。

「姉上、ちょっと。どうなってるんですか」

「私が聞きたい」

小声で袖を引いて問いかけてきたクリストファーに、正直なところを伝える。

何がどうなってこうなっているのか、私にも分からない。

「お嫁に行ったりしませんよね⁉　ぼく、嫌ですからね⁉」

「いやいつかは行くかもしれないが」

ちらりとヨウに視線を送る。王太子殿下に向かって私に対する過剰な装飾つきの賛美を語っているが、耳を滑ること、滑ること。

さしもの殿下もよそ行きスマイルが引きつっている。

「少なくとも今じゃないし、あいつじゃない」

「よかった……」

ほっと胸をなでおろすクリストファー。それはそうだ。あんな義兄は嫌だろう。

耳ざとく私の言葉を聞きつけて、ヨウがまた私に近寄ってくる。

「エリザベス、何故ワタシの気持ちを受け入れてくれないのデスか？　ワタシのことが嫌い？」

「好きか嫌いかで言えば、まぁそうだな」

「どこが嫌なのデスか？　ワタシ、直しマス！」

「ぐいぐい来るところ」

「グイグイ？　直せばワタシのこと、好きになってくれマスか？」

「そういうところだ、そういうところ！」

超至近距離まで顔を近づけてくるヨウ。そのお綺麗な顔面を掴んで押し返し、適切な距離を確保する。これは暴力ではない。正当防衛だ。私には自分のパーソナルスペースを守る権利がある。

最近は遠慮なく冷た――くあしらっているつもりなのだが、それでもなかなか諦める様子がないので困っていた。

演技であると頭では理解しているのだが、こうぐいぐい来られると最近肉食系に進化してきた某聖女の所業を思い出し、どうしても身構えてしまう。

「だいたい、私より顔のいい男も女もいくらでもいるだろう。周りを見てみろ」

「ノー！　ワタシはアナタがいいのデス！」

ヨウはまた跪いて、私の手を取る。

そして縋るような視線を向けてきた。

彼の顔が、甘く、やさしく。愛おしいものに向けるような表情を形作る。

「最初は一目惚れでしタ。デスが、アナタと一緒にいるうちに確信しまシタ。この愛は間違いなく、運命であると」

あまりに恥ずかしげもなく、仰々しく芝居がかった様子で言われて絶句した。

いや、実際芝居なのだろうが、それにしたってよくやる。砂糖を吐きそうだ。

「ワタシに案内役を紹介してくれるやさしさ、友達とふざけて笑う仕草。剣術に対する真摯な態度。そのどれもがアナタにしかないものデス。アナタのことを知るたび、ワタシはますますアナタのことが愛おしくなりマス」

やさしい声音だ。囁くような、少し掠れた心地よい声だ。蕩けてしまいそうな声だ。

うっかりすると、騙されてしまいそうなくらい。

——だが。

「罪な人デス、エリザベス。こんなにもワタシを夢中にさせて……どうかその心のひとかけらだけでも、ワタシに向けてくださったなら。ワタシは一生、アナタだけを見つめると誓うのに」

その言葉はやはり、耳を滑っていく。

一時しのぎの嘘を重ねてきた私には、彼の声音は非常に馴染みのあるものだったからだ。

こちらを見つめる目の奥が笑っていない。黒々と鈍く輝くその瞳は、嘘吐きの目だ。

彼の真意を探ろうと、彼の瞳を見据えて沈黙していると――。

「ちぇ――――いっ！」

リリアが手刀でヨウの手を叩き落とした。

おお、聖女チョップだ。

リリアは私に向き直ると、足音も荒く距離を詰めながら叫ぶように言う。

「わ、わた、わた、わたしのほうが、エリ様のこと好きなんですけど⁉」

「え」

「ひとかけらどころかわたしは全部欲しいんですけど⁉　身も心も全部欲しいんですけど⁉」

「ちょっと」

「こんなに袖にされててもまだ全然好きですけど⁉　何だったら日々ラブが募ってますけど⁉」

「ねぇ、圧が強い」

そんなことで張り合わないでもらいたい。

きゃんきゃん噛みつかんばかりのリリアの肩を掴み、くるりと反転させてヨウの方を向かせる。

彼女はふーふーと息を荒くして、ヨウを睨んでいた。彼女がやっても小動物じみていて可愛らしいだけなので、その威嚇にたいして効果はない気がする。

そもそも何で私に詰め寄るんだ。最初からヨウに詰め寄ってほしい。

「リジー」

「先輩」

両側から、声をかけられた。

左右に首を巡らせると、なんとも真面目な顔の殿下と義弟と目が合った。

殿下は私の肩に手を置き、クリストファーは私の腕を引いている。

え？　何？

これ、また私が怒られるのか？　この騒ぎ、私のせいという扱いになるのか？

それはさすがに理不尽すぎやしないだろうか。

頼むからお兄様には言いつけないでくれと懇願すべきか思案して目を泳がせたところで、呆れ顔で突っ立っている担任教師と目が合った。

「おーい、いつまで騒いでるんだ。授業始まってるぞ」

教師に背中を押されて、一同がそれぞれの教室へと向かう。

その一番後ろを歩きながら、私はそっと気配を消した。

一瞬担任教師がこちらに視線を向けたような気がしたが……気のせいと断じたのかそのまま前を向いて歩いていく。

何だかどっと疲れた。ほとぼりが冷めるまで、サボタージュと洒落込もう。

◇◇◇

「何ていうか……彼、私に似ていないかな？」

「え？」

休日。

遊びに来たリリアとサロンでお茶をしながら、私は頭を抱えていた。

「ヨウの話。こう、君のことを落とそうとしている時の私、彼ほどではないけど、何というか延長線上にいるというか、大枠のジャンルは同じというか……あんな感じじゃなかった？」

「あー……いや、えーと」

私の問いかけに、リリアが口ごもる。

そう。言っては何だがちょっと、方向性が被っているのである。

私自身、リリアに限らず女性に対しては、甘い言葉を口にしたり芝居がかった態度を取ったりと、必要以上に甘くやさしく接している自覚がある。

私が軟派系なのに対して彼は一途系――いや、そんな系があるのかは知らないが――という違いはあれど、これと決めた対象に必要以上のスキンシップを図ったりやさしくしたり褒めそやしたり、その辺りは共通している。

「ごめん。やられる側がこんなに面倒くさく感じるとは思っていなかったんだ。そこそこ地獄だな、これは」

「い、いえ！　わたしは、エリ様のこと好きなので、むしろご褒美というか、天国でしたけど」

リリアはそう言ってくれるが、たまたま彼女が良い方向に捉えたというだけで本質は変わらない。陳謝（ちんしゃ）するばかりである。

最近それに気づいてからというもの、ヨウを見るたび共感性羞恥で胸が痛い。

もしかしてこれ、私を狙った高度な精神攻撃なんじゃないだろうか。だとしたらなかなか成功している。

「この前なんて訓練場にまで押しかけて来て。ぶちのめせたのは、ストレスの解消にはなったけど」

「いいなぁ、わたしもまだ行ったことないのに」

「……リリアは来なくていいよ」

唇を尖らせるリリアに、一瞬考えてからそう返事をした。途端にリリアの表情がますます不満げなものになる。

「どうしてですか～⁉」

「いや、来てもいいけど。ちょっと事情があって鬼軍曹をやっているからきっとびっくりするよ」

「そ、それは……どんな事情で……？」

「話すと長い」

説明が面倒なので、適当にお茶を濁しておいた。

鬼軍曹姿を見て幻滅してくれるならいくらでも見に来てくれていいのだが、どうなのだろう。

塩対応にもめげてくれないので、だいぶあばたもえくぼ状態になっている気がする。

「エリ様は、訓練場で特訓して強くなったんですか？」

話の流れで何かを思いついたのか、リリアがふと問いかけてきた。

「そうとも言えるし、そうでないとも言えるかな。訓練場には最初から教官として通っているけど、他の教官たちにいろいろと教わって強くなったのは事実だし」

「もとから強かったんですねぇ」

「どうだろう。鍛錬の成果だとは思うけど……でも、才能はあったんじゃないかな。原作そのままのエリザベス・バートンだったら、一生知ることはなかった才能かもしれないね」

ゲームのエリザベス・バートンはごく普通の——と言えるほどゲームに出てきていないので、詳しいことは分からないが——少なくとも今の私よりは模範的な公爵令嬢だったはずだ。

もしかしたら護身術の授業でいい評価を得ていたかもしれないが、その程度だろう。

「あの、わたし思ったんですけど」

「何？」

「エリ様って本当は、『忍ブレド』に転生するはずだったんじゃないでしょうか？」

「え？」

「だから、エリ様が一番好きだった乙女ゲーの、『忍ブレド、恋モヨウ』ですよ」

リリアが繰り返す。そういえば、「忍ブレド」はCER●Cだったな、とふと思い出した。

「あれ、主人公もくノ一設定で強かったじゃないですか」

「そうだけど」

「エリ様、この世界に似つかわしくないくらい強いじゃないですか」

「それは、私がというか、エリザベス・バートンの体がたまたま……」

「本当にそうでしょうか？」

私の言葉を遮って、彼女が疑問を呈する。

人差し指を顎に当てながら、小首を傾げた。さらりと紅の髪が肩に落ちる。

仕草のひとつひとつまであざとく見えるほど、可愛らしい。

「前世で何かの本で読んだんです。人間は普段、本来肉体が出せるはずの力の二十パーセントとかしか使えてないって。身体を壊さないようにリミッターがかかっているって」

「ああ、火事場の馬鹿力的な話だろ？　いざってときはリミッターが外れて、普段以上の力が出るっていう」

「そうです。そのリミッターって、肉体的な話じゃなくて、精神的な話なんじゃないかと」

「どうなんだろう。そういう面もあるのかな？」

「だからエリ様はもしかして、そのリミッターが最初から外れた状態で、この世界に転生したのかもって」

急に話が飛躍したように感じる。

そもそも精神と魂が同じなのか、とか、記憶と魂の関係はどうなのか、とか。そのあたりの議論や定義づけがすっ飛んでいるからだろう。いや、知らんけど。

仮に説明されたところで、理解できるとも思っていないけど。

「リミッターが外れてるとしたら、私の肉体が壊れてないとおかしいじゃないか」

「エリ様は、まず強靭な肉体づくりから始めちゃったんじゃないですか？」

「…………」

言われてみれば、辻褄が合うような気もする。

「強靭な肉体」の心当たりもなくはない。

だが、人の輪廻転生を司る神様なるものがそんな、うっかり転生先の世界を間違えるようなことをするだろうか。神様だぞ？

神である以上、もうちょっと威厳のある、全知全能的な存在でいてほしいと思ってしまう。

うっかりものの神様が作っている世界は、生きていくのに少々不安が多すぎる。

そういったある種チート的なものではなく……単に私自身の努力と才能の成果であると思っておいた方が、まだ精神衛生上の救いがある気がした。

「……まぁ、もし仮に、万が一そうだったとして。つまりこの世界の神様は、うっかり転生させたイレギュラーな存在であるところの私に、うっかりこの世界の筋書きを変えられてしまったことになるわけで。そうなると、私から言えることは一つだけだね」

「何ですか？」

リリアに向かって、私はにやりと口角を上げてみせる。

「『ざまぁみろ、乙女ゲーム』、だ」

◇◇◇

殿下からのお使いの品を執務室に届け、奥深いらしい編み物の蘊蓄（うんちく）を聞かされていると、執務室のドアがノックされた。

いつもの護衛騎士の困惑した声に、何事かと思っていると――。

「エリザベス！」

喜色満面のヨウが飛び込んできた。背景に大輪の花が咲いているかのような笑顔である。

見慣れた制服ではなく、立ち絵でも見たことのある私服姿だ。

分厚いベロアのような生地のセットアップで、形はどことなくチャイナ服に似ている。

あの形のボタンというか紐と言うか、実は結構留めにくい。

一人でちゃんと着ているのか、王族ともなると使用人に留めさせているのかと考えていると、殿下に袖を引かれた。

「ロベルトからも聞いているよ。必要なら助けてあげるけど」

わずかに殿下に身体を向けると、彼はほとんど唇を動かさずに囁いた。腹話術の要領だ。

高位の貴族には、こういったスキルを身につけている者も多い。況や王族をや、である。

私もヨウに気取られないように注意しながら、答える。

「ですが、殿下に貸しを作るのは……」

「貸し借りなしなら？」

「助けてください」

即答した。

こちらに委細承知の目配せをして、殿下が立ち上がる。

「ヨウ。ずいぶん急な訪問だね」

「エドワード。これはご無礼を」

ヨウが東の国の礼をした。しっかりした挨拶の言葉も述べている。

いつもの片言、やっぱり演技なんじゃないか？

にこりと笑って、殿下が椅子を勧める。

「どうかした？　城での暮らしに何か不自由でも？」

「ノー、とてもよくしてもらっていマスよ。今日は、ここにワタシの愛しい人が来ていると聞いたので、いてもたってもいられず」

私に視線を送りながら、歯の浮くようなことを言うヨウ。

窓の外に視線を向けた。本日は晴天なり。鳶だろうか、鳥が空を飛んでいる。

「そう。申し訳ないけれど、私と彼女は仕事の話をしているから……また改めてもらえるかな？」

「ンー？　エリザベス、エドワードとどんなお仕事を？」

「騎士団のことで、ちょっとね」

「きみに聞かせるような話じゃないよ」

私と殿下がほとんど同時に答えた。

一瞬しまったと思ったが、ヨウは私の言葉を聞き逃さず、話を掘り下げようとしてくる。

「騎士団？　どんな仕事デスか？」

「どんなって、街の巡回とか、夜警とか」

ギリッと殿下に手の甲を抓られた。痛い、なんだこの人。

「なんということ！　アナタがそんな危険な仕事を!?」

「危険？　いや、この国は平和だから、特段……」

「女子どもに騎士の真似事をさせるとは。この国はずいぶんと人手不足なのデスね」

「そこは私が特殊なだけで、ほかに女子どもはいないけど」

また殿下に手の甲を抓られた。痛い、肉が少ない部分を抓られているので普通に痛い。

ちらりと視線を送ると、笑顔の奥で紫紺の瞳が私を睨んでいた。

どうも「余計なことを言うな」という意味らしい。抓らず口で言ってくれ。

「ということは、他は男ばかりなのデスか!?　そんな野獣の群れにアナタを放り出すなど」

「はぁ」

これ以上抓られたくない私には、気のない返事が限界だった。

もし警邏で世話になっている第四師団の騎士たちに「この中に野獣いますか？」と聞いたら、八割くらいが私を指さしそうな気がする。

最近ついた二つ名が「羆殺し」らしいので。

殺していないどころか勝ってもいないのだが、過剰な尾鰭（おひれ）が付いている。噂話というのは本当に無責任なものだ。

「エリザベス。ワタシと一緒に東の国に来てください。ワタシの国なら、アナタが危険な仕事をする必要はありまセン」

歩み寄ってきたヨウが、私の手を両手でぎゅっと力強く握る。

「王子妃として、何不自由ない生活をお約束しマス。か弱いアナタに、一人で背負わせるようなことは絶対にさせまセン」

「私に一太刀も入れられなかったくせによく言うな」

「それとこれとは話が別デス」

熱のこもった――風を装った――視線が、私に向けられる。

顔を近づけられるたび、私はじりじり後ずさりした。

「ヨウ。きみの国では違うのかもしれないけれど……この国では、未婚の女性にみだりに触れてはいけない」

殿下がさりげなくヨウと私の間に割って入る。

助けてもらった身なので、未婚の女性にお姫様抱っこさせるのはいいのか、などという野暮なことは言わないでおく。これ幸いと二人から距離を取った。

「未来の伴侶ですから、問題ありまセン！」

にっこり微笑んで、こちらにウィンクを飛ばしてくるヨウ。

誰が伴侶だ。私はもう一歩後ずさった。

私の様子を横目に見ていた殿下は、ヨウに負けないくらいの笑顔で告げる。

「嫌がっているみたいだけれど。見て分からない？」

「ンー？　ワタシには、エドワードが嫌がっているように見えマスが」

「………………」

ヨウの言葉に、殿下が一瞬押し黙った。

そしてわずかにこちらに視線を送り、再びヨウに向き直る。

「そうだね。私が嫌だから、彼女（リジー）に触れないでくれるかな？」

ヨウの目が見開かれる。

こちらに背を向けているので殿下の表情は窺い知れないが、きっとあの王太子スマイルが貼りついていることだろう。

「きみもだ、エリザベス嬢。他人にみだりに触らせないで」

「は。王太子殿下のご命令とあらば」

「エリザベス！」

ヨウが悲しげな目でこちらを見てくるが、知ったことか。

これはもはや王太子の勅命も同然。私のような下々の者には逆らえない、という感を全面に押し出して、全力で殿下に話を合わせにいく。

心の中で殿下に感謝の念を送っておいた。貸し借りなしという話だったが、今回の毛糸代はツケから引いておこう。

「可哀想なエリザベス。ワタシなら、こんなふうに命令して、言うことを聞かせたりしないのに」

ぽつりと呟くヨウ。

それはそうだ。お前の命令を聞いてやる義務は私にはない。

まるで自分は権力などふりかざしていませんよという口ぶりだが、そもそも彼が王族でさえなければ、とっくに縛り上げて学園の門に吊るしているということを理解してもらいたい。

私が権力に阿る（おもね）タイプなので、行動に移していないだけだ。

殿下越しに私に視線を送っていたヨウが、やがて殿下に視線を戻す。

わずかな沈黙が流れる。殿下とヨウが視線を交わしているらしい。

「お邪魔しまシタ、エドワード。彼女の話は、また改めて」

「そうだね」

「ワタシとエリザベスの結婚式にはお呼びしマス。その時はぜひ、スピーチをお願いしマスね」

「何の話だ⁉」

黙っていようと思ったのだが、思わず口を挟んでしまった。

ヨウは私を見てまた目を細めると、東の国の作法で礼をして退室して行く。

今、殿下との視線のやり取りで何があったんだ。一抹の不安が過ぎる。

え？　私、売られてないよね？

ヨウの背中を見送る殿下の表情は、こちらからはやはり見ることが出来なかった。

ドアが閉まる。

二人残された部屋が、しんと静まり返る。何とも気まずい沈黙だった。

沈黙の中、嵐のように去っていったヨウについて、殿下にも意見を聞いてみようと思い至った。

リリアは「裏なんてないんじゃないか」と言うが……腹芸という意味では、殿下の方が得意分野であるはずだ。

「……どう思います？」

「どう、とは」

「彼を見ているとどうも、落ち着かないと言うか。胸のあたりがざわざわしませんか？」

「はぁ⁉」

殿下が珍しく声を荒げて聞き返してきた。

ふむ。殿下はそう思っていないということだろうか。

「私には、彼が何かを企んでいるように思えるのですが」

「……それは、私もそう思う」

私が見解を述べると、殿下はそれを首肯した。しかしやや間を置いてから、ゆるゆると首を振ってその言葉を撤回する。

「いや、どうかな。今の私はあまり冷静に物事を見られているとは言い難い。バイアスが掛かっているかもしれないから、当てにしないで」

「殿下が？」

思わず聞き返してしまった。

療養から帰ってきて、どんどん完璧王子っぷりに磨きがかかっているように思っていたので、「当てにしないで」などという言葉は意外だった。

「誰のせいだと思っているの？」

「ヨウのせいでしょうか」

「……そうだね」

私に冷たい視線を浴びせてから、彼は頬杖をついてため息をこぼした。

「やぁ、リジー」

「ようこそお越しくださいました、殿下」

我が家を訪れた殿下とサロンで向かい合い、挨拶を交わす。

ちなみに、今日はお兄様と約束があるとかでちゃんとアポありの訪問だ。そうしてもらわないと困る。

それでも約束の時間より早めに着いてしまったそうで、お兄様の準備が出来るまでの暇つぶし要員として私が動員されることになった。これも仕事のようなものだ。やむを得まい。

テーブルを挟んで、斜めの位置に腰掛ける。

侍女がそっとお茶の支度をして、ワゴンを部屋の端に寄せると退出していった。

「お待たせしていて申し訳ありません。ちょうど午後の休憩を始めたところだったようで」

「いや、いいよ。私が早く着きすぎただけだから」

優美に微笑む殿下。ならば、お兄様のお茶休憩が終わるのを馬車かどこかで待ってから来てくれたらよかったのだが。

おやつがお預けになってしまうお兄様が気の毒でならない。

「ねぇ、リジー」

「はい」

「私のこと、どう思ってる？」

どう、と言われても。

コメントに困る問いを投げかけられて、目を瞬いた。

何だこれは。どういう尋問だ？　いや、むしろ面接か？

私の……ひいてはお兄様や公爵家全体の人事評価に関わったりするのだろうか。

私はただの騎士団のバイトだし、家での発言権は植木よりないぐらいなのだが。

悲しいかな、貴族とはいえ実情はほぼサラリーマンである。上下関係が非常に厳しい。

突然偉い人に「私のこと、どう思ってる？」と聞かれたとき、ヨイショする以外の選択肢があるだろうか。

コンマ二秒でそこまで考えて、とりあえず私は出来る限りの褒め言葉を絞り出した。

「きっと素晴らしい王になられるお方だと……王になるべきお方だと思っておりますが」

「……そうじゃなくて」

殿下がため息をついた。どうやら外したらしい。

もしかして、忠臣らしく何か苦言を呈するべきだったのだろうか。

分かるかそんなもん、と放り出したい気分になった。だいたい私は特に忠臣ではない。逆から数えたほうが早いくらいだ。

殿下がやれやれと首を振りながら、ティーカップに手をかけた。

私もお茶でも飲んで落ち着こうとカップに手を伸ばす。

紅茶よりも色が薄い気がする。香りも少し違うようだが……もしかして別の種類なのだろうか。

「おっと」

殿下が一口飲んでソーサーに戻そうとしたところで、カップを取り落とした。

カップが床に落ち、かちゃん、と音を立てて割れる。中に入っていたお茶が、じわりと染みになって絨毯に広がった。

毛足の長い絨毯を見て、内心あーあ、という気持ちになった。

これを洗うのはなかなか骨が折れそうだ。この寒空の下では今日中に乾くかも怪しい。

いや、私が洗うわけではないのだが。

「すまない、手が滑った」

「いえ、構いませんよ。下げさせましょう」

割れたカップの大きな破片を拾ってワゴンに載せていると、音を聞いて侍女が駆けつけてきた。

私はまだ口をつけていなかったが、ついでに淹れなおしてもらおうかと、ポットもワゴンに載せて侍女に引き渡す。

ふと、疑問に思った。いつもこういったときに対応するのは侍女長なのだが、今ワゴンを片付けているのは年若い侍女だ。

侍女長がいたら、若い女性を不用意に私に近づけさせるはずがない。せいぜい来るとして執事見習いだ。今日は侍女長は休みなのだろうか。

ワゴンを引いて退出していく侍女を横目に見ながら、殿下が言った。

「きみは違うお茶にしたほうがいい。ピーマンが嫌いなら、苦手な味だと思うよ」

「……どうしてそれを」

思わず呟いた私を見て、殿下がどこか得意げに笑う。

「きみの兄さんに聞いた」

お兄様のほわほわした笑顔が脳裏に浮かんだ。

お兄様、何故そんな話を他人にしてしまうのか。というかどういう流れでそんな話になるんだ。

「ふふ。きみが思うより、私はきみのことを知っていると思うよ」

「どうでしょう」

私が肩を竦めてみせると、彼は指折りしながら話し出す。

「まず、ピーマンが嫌いだ」

「苦手なだけです」

「早起きだけれど、寝起きは機嫌が悪い」

「……よくはないかもしれません」

「オムレツはケチャップじゃなくて塩胡椒」

「……」

「気まずくなると首の後ろに手をやる癖がある」

「………」

私は首の後ろに回していた手をそっと下ろした。

「寝るときは素足じゃないと眠れない」

「お兄様と普段何の話をしているんですか……？」

いや、本当に何の話をしていたらそういう話題になるのか。

真面目に国の未来とかダウ平均株価とかについて話していてほしい。

あとお兄様の口が軽すぎる。かるかんより軽いのではなかろうか。

私の個人情報がダダ漏れだった。いや、知られたところで大したことのない情報ばかりだが。

「きみの話ばかりだよ」

「仕事の話をなさってください」

「きみに言われなくてもしているさ。今日も仕事の話で来たんだ」

殿下が立ち上がった。そして部屋の出口へ向かう。暇つぶしはお役御免らしい。

「……リジー。ちゃんと考えておいてね」

「はい？」

ドアを開けて部屋を出る寸前、殿下はふと立ち止まるとこちらを振り返って言った。

紫色の瞳が私を捉える。澄んだ色の瞳だが……そこに宿るのは、こちらを探るような光だ。

「きみが、私をどう思っているのか。騎士としてでも、王太子としてでもなく……エリザベス・バートン個人が、エドワード・ディアグランツ個人のことをどう思っているのか。今度聞くまでに、きちんと考えておいて」

「はぁ」

私がよく分からないまま気の抜けた返事をすると、殿下は満足そうに笑って退出して行った。

はて。宿題ということだろうか。何やら謎掛けをされた気分だ。

王太子殿下とかけまして、編み物と解きます。その心は、どちらも「絡ま（れ）ると時間がかかる」でしょう。おあとがよろしいようで。

……これを言ったらものすごく怒られる気がした。別にたいしてうまくもないし。

だいたい、「どう思う？」なんて漠然とした問いかけをするほうが悪い。

会議と同じだ。ゴールを最初に定めなければ、ただ無意味な議論が交わされて結論が出ないまま終わってしまう。

何と返事をしてほしいのか、事前に根回しをしておいてほしいものである。

そうしたら、こちらはそのとおりに返事をするだけで済むのだが。

まぁ、もし今後聞かれたら聞かれたで、未来の私が何とかするだろう。

殿下も忘れているかもしれないしな。私は考えるのを放棄した。

彼女がうんと言いさえすれば　―エドワード―

「バートン伯は、どこに？」

ドアを閉めて、侍女に声を掛ける。侍女は頭を垂れて、やや緊張した様子で答えた。

「は、はい、書斎に。こちらに呼んでまいりましょうか」

「いや、いい。どのみち書斎で話す約束だったから。案内してくれる？」

「かしこまりました」

侍女の案内を受けて、公爵家の中を歩く。

階段を通りかかり、以前訪れた彼女の部屋を思い出した。

ちょうどこの上あたりだっただろうか。殺風景な部屋を思い出して……そこに置かれた自分の分身とも言える品物たちを思い出して……ふと、笑みがこぼれた。

「そういえば。先ほどのお茶だけれど……変わった味がするね」

「え、ええ」

侍女が頭を下げたままで答える。

「最近取引を始めた商人から仕入れたものにございます。異国由来のもので、何でも……」

侍女が言いにくそうに言葉を切った。

何かまずいことがあるのかと、自然と意識が尖っていくのを自覚する。

「……女性らしさが増すとか」

「…………」

声を潜めて言う侍女に、私は沈黙してしまう。

それはまるで、特定の誰かを狙い撃ちしたかのような効能だ。

……本当に、そのような効果があるのならば、だが。

「エリザベス様……どなたか貰ってくださる殿方が現れたら、わたくしどもも安心なのですが」

ぼそりと独り言のように呟いた侍女に、私もため息交じりの独り言で応じた。

「彼女にその気があるのなら、こちらはいくらでも貰う気なのだけれどね」

本当に、彼女がうんと言いさえすれば……私は。

時折、自分が王族でさえなければと思うことがある。そうすれば、もっと簡単なことなのだが。

だが、王族だからこそ……出来ることもある。

王族というものは、常に危険に晒されている。目に見える危険から、そうでないものまで。

そのため、王族は幼い頃からそれに備えるための教育を受ける。身を守る術を身に付ける。

剣術や護身術を学ぶ。縄抜けや房中術も学ぶ。鍵を使わずに錠を開ける訓練や、毒を見分けたり、耐性をつける訓練も行う。

先ほどの飲料には、毒物が含まれていた。わずかな違和感だったが……気づくには十分だった。

だからこそ、わざとティーカップを割ったし、別の飲み物を彼女に勧めた。

もちろん公爵家でも毒見は行っているだろう。すぐに効果の出るような劇毒ではない。この毒は、継続して摂取することで徐々に衰弱し、やがて体内に毒素が溜まって死に至る……そういった種類のものだ。

真っ先に侍女を疑ったが、話を聞く限りでは嘘をついている様子はない。

だとすれば、怪しいのは最近出入りするようになったという商人のほうだろう。

学園、訓練場、そしてこの公爵家。彼女の周囲で、問題が発生している。

予想していたよりも、ことの進行が速い。

侍女がドアを開けた。挨拶を省略して書斎に入る。

「やぁ、エド」

ふにゃりと気の抜けた笑顔で、彼が私を出迎えた。

「バートン伯」

私の声と呼び掛けに、彼が居住まいを正す。真剣な眼差しでこちらを見つめて、立ち上がった。

背後で、ドアが閉まる音がする。

「どうされました、殿下」

「急ぎ、きみの耳に入れたいことがある」

ロベルトから、ヨウのことは聞いていた。

だが、実際にその姿を……跪いて、彼女の手を取り、愛を滔々と語る姿を目の当たりにするまでは、どこか信じられないままでいた。

第六王子とはいえ王族だ。利害関係や外交上の問題を加味せず——ただでさえ、最近の我が国と彼の国の関係は複雑になりつつあるというのに——軽々しく他国の貴族に本気で求婚するなど、普通では考えられない行為だ。

だが、彼は彼女の前に跪いていた。やさしく愛おしそうな目で、彼女を見つめていた。

「ワタシはアナタがいいのデス！　最初は一目惚れでしタ。デスが、アナタと一緒にいるうちに、確信しましタ。この愛は間違いなく、運命であると」

どうしてそんなことが出来るのか、と思った。

そしてどうして彼女は……ヨウの手を振り解かずに、彼を見つめているのだろうか、と思った。

もし私が本気で彼女を欲しいと言えば、きっと簡単に手に入れることができるだろう。

命じれば、彼女自身にすら「はい」と言わせることができる。

王家とはそういうものだ。貴族とはそういうものだ。

もともとロベルトが結婚するはずだった相手である。身分から見ても問題はない。

公爵は渋るかもしれないが、押し切れるだろう。

だけれどそれは、私が王太子だからという、ただそれだけのことで。

そこに彼女の意思は、何もない。

私はそれでは嫌だった。

彼女に私を見てほしかった。私に恋をしてほしかった。

だから、彼女を恋に落とすために……私は。

彼女に「好きだ」と言わせるまではと、そう思っていたのに。

やっと作った二人の時間に割り込んできたヨウの言葉が、頭を過ぎる。

「エリザベス。ワタシと一緒に東の国に来てください。ワタシの国なら、アナタが危険な仕事をする必要はありまセン」

彼女との逢瀬を邪魔するように執務室に乱入して来たかと思えば、気づいた時にはヨウはまた、彼女の手を握っていた。その仕草すら癪に障る。

だいたい、彼女も彼女だ。本気を出せば躱せるはずで、みすみす触らせてやることはない。

「王子妃として、何不自由ない生活をお約束しマス。か弱いアナタに、一人で背負わせるようなことは絶対にさせまセン」

ヨウの言葉は、いちいち私の神経を逆撫でする。

嫉妬と怒りで気が狂うかと思った。

王子妃？　東の国？

そんなに簡単なものか。そんなに軽々しく口に出来るものか。

そんなに簡単に、私が欲しくて仕方のないものに手を伸ばすなど——許されることではない。

私はそれが出来るなら、何もいらないのに。

「ヨウ。きみの国では違うのかもしれないけれど……この国では、未婚の女性にみだりに触れてはいけない」

「未来の伴侶デスから、問題ありまセン！」

私は腹が立っていた。

目の前の男が彼女に向ける言葉は、紛い物だ。

冷静になってよく観察すれば、すぐに分かった。だからこそより一層、我慢がならなかった。

「嫌がっているみたいだけれど。見て分からない？」

「ンー？　ワタシには、エドワードが嫌がっているように見えマスが」

「………………」

私は沈黙した。本来笑って「何を言っているのか分からないな」とでも言って流すべき場面だ。

けれど私は、笑顔を取り繕うことを止めた。

目の前の男を、睨みつける。

これほど彼女を想っている私が愛を囁くことは許されないのに、何故こいつはそれを許されるのか。あまつさえ、彼女に触れて。

分かっている。八つ当たりだ、嫉妬だ。

だけれどそれの、何が悪い？

「そうだね。私が嫌だから、彼女に触れないでくれるかな？」

ヨウは一瞬目を見開いた。私の言葉が予想外だったのだろう。

「可哀想なエリザベス。ワタシなら、こんなふうに命令して、言うことを聞かせたりしないのに」

去り際、彼は捨て台詞のようにぽつりと呟いた。彼女に向けた風を装っていたが、その実、私に向けた言葉であることは明白だった。

いっそ、私が王太子でさえなければ、彼のように手を伸ばせたのだろうか。

だが、私が王太子でなければ……こうして彼女を呼び出すことも出来なかっただろう。

どこまで行っても、私と彼女の関係は、王太子と貴族というものでしかない。

それが嫌だった。どうしようもないことだけれど、それでも、嫌だった。

自分がこんなに我儘な人間だとは思わなかった。

自分がこんなに欲の深い人間だとは知らなかった。

彼女が気持ちを向けている相手が自分ではないことは、もうずっと前から分かっていた。

リリア・ダグラスに接する彼女を見た時から。

けれど、私は決めたのだ。彼女を落としてみせると。

結局リリア・ダグラスに向けていたそれは恋愛感情ではなかったようで……それには彼女を見るうち、薄々気づいてはいたけれど。

何故なら、恋はもっと苦しくて、切ないもののはずで――彼女のそれは、恋の上辺をなぞっているだけに見えたからだ。ヨウのそれと同じ、紛い物に見えたからだ。

私は彼女が欲しい。

彼女の、初恋が欲しい。

私と同じくらい、苦しくて切なくて、心の中が綯い交ぜになって、なりふり構わず、嫉妬で身を焦がしてしまうような。

近くにいるだけで胸が高鳴って、視線を向けられるだけで嬉しくて、声を聞けるだけで顔が熱くなって、その手に触れられたらと夢に見てしまうような。

そんな気持ちを、私に向けてほしい。

彼女が私を……他の誰も、歯牙にもかけていなくとも。

いつか、彼女の方から、私を。


それにはノイズは少ない方がいい。

耳障りな羽音で飛び回る羽虫に思考を向ける。

ついに本人に直接毒を盛ろうかというところまで来たようだが……分かっているのだろうか。

自分たちが相手取っているのが、誰なのか。

——敵に回すのが、誰なのか。

君、私のこと好きなんだったよね？

「あふ」

「エリ様、寝不足ですか？」

男爵家の馬車に相乗りさせてもらった帰り道。

欠伸をする私を、リリアが心配そうに覗き込んだ。琥珀色の瞳に映る私はなんとも気の抜けた顔をしている。

いかん、また顔面が十八禁とか言われてしまう。

この言いがかり、正直私は納得していないのだが、学園の保健医にも「仕事を増やすな」と泣きつかれたので、不本意ながらどうも事実らしかった。

頑張ってキャラを作っているときよりも気が抜けている時の方がウケがいいとは、ここまでそれなりに必死でやってきた身としては複雑である。

無理に騎士も軟派系も演じず、最初っからこれでよかったんじゃないのか、と思うとなんともやるせない。

……いや、やめよう。これを考えるの。私の精神衛生上よろしくない。

結果がすべてだ。過程などどうでもよかろう。私は望む結果を手に入れた。それがすべてだ。

伸びをして、顔に気合いを入れる。

「最近どうも寝つきが悪くて。いや、寝つきはいいんだけど……夜中に何度か目が覚めるんだ。今まであまりそんなことなかったんだけど」

「暑いとか、喉が渇いたとか？」

「心当たりはないけど……ストレスかな」

ストレスには心当たりがある。めちゃくちゃある。

今日の昼休憩は逃げ損ねてストレッサーにまとわりつかれる羽目になった。

食事は静かにおいしく食べたいタイプなので鬱陶しさも一入（ひとしお）である。

「何ていうか、私に関係のないところでひどい目に遭ってほしいって気持ちだ」

「エリ様、時々陰湿ですよね」

「私の性格の悪さは今に始まったことじゃないよ。もとが悪役令嬢なんだから当然だろう」

「それなんですけど」

リリアが顎に人差し指を当て、首を傾げる。

「エリザベス・バートンって、バートン家のご令嬢じゃないですか。幼少期のエリ様目線では……ウッ」

突然口元を押さえて蹲るリリア。何事かと覗き込むと、指の隙間から鼻血が垂れているのが見えた。怖い。

「幼少期のエリ様想像してちょっと……絶対可愛い……どうしてその時にわたしと出会っておいて

くれなかったんですか……」

「無茶苦茶言うなぁ」

「実は幼馴染だったりしません？　わたしたち。将来誓い合ってたりしたことになりません？」

「しませんしなりません」

呆れながら、ハンカチを差し出してやる。やれやれ、心配して損した。

「たいしたことない普通の子どもだったよ。私の見た目は努力で作り上げたものだからね。子どものうちは完成度も低いから、君が見たらがっかりすると思う」

「未完成なエリ様もそれはそれで美味しくいただく自信があります」

「目が怖い」

椅子の上でわずかに後ずさりする。リリア、見た目は可愛い女の子だし、腕力では負けるはずもないのだが……どうしてこうも恐ろしく感じるのだろう。

本気でビビッていることを気取られないように、私はわざとらしく肩を竦めた。

「そもそも昔から年上に見られがちだったからなぁ。ショタを期待しているならあまりそういう感じじゃなかったと思うよ。十二歳ぐらいの時にはもう高校生くらいに見られてたし」

「今でもどちらかと言えば落ち着いてますもんね。外見は」

「一言余計だよ」

「えーと。つまり、バートン家のご令嬢が、果たして悪役令嬢になるでしょうか？　って話で」

「というと？」

今度は私が首を傾げる番だった。「なるでしょうか？」と言われても、実際ゲームではそうだったのだ。

それはリリアもよく知っているはずである。

「だって、人望の公爵家ですよ？　人望の公爵様と、エリ様がもうわたしの耳にタコができるぐらい素晴らしいと大絶賛するお兄様に囲まれて育って……果たして悪役になるでしょうか？」

「……ゲームでは、バートン家にいてもクリストファーは愛に飢えていたけど」

「クリストファー様はいろいろと他に事情がありましたけど、エリ様は……ゲームのエリザベス・バートンは、バートン家の長女としてそれはそれは順調に、すくすく育ったはずです」

前世の記憶を取り戻す前のことを思い出す。

ただの、ゲーム通りのエリザベス・バートンとして暮らしていた七年の記憶を思い出す。

少し気位の高いところはあったが、貴族のご令嬢としては確かに、順調に成長していた。

「ゲームの内容を見る限り、ロベルト殿下の振る舞いに腹を立ててはいたのでしょうけど……はっきり悪役と言えるほどの悪事をしていたかと言うと」

「まぁ……そこはモブに毛が生えた程度のキャラだからじゃない？」

「イベントで噴水に主人公を落としたのも、わたしは事故だったんじゃないかと疑ってるくらいです。それか、取り巻きの令嬢が勝手に何かしちゃったとか」

「それは、どうだろう。君が私を悪役だと思いたくなくて、美化してるんじゃないか？」

「いえ、わたしが言いたいのは」

リリアが、真面目な顔をして私に人差し指を突きつけた。他人様を指さすとは、お行儀が悪い。

「エリ様が悪役なのは、エリザベス・バートンがどうのじゃなくて……今のエリ様の人格が『悪』だからじゃないのかと」

「え？」

「だって純情可憐な主人公の気持ちを、私利私欲のために利用しようとしたひどい人ですよね？その上、あんまり罪悪感を感じてないし。人の心もないし」

「……えーと。確認するけど。君、私のこと好きなんだったよね？」

「ええ。好きです。悪いところも、ひどいところもひっくるめて」

胸を張って言い切るリリア。

その言葉に「若いなぁ」という感想を抱いた。

良いところは好き、悪いところは嫌い、で切り分けてしまえばいいだろうに……そうしないのは、若さだろう。

前から思っていたのだが、リリアの物事の考え方と言うか恋愛観と言うか、前世の記憶がある割には年相応に感じる。

私よりよほどしっかり前世のことを覚えているようだが……若くして死んでしまって今に至るのではないかという推測は、穿ちすぎだろうか。

「だってエリ様、乙女ゲームの『悪役』としてはめちゃくちゃ仕事してますよ。本家エリザベス・バートンなんて足元にも及ばないくらいの悪役っぷりです。『主人公』と『攻略対象』の恋路を邪魔する、という意味では」

「そういう視点もあるのか」

だとすれば、草葉の陰にいるだろうエリザベス・バートンには申し訳ないことをしてしまった。

きっと両親とお兄様の愛を受けて育った真っ当なご令嬢だったのだろうから。

いや、だからこそ、悪役としては「モブ同然」にしかなれなかったのだろうが。

リリアの言葉を信じるなら、エリザベス・バートンは普通のご令嬢だったのに、私という人格がその性質を本物の「悪役」に変えてしまった、ということになる。

悪役として出世したことを、彼女が良いことだと思ってくれるかは、私には分からない。

そもそも私が前世の記憶を取り戻してからというもの、原作通りのエリザベス・バートンとして生きていたときの人格がどうなったのか、私には分からない。

今のこの人格だって前世のままというわけではないと思うので、統合されたと考えることもできるが……どこかへ行ってしまったような感覚もある。

もし彼女が私の中以外のどこかにいるなら、幸せになっていてほしいと思う。

彼女の記憶と知識が私の助けになったことは、間違いないのだから。

「エリ様がもともとは忍ブレドに転生するはずだった説、わたし提唱したじゃないですか」

「そういえば言っていたね」

「乙女ゲームの主人公って、プレイヤーが自己投影しやすいように、感情移入しやすいようになってますよね。プレイヤーが、主人公になったような気持ちになれるように。逆説、プレイヤーがいなければ……プレイヤーが中に入らなければ、空っぽで、誰でもない。物語は始まらない」

彼女の言葉に、頷く。乙女ゲームというのはそういうものだ。

「だから、わたしは最初っからリリア・ダグラスになっていたわけですけど。エリ様はそうじゃない。わたしが思うに……元々のエリザベス・バートンは今ごろ、忍ブレドの世界にいるんじゃないかと思うんです」

「は？」

「こう、玉突き事故的な感じで」

「玉突き事故」

そんなことがあるものだろうか。

以前にも思ったが、リリアの考えている「世界」とか「神様」とかいうもの、人間的すぎるというか……適当すぎる気がするのだが。

まるでたいしたことのないものを扱うように話すものだから、不思議な感覚がする。

ギリシャ神話の神々とか古事記の神々とかは結構人間味がある描かれ方をしていた気もするので、そのあたり、信仰の違いというやつなのかもしれない。知らんけど。

忍ブレドの世界に思いを馳せる。あのゲームは特にやさしい世界ではなかった。

普通にバッドエンドもあった。攻略対象が死んでしまうエンドや……主人公が、死んでしまうエンドも。

「普通の公爵令嬢がやっていくには、あの世界はちょっと厳しすぎるんじゃないか？」

「さぁ……わたしには分からないですけど。でも、何とかやってるんじゃないですか？」

私の言葉に、リリアは肩を竦めてみせる。いまいち興味がなさそうなのは、何故だろう。

「だって、人望の公爵家のお人ですから」

「そうかなぁ」

そりゃあ人望はあるに越したことはないだろうが……それはやさしい世界だから通用するものであって、生死を懸けた争いが繰り広げられる世界でどの程度の意味を持つものか。

そもそも、我が公爵家の人望は長子の特権だ。全員が持っているものではない。

もしエリザベス・バートンの中身があちらの世界にいるとしたら……私に出来るのは、せめて犬死にしていませんようにと祈ることくらいだ。

「エリ様だって、自分には人望ないって思ってるみたいですけど。わたしはそうは思いません」

「？」

リリアの言葉に、目を瞬く。

人の心がない人間に、人望などあるものだろうか。

「人望とはちょっと違うかもしれませんけど。みんな、あなたのことが好きですよ」

「それは……うーん。やっぱり人望とは違う気がするなぁ」

「そうですか？　得られる結果が同じなら、過程が違っても同じ、でしょう？」

「……人間は誰しも、自己矛盾を抱えて生きるものだよ」

私の言葉を借りて笑う彼女に、私は肩を竦めて応じた。

◇　◇　◇

「エリザベス！　私服姿も素敵デスね！　もちろん、制服も素敵デスが」

「………………」

おかしいな。

王族は、アポなしで来てはいけないと言ったはずなのだが。

某東の国の第六皇子を前にして、額を押さえて長いため息をつく。

ついに家まで来やがった。これはもう、まごうことなきストーカーだ。

何らかの迷惑防止的な条例に違反している。この国にあるのか知らないが。

「休日にもアナタと会えるなんて、ワタシはこの幸せを神に感謝しなくては」

「神はアポなし訪問を推奨していないと思うがな」

「姉上？　どうしたんですか？」

「クリストファー」

騒ぎを聞きつけて、クリストファーがやってきた。

私とヨウを交互に見て、事情を察したらしい。そっと歩み出して私の隣に並ぶ。

ヨウは不思議そうに首を傾げてクリストファーを見下ろし、次いで私に視線を向けた。

「ンー？　エリザベス、そちらは？」

「あれ、学園で会ってなかったか？　弟のクリストファーだ」

「弟サン？　それでは将来のワタシの弟デスね！　どうぞ、仲良くしてくだサイ」

「………生憎ですが。ぼくにとっての兄は一人だけですので」

差し出されたヨウの右手を、クリストファーは握らなかった。

表面上はにこやかだが、彼の声は明らかに怒っている。

私も大概だが、クリストファーもクリストファーでかなりのブラコンなのである。お兄様関連の沸点の低さは、姉譲りだ。

「姉上。今日は一緒に出掛ける予定だったでしょう？　まだ支度してなかったんですか？」

クリストファーが私に向き直った。なるほど、委細承知だ。

「ああ！　そうだった、ごめんごめん」

「もう、忘れんぼなんだから」

「いやぁ、すまないなヨウ。そういうわけだから、今日はもう帰ってくれ」

クリストファーの真似をして、私もにっこり笑って言った。もちろんヨウを追い返すための芝居なのだが、ヨウも負けじと笑顔で食い下がってくる。

「では、ワタシも一緒に」

「すみません。ふたりで、という約束なので。ね？　姉上」

クリストファーがぎゅっと腕を組んできた。

小柄だが、すっかり男の子の体つきをしている。女の子に抱きつかれたときのような柔らかさがない。

妙なところで弟の成長を感じてしまった。大きくなったな、クリストファー。

「今日はぼくのスーツを仕立てて、姉上の靴を注文して、兄上の好きなお菓子を買って帰るんです。ねー、姉上？」

「そう、それ。最高」

「……調子がいいんだから」

ぼそっと私にだけ聞こえるように呟くクリストファー。

私は調子もよければ性格もよいと一部の友人たちには評判なのだ。

「エリザベス。エドワードから『みだりに触らせるな』と命令されていたのに」

私たちの様子を羨ましげに見ていたヨウが、唇を尖らせて文句を言う。

そんなこともあったかもしれないが、そもそも私は忠臣ではない方から数えた方が早いくらいの臣下である。自分にとって都合のいい命令しか、聞く気はない。

「クリストファーは他人じゃない。弟だから、いいんだ。ね？」

「はい」

機嫌よく私に擦り寄ってくるクリストファーの柔らかいストロベリーブロンドを撫でてやる。

ともすればあざとくもあるその仕草だが、彼がやると小動物っぽくて可愛らしい。美少年は得である。

「二人は、似ていませンね」

ヨウがぽつりと呟いた。その言葉に、クリストファーが反応する。

「ぼく、養子なんです。姉上とは歳も一つしか変わりません。王族の方ならご存知ですよね？　貴族が、娘と近い年頃の養子をもらうことの意味くらい」

その言い方だと、クリストファーがまるで婿養子に貰われて来たように聞こえる。

実際はまったく事情が違うのだが、嘘は言っていない。さながら詐欺師の手腕だ。

やれやれ、いつの間にうちの弟はこんなに可愛げがなくなってしまったのだろうか。堂々と嘘をつくあたりに、バートン公爵家ではなく私という悪いお手本の影響を感じて少々罪悪感がある。

ゲームの中のいたずらっ子なクリストファーと比べると、普段はいい子であるぶんマシかもしれないが……いつまでも可愛い弟だと思っているのは、私とお兄様だけなのかもしれない。

「ノー！　貴族だからと言って、愛のない結婚なんてナンセンスデス！」

「愛？」

「ワタシは彼女を愛していマス！　愛のある結婚をした方が、幸せになるはずデス！」

ぶっと噴き出してしまった。愛とかなんとか、胡散臭いにも程がある。

「……貴方の方に愛があっても、姉上に愛がなければ意味はありません」

クリストファーがヨウを見て、次に私を見た。

はちみつ色の瞳がわずかに揺れる。

「いくら好きだって、意味がないんです」

彼の言葉に、私は頷いた。ヨウの方にも愛はないだろうが、私にはもっとない。

恋は一人、愛は二人で育むものだとか。前世でなんかいい感じの人がそんな感じのことを言っていた気がする。知らんけど。

「姉上には、恋愛はまだ早いです」

「クリストファー、その言い方はどうなんだ……」

「まるで、アナタの方がお兄さんみたいデスね」

「……いいえ。姉上の兄も、一人だけです。ぼくは弟です。義理の」

やけに「義理」を強調するクリストファー。

お兄様や両親が聞いたら泣いてしまうかもしれないので、やめてほしい。もう我が家の誰も、彼を養子だなどと思っていないというのに。

「お引き取りを」

私に必要以上にくっついて微笑むクリストファー。

ヨウは似ていないと言ったが、悪いところが少々私に似てきてしまっている気がする。

お兄様と早々に弟の情操教育について話をする必要がありそうだ。……まだ、手遅れではないといいのだが。

◇◇◇

「ああ、姉上。おはようございます」

「おはよう、クリストファー」

翌朝支度をして朝食の席につくと、クリストファーがほとんど食事を終えたところだった。

今日はお兄様もすでに出かけたらしく、ダイニングには私と彼しかいない。

席について、私も食事を開始する。

「ちゃんと教科書持ちました？　今日は歴史の小テストのはずですよ」

「はいはい、持った持った」

適当に返事をしながら、壁際の柱時計を確認する。もう時間がないのでさっさと食べてしまわなくては。

「寝坊ですか？」

「いや、何だか寝てるはずなのに寝た気がしなくて。ランニングの後うとうとしていたら、いつの間にやらこんな時間でさ」

話している間にも欠伸が出る。

いけない。このまま学園に行ったらまた気の抜けた顔についてとやかく言われてしまう。

「今日は妙に早く目が覚めたんだ。おかげでもう眠たくなってきた。サボって寝たいくらいだ」

「姉上」

「はい」

「いけません」

「はい」

冗談だったのだが、普通に怒られた。

我が義弟、最近どんどん侍女長みたいになってきている気がする。

生来の性格に、侍女長の口うるさいところ、バートン公爵家らしさ――と、私の悪いところ――の諸々がハイブリッドされてしまった。

もうちょっとお兄様に似て、のんびりした性格になってくれても良かったのだが。

最後のパンを牛乳で流し込んで食事を終える。クリストファーが呆れた顔でこちらを見ていた。

「今日は馬車で行こうかな。少しでもいいから、寝たい」

「じゃあぼく、先に馬車に行っていますね」

「うん」

急いで歯を磨き、髪型とメイクの最終確認を行う。コートを羽織ってマフラーを巻いた。

今日もまぁまぁ、盛れている。やはり盛れている方が良い。何が良いかと言うと、私の気分が。

正面玄関に行くと、馬車で待っているはずのクリストファーが馬の手綱を引いて立っていた。

「クリストファー？」

「……姉上、今日は馬で行きましょう」

「は？」

クリストファーが私の手を引いて、にこりと笑いかけた。

そのままぐいぐいと私の背中を押して、馬の――お嬢さんの前に立たせる。

わざわざ私を乗せてくれる彼女を連れてきているあたり、どうも本気らしい。

「ぼくが手綱を取りますから、姉上は後ろで寝ていてください」

「いや、それはどうなんだ、絵面的に」

「いーいーかーらー」

「ああもう、はいはい、分かったよ。君、時々やけに強情なんだから」

言い出したら聞かない義弟に負けて、私は馬に跨った。

まぁ、今さらモテるための見栄えを気にする必要もない。朝っぱらからクリストファーの機嫌を損ねるのも面倒だ。

「しっかり掴まっていてくださいね」

クリストファーが私の前に座り、手綱を取る。

妙に機嫌のいい義弟に、私はやれやれとため息をついた。お兄様同様、私もなかなか弟に甘い。

彼が腹を蹴ると、お嬢さんがゆっくりと進み出した。


寝られるものかと思っていたのだが、結論から言うと普通に寝た。

クリストファーのお腹に手を回してもたれかかると、子ども体温というのか、非常にぽかぽかしていた。いい匂いがするし、適度な柔らかさで抱き枕に最適だ。近頃体幹を重点的に鍛えているので、落馬の心配もない。

快眠だった。クリストファーに起こされるまでマジで寝てしまった。

「あねう……先輩、着きましたよ」

「あと五分」

「遅刻しちゃいますよ」

「んー……んむ。すまない、起きる。起きるよ」

頬をつつかれて、何とか瞼をこじ開ける。

クリストファーが困ったような笑顔で、もたれかかる私を見上げていた。彼の制服に涎を垂らすようなことをしていなかったのは幸いだ。

起きる時間は早い方なのだが、それほど朝は強くない。というか寝起きが悪いのだ。

気合いを入れて、軟派系騎士様モードのスイッチを入れる。

「ありがとう、クリストファー。悪かったね」

お礼を言って彼の頭を軽く撫でた。鐙に足を掛け、馬からひらりと飛び降りる。

そして馬を降りようとするクリストファーに向かって、手を差し伸べた。

「おいで」

「……ずるいです」

「うん？」

「先輩、そういうところほんとにずるいです」

クリストファーに言われて、首を傾げる。その原因にはすぐに思い至った。

確かに散々後ろで寝こけておいて、学園に着くなりまるで自分がクリストファーを乗せてきたかのような振る舞いをするというのは、ずるいというか美味しいとこ取りと言えるかもしれない。

クリストファーも思春期。女の子にモテたくたって不思議はないのだ。姉に美味しいところを持って行かれたら、それは拗ねるだろう。

差し伸べた手を引っ込めようかと思ったところで、クリストファーが馬から飛び降り、私の腕の中に飛び込んできた。羽のように軽いその身体を、咄嗟に抱き留める。

「クリストファー？」

「……姉上」

地面に降ろしながら呼びかけると、彼は私の制服をぎゅっと握りしめ、小さな声で呟いた。

「どこにも、行かないでくださいね」

言葉の意味を測りかねて、首を傾げる。

往来で姉に抱きつくのは、思春期男子的にはＯＫなのだろうか。

モテたいのならやめておいた方がいいぞと指南してやるべきだろうか。

いや、クリストファーだって攻略対象。顔面の良さは私など比べるのも烏滸（おこ）がましいほどの出来なのだから、釈迦に説法というやつだな。

「よく分からないけど。行かないと思うよ」

「ずっと一緒ですからね！」

「どうした、クリストファー。怖い夢でも見た？」

「もう、子ども扱いしないでください！」

様子のおかしい彼を心配してみたら、ぷいとそっぽを向かれてしまった。

そんなことを言われても、実際年下なのだから仕方ない。いつまでたっても、私とお兄様にとっては可愛い弟だ。

「ちゃんと教室に行ってくださいね！　サボっちゃダメですよ！」

「はいはい、分かった分かった」

ぷりぷり怒ったまま馬を厩舎に預けに行くクリストファーの背中を見送り、私はやれやれと苦笑いした。

思春期の弟、取り扱いが難しすぎる。

危なっかしくて、目が離せない　―クリストファー―

厩舎に馬を預けに行く振りをして、ぼくは再び門まで戻ってくると、馬の背に跨った。

そのまま公爵家まで引き返す。

「兄上！」

玄関に兄の姿を見つけて、駆け寄る。

「クリストファー」

「どうでした？」

「君の言う通りだった。馬車の車輪に細工がされていたよ」

兄の言葉に、さっと血の気が引いた。

兄上から、何者かが姉上を狙っているかもしれないという話を聞いていた。だからこそ、姉上の周囲には気を配っていたのに……直前まで気が付かなかったのだ。ぼくも、屋敷の誰も。

バートン公爵家には、当主たる「人望の公爵」をはじめとして、人を疑わない人間が多い。騙されることを厭わない人間が多い。

それこそが他の家にはない強みであることは間違いないけれど……謀略知略の貴族社会というものは、それだけで生き残れるような生易しい世界でもない。

だけれど――いや、だからこそ、バートン公爵家に仕える者には不思議と、主人がしないことを代行できる者が集まっていた。彼らを守るためなら、手段を選ばない者が多く集まっていた。

ぼくも、養子という立場ではあるけれど――そちら側の人間だ。

信じることより、疑うことを選択する人間だ。騙されるより、騙すことを選択する人間だ。

だが、そのいくつもの目をかいくぐって、馬車に細工をした者がいる。

これは由々しき事態だった。

ぼくが気づけたのも、ほんの小さな偶然だ。

普段は馬車で移動しない姉上が、珍しく馬車を使うと言ったから。ふと気になったのだ。たまたま何の気なしに、一応確認しておこうと思っただけだった。そこで、違和感に気づいた。

ぼくの……血の繋がった父親が、馬車の事故で死んでいたから。

「車輪が外れたからといって、すぐに生死にかかわるようなものじゃない。崖の近くを通るわけでもないし、ただ遅刻をするだけかもしれない。リジーだったら、自分で何とかしてしまうかもしれない。でも……もしものことがあったら、怪我をしていたかもしれない」

兄上の言葉に、頷いた。ぼくからしてみれば、姉上は自分のことに無頓着すぎる。

人よりずっと勘が鋭いはずなのに、自分が狙われていることには気づいていないようなのだ。

ぼくや兄上、それに友人たちが隠しているからというのもあるだろうけれど……たぶん姉上は、自分を守るということに慣れていないのだ。

いつも、ぼくや、兄上や……誰かを守ってばかりだから。

強くなりすぎて、自分自身を守らなくてはいけないような場面をほとんど経験してこなかったせいもあるかもしれない。

誰かのために、手段を選ばない。自分の身すらも顧みない。

だから姉上はいつも、危なっかしいのだ。危なっかしくて、目が離せない。

守りたいと思うこちらの身にもなってほしい。心配するこちらの身にもなってほしい。

姉上の寝不足は、狙われていることを無意識下に感じ取っているために生じているのではないか。

万が一寝首をかかれそうになったときに対応しようと、身体が浅い眠りしか取らないようにしている可能性は、ないだろうか。規格外の姉上ならありそうな話だった。

直接襲われたならおそらく姉上は返り討ちにしてしまうだろう。

でも、毒は？　馬車の事故は？

姉上ですら勝てないような相手が現れたら？

「ごめんね、クリストファー」

兄上が、ぼくに謝った。その言葉に、すべてを悟る。

この件にはきっと、僕の元の家が……ウィルソン伯爵家が関わっているのだ。

「君に、つらいことを思い出させてしまった。出来れば、君を巻き込みたくはなかったのに」

ひどく悲しそうな表情で、胸を押さえる兄上。

ぼくなんかよりも、兄上の方がよほどつらそうな顔をしていた。

「ごめんね」

「いいえ、兄上」

ぼくは首を横に振る。兄上が謝ることなど、何もない。

「ぼくの家族は……兄上や、姉上。今の父上と、母上です。家族を守ることが、ぼくの幸せです」

そう。むしろぼくは、よかったと思っているくらいだ。

それが、家族を守ることにつながるなら、姉上を守ることにつながるなら。

ウィルソン伯爵家の薄汚い血にさえ、感謝していた。

そのおかげでぼくは、気づくことが出来たのだから。

兄上と今後のことを相談したあとで、一人自室に戻る。

思い浮かぶのは、やはり姉上のことだった。

ずっと、姉上のことを見てきた。

どうしてみんな、姉上の魅力に気づかないのだろうと思っていた時期もあった。

それなら、ぼくが姉上を幸せにしようと思った。姉上が……好きだから。二人で幸せになりたいと思った。

だけれどいざ自分が学園に入学してみれば、周りは姉上の魅力に気づいている人ばかりで――気づいていないのは姉上の方だったのだと、知ることになった。

それでも、初めてだった。

「ワタシはアナタがいいのデス！　最初は一目惚れでしタ。デスが、アナタと一緒にいるうちに、確信しまシタ。この愛は間違いなく、運命であると」

目の前で、他の男が姉上に、愛を告げるのを見るのは。

こんなにも……泣きたくなるほど、胸が苦しくなるなんて。

胸に穴が空くようなこの感覚に、ぼくは覚えがあった。

休日だというのにずかずか家にまで上がり込んできたその男は、姉上が弟だと紹介したぼくに向かって右手を差し出すと、こう言った。

「弟サン？　それでは将来のワタシの弟デスね！　どうぞ、仲良くしてくだサイ」

当たり前のように、姉上と結婚するような話をして。

好きだと告げて、愛を囁いて。

ぼくには……弟のぼくでは出来ないことだ。

もしぼくがそんなことをしたら、きっと姉上は困ってしまうし……今の関係を、壊したくない。

姉上がいて、兄上がいて。父上と母上がいて。その幸せは、ぼくがずっと、ずっと欲しかったものだから。やっと手に入ったものだから。

それを手放すことになるかもしれないのは……家族が壊れてしまうのは、やっぱり、怖い。

兄上は応援してくれているけれど……姉上が受け入れてくれなければ、意味はなくて。

ぼくは姉上と一緒に、幸せになりたいから。

二人なら絶対に幸せになれるって、そう言えるようになるまでは——どうか、このままで。今のままでいたいと思ってしまうぼくは……ずるい弟なのかもしれない。

「………生憎ですが。ぼくにとっての兄は一人だけですので」

差し出された彼の右手を、ぼくは握らなかった。

姉上の腕に腕を絡めて、彼から引き離す。

にこにこ笑い合いながら仲の良さを見せつけるように会話していると、彼が不満そうに呟いた。

「エリザベス。エドワードから『みだりに触らせるな』と命令されていたのに」

「クリストファーは他人じゃない。弟だから、いいんだ。ね？」

どういう経緯で王太子殿下にそんな命令をされたのかは、後で問い詰めるとして。

やさしい瞳でぼくを見つめる姉上の肩に、頬を寄せる。

「はい」

そうだ。ぼくは姉上の弟だ。

そんなこと、分かっている。姉上だって、ぼくのことを弟としか思っていない。そんなの、ぼくが一番分かっている。

だけど、だから何だというのだろう？

少なくとも、昨日今日姉上と知り合ったような人間に……分かるものか。

姉上がどんなに素敵な人で。

姉上がぼくにとって、どれだけ大切で。

どれだけ必要な存在か。

「貴方の方に愛があっても、姉上に愛がなければ意味はありません」

ぼくの唇からこぼれたその言葉は、自分自身に言い聞かせるようなものだった。

腕を絡めても、どさくさ紛れにデートに誘ってみても。姉上はやっぱり、何も気づいていない顔をしていて。

「姉上には、恋愛はまだ早いです」

弟だから、というその言葉が、嬉しくて、悲しかった。


早く弟ではなく、男性として意識してもらいたい。そう思っていたけれど……僕を抱きしめて眠る姉上のぬくもりを感じていると、その気持ちがぐらぐらと揺らいでしまう。

姉上。馬で学園まで一緒に行きましょうと言ったのはぼくです。

確かに後ろで寝ていていいと言いました。

でも、こんなにがっつり寝られるのは予想外です。

姉上は最初こそ普通に乗っていたものの、三分もしないうちにぼくにもたれかかって、完全に眠りに落ちてしまっていた。

今は後ろからぼくのお腹に手を回して、首元に顔を埋めてすやすや寝息を立てている。

まるで抱きしめられているような状態で、身体がぴったり密着していて、気が気ではない。

こんなことを考えている場合ではないのに。姉上を狙っている誰かが家にいるかもしれなくて、それについて考えないといけないのに。

すぐ後ろにいる姉上のことしか考えられなくなってしまう。

風に乗って、ふわりと整髪料の匂いがする。

姉上の匂いだ。

身体中が心臓になってしまったんじゃないかというくらい、鼓動がうるさい。

後ろの姉上を起こしてしまうんじゃないかと心配になるほどだ。

必死で前を見て、汗で滑りそうな手綱を強く握る。せっかく馬車を避けて通学することにしたのに、ここでぼくが事故を起こしたら元も子もない。安全第一、安全第一。

「うーん……」

姉上がぎゅっとぼくを抱きしめる腕に力を込めて、頭を動かす。

さらさらした髪が首元をくすぐった。咄嗟にびくりと肩が跳ねる。

起きてほしいような、早く学園に着いてほしいような、……今が永遠に続いてほしいような。

こんな姉上を見られるなら、しばらくは弟でもいいような、早くここから抜け出したいような。

いや、ほんとうにそんなことを考えている場合ではなかったのだけれど。


あのどきどきを、ぬくもりを。思い出して、唇を引き結んで……ぎゅっと拳を握る。

いつもぼくを……ぼくたちを守ってくれる姉上。

今度は、ぼくが守らなくちゃ。

演劇発表会

「バートン様、最近よくヨウ殿下と一緒にいらっしゃいますわね」

言われて、目を瞬く。

一緒にいると言われると非常に語弊がある。まとわりつかれている、というのが近い。

だがここで過剰に否定するのもそれはそれで「照れている」とかいう無用な誤解を招きそうな気がしたので、曖昧にお茶を濁しておく。

「まぁ、そうかもしれないね」

「ヨウ様と一緒にいらっしゃるときのバートン様、何だか可愛らしいですわ」

「え？」

「分かりますわ！　バートン様がたじたじになっていらっしゃるところなんて、普段はあまり見られませんもの」

まるで小鳥がじゃれあうようにはしゃぎながらお喋りをしている友の会のご令嬢たちを笑顔で眺めながら、ポーカーフェイスの下で眉間に皺を寄せる。

たじたじというか、困惑半分警戒半分、あとは微量の嫌悪感といったところなのだが、ご令嬢たちからはそう見える、のか？

非常に不本意である。それではまるで私が押し負けているようではないか。いや押しの強さに辟易しているのは確かだが。

たじたじで可愛い、などというギャップは狙っていない。

狙っていないギャップで褒められるより、「かっこいい」とか「強い」とか、「背中に鬼神が宿ってる」とか、そういった狙い通りの褒められ方をしたいものだ。

「……子猫ちゃんたちの方が可愛いよ」

私の言葉に、ご令嬢たちからきゃっと黄色い歓声がこぼれる。

そうそう。こうだ。こういうのだ、私が求めている成果は。

ぽーっとしていたご令嬢たちが、はっと我に返ってそっと互いに視線を交わした。

そして意を決した様子で言葉を発する。

「あの、バートン様」

「わたくしたち、クラスで何か催し物をしようかと思っていますの」

「催し物？」

「ええ。今年はミスターコンテストが中止になってしまったでしょう？」

ミスターコンテスト。そんなイベントもあったなと昨年のことを思い出した。

いろいろ——詳細は割愛するが、政治的なことまで含めて本当にいろいろ——あったので、中止もやむなしだろう。

「ですからその代わりに、クラスのみんなで何か思い出作りが出来たら、と思いまして」

「せっかく同じクラスになれましたのに、バートン様との学園の思い出が少なくなってしまうなんて、残念ですもの」

ご令嬢たちがうるうると潤んだ瞳で私を見上げてくる。

しおらしい様子で、「わたくしたちもバートン様との思い出が作りたいですわ」と訴えてくるその姿は、とても健気なものに感じられる。

……だが、何故だろう。

若干、詰め寄られているような気が、する、ような。

その時、後ろの列のご令嬢の囁き合う声が、わずかに聞こえてきた。

「……を意識していただくチャンスですわ」

「ええ、ヨウ殿下に横取りされては……」

ところどころ聞き取れなかったが、聞こえた単語をつなぎ合わせると、だいたいそんな感じのことを言っているようだ。

はて、チャンスとは……と考えて、気づいた。

そうか。今の私はリリアを振って、完全にフリーである。

もし私と距離を詰めたいご令嬢がいるのであれば、またとないチャンスだろう。

自分で言うのは何だが、友の会があるくらいだ、女の子には人気がある。

だいたいは「アイドルにキャーキャー言う」といった部類の人気だと認識しているが、アイドルのファンにだっていろいろな種類や深度がある。ガチ恋勢という言葉もあるくらいだ。私に恋慕の情を抱いてくれているご令嬢の存在は否定しない。

現実的なことを言えば、幸いにして私は女なので、いずれはどこかの貴族の男と結婚しなくてはならないご令嬢たちからしてみれば、必然的に学園にいる間の期間限定の付き合いになる。同性なのでご両親が心配するような間違いが起きる心配もない。

学生時代の一時の気の迷いとして、将来の結婚に差しさわりが出ることもないだろう。

さらに言えば、人気者の恋人の座を射止めたとなれば、皆に羨まれることになる。誰だって羨望の的になれば悪い気はしないはずだ。

そこに来て、ぽっと出のヨウが猛アタック（に、見えかねない行動）を仕掛けている現状。横取りされる前に手を打とうと考えるのは、自然な流れに思えた。

催し物。貴族のご令嬢が思いつく催し物といえば……お茶会か？　だがあまり学園行事らしくはない気がする。

ゲームに登場していたイベントだと、教会でもたびたび実施されているようだし、バザーあたりだろうか。演劇や楽器演奏会もあり得るが……今から準備することを思うと、楽団を手配してみんなで音楽鑑賞あたりが落としどころかもしれない。

クラシックのコンサートなど、どう考えても寝る気しかしないが……いつもちやほやしてくれるお礼だ。出来得る限り、友の会のご令嬢たちへのファンサービスに努めるとしよう。

そう考えながら、ご令嬢たちの提案に「それは素敵だね」と鷹揚に賛同しておいた。

てっきりコンサートで話が進むと予想していたのだが、しばらくして帰りのホームルームに提出された案は「クラスのみんなで演劇をする」というものだった。

劇だといろいろと事前準備が必要になると思うが、ご令嬢たちはみんなやる気のようである。こういうとき女子の意見の方が強いのは、前世でも今世でも同じらしい。男子生徒の反対は鋭い視線によって一瞬でかき消された。

演目は白雪姫。野暮なことを言うが、この世界にもあるんだな、白雪姫。

「では、本日は配役を決める投票を行いますわ！」

王子様役はほぼ決まったようなものなので――このクラスにも一応本物の王子様がいるのだが、どうやらみんな忘れているらしい――白雪姫役を決める投票から始めることになった。

まぁ、白雪姫役も決まっているようなものだろう。何せこのクラスには……主人公（ヒロイン）がいるのだ。

各々が投票したい令嬢の名前を書いた紙が集められた。それを一通り開票し終わったところで、取りまとめ役の令嬢が言う。

「票が分かれてしまいましたので、上位三名から決選投票をいたします」

取りまとめ役の令嬢がそう言ったのを合図に、書記係の男子生徒が黒板に名前を書く。

まずは「リリア・ダグラス」。これは当たり前だ。

次が――「アイザック・ギルフォード」。

「待て、何故僕の名前が」

アイザックが椅子をがたがた言わせながら立ち上がった。

取りまとめ役の令嬢が、にっこり笑って答える。

「投票の結果ですわ」

「ふざけるな、何故僕が」

「厳正なる投票の結果ですもの」

令嬢が同じような台詞を繰り返す。

そしてこれ以上の問答は無用と、書記係の男子生徒に視線を送る。

黒板に次の名前が書かれるのを横目に、これは面白いことになったぞ、と思った。

決選投票では、きちんとリリアに投票する者も多いだろうが……特に劇に興味のない生徒の中には、面白半分でアイザックに投票する者もいるだろう。これは結果が分からなくなってきたぞ。

にやにやしながら黒板に視線を移したところで、そこに並んだ三つ目の名前に目が留まる。

そこに並んでいたのは、「エリザベス・バートン」という文字列。

つまるところ……私の名前だった。

こんなことをしそうな人間に心当たりがあった。咄嗟にヨウを振り向くと、彼はにっこり笑ってこちらに投げキッスを寄越す。

ふざけるなよお前。

世の中にはやっていいおふざけとやってはいけないおふざけがある。これは完全に後者だ。

そして教室中から集まる好奇の視線に、悟ってしまった。

アイザックに投票するような面白半分の奴らは、より面白そうな方に無責任に投票するだろう。

すでに女装をダンスパーティーで二回も披露しているアイザックよりも……私の方が面白いことになりそうなのは、どうやら間違いないらしい。

決選投票の結果、予想よりも面白いこと好きの人数が多かったのか、私が白雪姫役に抜擢されることになった。なってしまった。

そんなのアリか？　主人公を差し置いて？

みんなどれだけ怖いもの見たさなんだ。

いや、きっと私を王子役にしたい友の会のご令嬢たちがこの結果を覆してくれるに違いない。

そう思って取りまとめ役のご令嬢に視線を送ると、彼女はにっこりと笑って言った。

「厳正なる投票の結果ですので」

その笑顔の裏に有無を言わせぬ気迫を感じてしまい、一瞬対応に迷いが生じた。そこにすかさず、能天気な声とともにヨウが手を挙げる。

「ハーイ！　エリザベスがプリンセスなら、ワタシ、王子役に立候補しマス！」

「は？」

「そっ、それなら、わたしも！　王子役、やりたいです!!」

「は!?」

リリアが勢いよく立ち上がった。

ヨウの戯言はまだいい。予想の範囲内だ。

だがリリアの台詞は完全に予想外だった。

立ち上がったヨウがつかつかとリリアに歩み寄り、わざとらしく顎に手を当てて彼女を見下ろす。

「ンー？　リリアは王子様にはちょっと小さいデス」

「お、大きいお姫様がいるんだから、小さい王子様だっていますぅ～！」

多様性のご時世、それはそうだろうが。

一八〇センチ超えの白雪姫が許されるならもう何でもアリな気がする。

ヨウが芝居がかった仕草で両手を広げた。

「それにワタシは王子デス！　このクラスにワタシ以上の適任はいませセン！」

「待て！　それなら、……俺だって」

半ば叫ぶようなその声に視線を向ける。

椅子をひっくり返す勢いで立ち上がったロベルトが、じっとこちらを見つめていた。

彼は私の目を見て、次にヨウを見て、もう一度視線を私に戻す。

「俺も王子役に立候補します！」

「ではわたくしはアイザック様を推薦しますわ」

「なっ⁉」

クラスのご令嬢の一人が立ち上がった。確かイザベラ侯爵令嬢だったか。ダンスパーティーのアイザックのドレスは彼女とその友人が選んだと聞いている。

クラスで寂しがり屋の愛されキャラ認定をされているアイザックのことを、私やリリアと仲良くさせようと応援している令嬢だ。

アイザックがまた立ち上がって、勢いよく机を叩く。

「な、な、何故、僕が」

「意気地のない方は黙っていらして！」

「他薦はダメだなんてルールはありませんわよね⁉」

そうよそうよ、と他のご令嬢たちも声を上げた。

もうだんだんとクラス全体が混沌としてきた。

帰りたい。早急に家に帰りたい。帰ってお兄様とクリストファーとお菓子を食べたい。

脳が切実に癒しを求めていた。

しばらく戸惑った様子で立ち上がった四人を見回していた取りまとめ役の令嬢が、はっと何かに気づいたように声を上げた。

「では、希望者は全員王子様役と言うのはいかがかしら⁉」

いかがも何もあるか。取りまとめ役が血迷うな。

全員桃太郎のお遊戯会じゃないんだぞ。阿るな、時代に。

「お、お待ちになって！　バートン様の意思をまだ伺っていませんわ！」

「え？」

ご令嬢がまた一人立ち上がった。

急に名前を呼ばれて面食らう。

意思？　私の？

……帰りたいけど⁇

「そうだな！　お姫様役、ブフッ、の、たいちょ、じゃない、バートン卿の意見も重要だよな！」

ここぞとばかりにご令嬢の意見に賛成する男子生徒。お前はもう笑ってるじゃないか。

こいつ、面白いこと目当てで私に投票したに違いない。訓練場で絶対にシメる。覚えておけよ。

みんなの視線が私に集まる。私は遠い目をしながら、すべての思考を放棄しつつ、答えた。

「……じゃんけんでいいんじゃないかな、もう」

「嫌だ……本当に嫌だ……」

「わたしもエリ様に投票しましたよ！」

ぶつぶつ文句を言う私に、リリアがえっへんと胸を張った。

対抗馬にまで面白半分で投票されてはなすすべがない。リリア、実は私のことが嫌いなのではないか。

「だってエリ様の女装とか、ＳＳレアじゃないですか」

レア度の問題ではない。

本当にレア度の問題ではない。

「あのね、アイザックは似合うからいいよ。私のは本当にダメなんだって」

「でもほら、似合わない女装からしか得られない栄養素ってあるじゃないですか」

「違うんだよ……」

頭を抱えて呻く。

もう完全に似合わないならいっそ面白いかもしれないが、私がやったら「あ、ウン……」としかならないような、笑いも取れなければ似合うわけでもない、誰もがコメントに困る中途半端な出来栄えになること請け合いだ。

本当に誰も得をしない。みんなのためを思って、今からでも白雪姫役をアイザックに代えた方がいいと思う。

「お願い、リリア。代わって」

「いやです」

「今度何か奢ってあげるから」

「エリ様があそこで『王子様役はリリアがいいな♡』って言ってくれたら代わってあげたのに」

「さすがにそこまで図々しくないよ」

頬を膨らませるリリアに、げっそりしながらため息をつく。

振った相手にそれをするのは、いくら私でも気が引ける。

厳正なるじゃんけんの結果、勝ったのはヨウだった。四分の一で一番嫌なやつが相手役になってしまったものだ。

だがまぁ、じゃんけんでは仕方がない。

どうせヨウと練習やら何やらで関わらなければならないのなら、これを機に探りを入れてみてもいいだろう。

ヨウの目的が分かれば、私にまとわりつかずに目標を達成する手段を教えてやれるかもしれない。そうすればお互いＷｉｎ‐Ｗｉｎだ。

「バートン様、お待たせいたしました！」

大量の反物を抱えた執事と思しき男を引き連れて、イザベラ侯爵令嬢が教室に入ってきた。

執事が次々と机に広げている色とりどりの布は、ドレスの生地だろう。

これまで家族の要求はのらりくらりと躱してきたというのに、まさか学園行事でドレスを作る羽目になるとは。

「賑やかだね」

優美な声に視線を上げると、王太子殿下が教室の入り口からこちらを見ていた。

「あら、王太子殿下。殿方は立ち入り禁止ですわ」

「少しだけ。いいでしょう？」

イザベラ嬢が追い出そうとするも、にこりと可憐に微笑まれて一瞬で「どうぞ……」と懐柔されていた。この世界のご令嬢、イケメンに弱すぎる。

「ロベルトから聞いたよ。きみがドレスを着るんだって？」

「不本意ながら、はい」

「どんな物にするか決めた？」

私が首を振ると、殿下が教室に入ってきた。積み上げられた布を眺めて二つを手に取り、私の両肩にそれぞれ引っ掛ける。

「きみ、肌の色は結構白いから、暖色系よりも寒色系の方がいいかもしれないね。黒か紺色か……いや、紺色よりは青味のある臙脂の方が……」

「殿下」

「肩幅があるから、形はワンショルダー……ドレープの掛かった大振りのフリルを使って視線を散らして、バイカラーで縦ラインを強調したうえで、高い位置に切り替えを持ってきて背の高さを生かせば……」

「殿下」

小声で呼びかけて袖を引く。

はっと我に返った彼は、ご令嬢たちがきょとんとした顔で自分を見つめていることにやっと気づいたらしい。

顔面にはいつもの微笑が何とか貼り付いていたが、二の句を継げずにいた。

手芸が趣味だというのを隠しているのは殿下だろうに、自分から墓穴を掘るとは。やれやれだ。

「いやぁ流石王太子殿下。私のような一生徒のことまでそんなに熱心に考えてくださるとは。これこそ為政者の鑑、きっと民草への思いやりを忘れない素晴らしい王様になりますね」

「え」

こちらを振り向いた殿下に、ご令嬢たちに気取られないようウィンクを投げる。

殿下は目を丸くしてこちらを見上げていたが……助け舟を出してやったのだから、察していただきたい。

「殿下のお心遣いに報いるためクラス一同力戦奮闘いたします。さ、ご公務にお戻りください。お忙しいところありがとうございました」

「あ、ああ。では、またね」

一息で言いきって彼の背を軽く押す。

私の気遣いを察したらしい彼は、ご令嬢たちを誤魔化すのにうってつけの王太子スマイルを浮かべて、そそくさと教室を出て行った。

劇の練習時間に、ヨウと台詞の読み合わせをする。

と言っても、準備期間が短いために台詞は大幅カットされている。

だいたいはナレーションが台本を見ながら「○○と言いました」とか言って省略できるところはガンガン省略、演者が覚えなくてはならない台詞は最小限だ。そもそもあらすじは誰でも知っているわけだし、突き詰めたら台詞を覚えていなくても何とかなるだろう。

時間のなさをカバーするにはいいのだろうが……これ、見る側は楽しいのだろうか。

予定通りリリアが白雪姫で私が王子役だったなら、見栄えだけで十分楽しめるものになっただろうが……果たして間がもつかどうか。

「白雪姫。ワタシの国にはなかった童話デス」

「そうなのか」

「何故、女王は白雪姫を殺そうとするのでショウ。女王ということは、白雪姫の母親なのではないデスか？」

「ああ。白雪姫は前妻の子なんじゃなかったか。実の子ではなかったはずだ」

「そうなのデスね」

ヨウの言葉に、前世で見た「本当は怖いグリム童話」的な白雪姫のストーリーを思い出す。

女王が白雪姫を殺してこいと狩人に命じるわ、白雪姫を殺した証拠として持って来させたレバーだか何だかをボイルして食べたりするわ、最後の「ざまぁ」的展開で王妃は焼けた靴を履いて踊らされるわでなかなかにハードボイルドなストーリーだ。

殺そうとしてきた相手に対する罰としては適切なのかもしれないが……やはりいつの世も、勧善懲悪というか必殺仕事人というか、そういうストーリーが求められているのだろうか。

現代日本の乙女ゲーム世界だけあって今回の劇の「白雪姫」はマイルド版だ。レバーも食べないし、焼けた靴のシーンもない。

王子様の口づけで目を覚ますというハッピー度の高いバージョンが採用されているようだが、確か元々は眠った白雪姫が入った棺を運び出そうとした時に、喉に詰まっていた毒林檎を吐き出した、という話だった気がする。

何故棺を運び出すかというと、王子様が「死体でもいいからください」と言ったからだ。

王子様、ヤバいやつすぎるだろう。ある意味適役かもしれない。

「白雪姫の本当の母親は、どうなったのデスか？」

「えーと。病気で死んだ、とかだったか。確か」

「そうデスか」

前世の記憶を手繰り寄せながら答えると、ヨウがふっと俯いた。

何やら影のある表情だ。いつもヘラヘラ笑っている男がこういう表情をすると女の子はたちまちハートを掴まれてしまうと相場が決まっている。

そのあたりもやはり私とキャラが被っている気がする。私だってその気になれば影のある表情の一つや二つ、造作もないのだが。

ヨウが呟くように話し始める。

「ワタシ、もう何年も母親の顔を見ていまセン。母は体が弱いデスし、後宮にいマスから」

後宮。なんとも時代錯誤な代物だ。

まぁ中世ヨーロッパ的世界観の乙女ゲームで時代も何もないと思うのだが……乙女ゲームの舞台だけあって、この国は一夫一妻制が基本である。

隣国だというのに、東の国はずいぶん制度が違うらしい。確かにヨウの顔つきや服装はどちらかというとアジア系だ。日本にだって大奥があったわけだし、そういうシステムがあっても奇妙なことではないだろう。ハーレムの語源のハレムとか、あのへんは中東だったたか。

ハーレムがある国の外国人キャラというとどことなく陽気なイメージがある。そんな人間が突如として見せるシリアスな表情。それは需要もギャップもあるだろう。

負けているとは全く思わないわけだが。

「不思議デスね。実の母子なのに。母が今、無事でいるかも……ワタシには」

ここではたと気がついた。

しまった。ギャップに張り合うのに夢中になって、身の上話を回避し損ねた。

ヨウは王子だが六番目、しかも身分の低い妃から生まれたという設定だった。そのままただ待っていても継承権が回ってくることはあり得ない。

彼は自分の母と自分自身の待遇を改善するために、このディアグランツ王国にやってきた。

いずれ戦争を仕掛けようとしている敵国の「聖女」を奪うか、始末するか。その手柄を持ち帰ればもっと良い暮らしができると、王位も夢ではないと唆されて……後宮にいる母親を半ば人質に取られた形でスパイとして送り込まれる。

ゲームのヨウと、目の前の男の間に生じている差を考える。

他の攻略対象たちと違って、彼の見た目はゲームとほぼ変わりない。変わっているのは、……その嘘くさい目つきだけだ。

ゲームのヨウはもっと、きらきらした目をしていた。純粋で一途で片言で、愛情表現が派手な外国人キャラ。聖女である主人公に求婚するフリをして近づいたものの、主人公と接するうちに、本当に心から惹かれてしまう。そんな純粋さを持ったキャラクターだ。

それがどうしてこんなにも嘘くさい……悪役じみた匂いのするキャラクターになってしまってい

るのだろうか。

「母子(おやこ)は一緒が一番デス」

「……ヨウ」

妙に乾いた声音で呟く彼に、何となく彼の名前を呼んだ。

こちらを振り向いたその目は黒々として、全ての光を吸収し……澱んでいる。

「お前の目的は何だ？」

「ン？　目的？」

「私に近づいて、何を狙っている？」

「ワタシは、アナタのことを愛して……」

「そうじゃなくて」

私は首を横に振る。

そんなことは彼にだって理解できているはずだろうに、とぼけるなどと無駄なことを。

「目的があるんだろう。お前は聖女のことを探りに来たんじゃないのか？」

「何を言って……」

「例えば——母親のために」

黒々とした瞳をまっすぐに見据えると、すっと彼の顔から愛おしげな表情が消えた。

真顔と言って差し支えない表情だが、そういった顔をしていたほうが嘘くさい微笑よりよほどマシだ。好意を取り繕った顔をされるのはどうにも薄気味悪い。

「場合によっては、協力できるかもしれない」

私の言葉に、彼がわずかに目を見開いた。

「私は別に愛国心が強い方じゃない。国より自分が大切だし、名誉よりも富や権威に興味がある。お前に協力することが私の得になるなら、私はそれを選択するかもしれないぞ」

「………」

黙っていた彼が、やがて小さく息をついた。

その顔には、見慣れてしまった薄気味悪い笑顔が貼りついている。

「エリザベス、何か勘違いしてマスね？　ワタシはただ、母子は仲がいいのが一番だと、そう思っただけデス」

「あ、そ」

彼の言葉に、私もため息をつく。

交渉は決裂らしい。彼の真意を探って、この小芝居をやめさせるいい機会だと思ったのだが――あとそのついでに王子役を降りてくれたら万々歳だと思ったのだが、当てが外れた。

ペラペラの台本に視線を戻して、ページを捲る。

「まぁ、仲良かったら童話にならないからな、白雪姫」

「オー！　では、母子の仲が悪かったおかげで、ワタシはアナタにキスできますね？　役得デス」

「フリだぞ？　フリだからな？」

「フフ、どうでショウか」

ヨウが意味深に笑いながらウィンクを投げてきた。

もし万が一何か妙な真似をしたら、劇の途中であっても学園の門に吊るす。そう心に決めた。

「いいなぁ、僕も見に行きたかったのに」

「来ないでください」

「お父様もお母様も残念がっていたよ」

「後生ですから来ないでください」

夕食後、演劇への愚痴をこぼしていたところ、お兄様にのほほんと言われてため息をついた。

お兄様は食後のお菓子をふくふくのほっぺにたっぷりと頬張りながら、困ったように微笑んだ。

そしてクリストファーに視線を向ける。

「クリス、僕たちの代わりにしっかり応援してきてね」

「はいっ！」

「はいじゃない」

にっこり笑って返事をしたクリストファーは、お兄様としっかりと頷き合った。見に来るつもりらしいクリストファーをじとりと睨むと、彼は何故か照れくさそうにはにかむ。

「姉上のドレス姿、初めてです」

「そうだっけ？」

「何だか……ドキドキしますね」

「期待するとがっかりするよ」

またため息をついた。

何度も言うが、面白みがない仕上がりになることが確定しているのだ。

見る者の予想を超えるほど似合うわけでもなければ、笑いを取れるほどに似合わないわけでもない。期待をすればするほど損をするのはクリストファーの方だ。そしてがっかりされて不快な気分になるのは私だ。

本当に誰も得をしない。そろそろ夢を見るのはやめて現実を見てほしい。

もちろん大事故を避けるためにできる限りの努力はするつもりで、今も多少筋トレを控えてはいるが……付け焼き刃である。目を見張るような効果は見込めまい。

ふと、以前使用人が話していたことを思い出した。

「そういえば前、女らしさが増すお茶を仕入れたとか執事見習いに聞いたんだけど」

食事前に飲むだけで痩せるお茶、みたいなドーピングじみた手ではあるが、やらないよりはマシだろう。

背後に控えている侍女長を振り向くと、彼女はいつも通りのクールな表情できっぱりと答えた。

「処分しました」

一度も飲まないうちに捨てられていた。

もう家族にも使用人にもそのあたりすっかり諦められているらしい。まぁ私としては結婚だ何だとせっつかれるよりその方が都合がよいので、構わないのだが。

いよいよ演劇発表会当日となった。

週末に学園の講堂を借りて実施するらしい。わざわざ休日に人が集まるのかと疑問だったが、「友の会先行で完売状態、機材開放席も即完売」とのことだ。

国立の学園の講堂を使うのにお金を取って大丈夫なのだろうか。そのあたりの興行許可はどうなっているのだろうか。つい気にする必要のないことに思考を飛ばして現実逃避してしまう。

舞台袖から観客席を窺うと、前評判通り満員御礼だ。

そして舞台が見やすそうな最前ブロックのセンター寄りに据えられた関係者席で、機嫌良さそうに談笑する王太子殿下とクリストファーの姿を発見する。

クリストファーは元から来ると聞いていたが、まさか王太子殿下までいるとは思わなかった。

よくよく考えてみれば、来る理由はいくらでも思いつく。国賓であるヨウが王子役だし、何だかんだロベルトとは仲良くやっているらしいので、弟の晴れ姿を見に来てもおかしくはない。

だが何故だろう。先日のドレスの件も相まって……ついでに私の女装を見て笑ってやろうとか、笑うどころか弱みを握ってやろうとか、そういう意図が見え隠れしているような気がするのは。何とか帰っていただけないだろうか。

舞台裏に引っ込むと、アイザックも支度が終わったところのようだった。彼は女王役だ。

ダンスパーティーで何度か女装姿は見ていたが――そもそれを年中行事のように受け入れているあたり、私も相当毒されている――今日の彼はロングヘアをアップスタイルにしたウィッグをかぶっていて、また少し雰囲気が違っていた。

今回は意地悪な女王様役とあって、メイクもきりりと切長の瞳を強調するようなものだ。だがキツい顔つきになっていてもなお、はっと息を呑むほどの美人に仕上がっている。攻略対象の顔の良さというのはやはりとんでもない。

彼は私の顔を見ると、一瞬唇を真一文字に結んだ。

そして、一拍置いてから言う。

「綺麗だ」

「君に言われても嫌味に聞こえるな」

「僕は、」

「はいはい、サンキュ」

貴族として最低限の「女性を褒めるノルマ」を達成した彼に、ひらひらと手を振って応じる。

今日の私は青色のスレンダーラインのドレスを着用し、巻き髪のウィッグをかぶっている。想像通り面白みのない仕上がりだ。大惨事にならなかっただけでも褒めてほしい。

一応とはいえ女性の装い――と書いて女装と読む――なので、馬鹿がつくほど真面目なアイザックは懸命にノルマに取り組んだのだろうが、私よりも女装が堂に入っている人間に言われてもなぁ、というのが正直なところだ。

彼はまたしばらく何か言いたそうな顔をしていたが……いや、笑いを堪えているのか？　これは。とにかくいくばくかの沈黙ののち、ぽつりとこぼす。

「……初めて会った時を思い出した」

「ん？　……ああ、子どもの頃の話か」

言われて、彼と初めて会った時のことだと思い至る。

確か即興でバレリーナのような髪型にされたのだったか。思い起こせば、人前に出るような場所で女装をしたのはあれが最後だったかもしれない。

初めてお兄様と指南役以外を投げ飛ばした日のことだ。十年経った今でも鮮明に思い出せる。

あの時から比べると背も伸びたし、身体つきも顔面も仕上がった。シークレットシューズを履くのが日常になってからずいぶん経つ。他人を投げ飛ばすのが日常になってからも、だ。

遠い過去に思いを馳せて、思わず笑みが漏れる。

「あの頃とはずいぶん変わったものだよ」

「……いや」

私の言葉に、アイザックが首を横に振る。

不思議に思って彼を見れば、赤褐色の瞳が眼鏡のレンズ越しに、まっすぐ私を見つめていた。

「お前は変わらない」

ふっと、眼鏡の奥で彼が瞳を細める。

ただでさえ長い睫毛がメイクでまた一段と延長されており、レンズに当たって窮屈そうだ。

「あの時から、ずっと」

「……隊長？」

声がして振り向くと、ロベルトが背景に宇宙を背負った猫のような顔をして突っ立っていた。

彼は女王の指示で白雪姫を殺しにくる狩人役だ。狩人らしく、動きやすそうな服装にマントを羽織り、三角帽子と言うのだろうか、ロビンフッドが被っているような帽子を身に着けていた。

確かゲームではロベルトのイメージカラーは緑色だったと思うが、さすがに衣装は緑色ではなく無難なベージュとカーキでまとめられていた。緑色でその帽子は一歩間違えるとピーターパンになってしまう。

「ロベルト。お前も着替え済んだのか」

「は、はい、…………」

「ロベルト？」

ロベルトが完全に一時停止していたので、目の前でひらひらと手を振る。

それでも無反応だったため、ぱちんと鼻先で指を鳴らしてやると、彼はやっと我に返った。

「す、すみません、ドレス姿の貴女を見るのが、初めてなので」

「一緒にパーティー出たろ」

「僕は見たことがある」

「だからそのパーティー一緒に出たって」

ロベルトが挙動不審な様子で視線を彷徨わせた。何となく、飼い主が着ぐるみを着て現れたときの犬の反応を彷彿とさせる。

そして何やらもごもごと口ごもった挙句、私の胸部を見ながら言った。

「すっ、素敵な大胸筋ですね」

「お前それで喜ぶ女は私だけだからな」

呆れてため息をついてしまった。まったく、攻略対象の風上にも置けない体たらくである。

女嫌いのアイザックの方がマシに思えるというのはどういう状況だ。

「今だと大胸筋より広背筋の方がキレていると思うが」

「ッ⁉」

後ろを向いてバックラットスプレッドのポーズをとろうとしたところで、ロベルトが大慌てで私の肩にマントを掛けてきた。

もう季節は冬に差し掛かっているとはいえそう寒くはない。上着は必要ないのだが。

第一これは狩人の衣装の一部である。

「い、いけません！　そんなに気安く肌を見せては！」

肌も何も、貴族令嬢が着用するものとしては極めて模範的なドレスである。

露出面積でいえばそりゃあ普段よりも多いだろうが、私の「普段」が貴族令嬢の一般とかけ離れているという部分をよくよく加味してもらいたい。

だいたい露出と言うなら訓練場の候補生たちは夏場など上裸で水浴びしている。

それに対して私も文句を言わずにいるのだから、そちらも多少は忖度してくれてもいいだろう。

「これ衣装だろ、勝手に脱ぐな。ほら、もう始まるぞ」

おろおろするロベルトにマントを突き返したところで、開演を告げるアナウンスが始まった。

私の出番はまだ先だ。舞台に向かうアイザックを見送り、ナレーションに耳を傾ける。

ナレーションを担当するのはリリアだ。主人公のポテンシャルを遺憾なく発揮したかわいらしい声をしている。適役だろう。白雪姫役の次に。

もう白雪姫役でないという時点で主人公の無駄遣いという気がしてならない。

この声でお願い事をされたらだいたいの男は「うん」と言ってしまうのではないかと思うので、演者の拙さをすべて有耶無耶にするという意味では、いい人選だとは思うが。

昔々あるところに、という定番の台詞とともに、劇が始まった。

舞台に置かれた鏡に向かって、アイザック扮する女王が話しかける。

「この世で一番美しいのは誰だ」

まったく演技をする気がなさそうな素のアイザックだった。

だがもとからアイザックはどちらかと言えば偉そうな話し方なので、横柄で傲慢な女王という感じがしないでもない。

それよりも美しい見た目と低い声のギャップがえげつない。危うく噴き出すところだった。観客席にも困惑のどよめきが走っている。

そうだろう。舞台の下から見ていたらますます気の強そうな美女にしか見えないはずで、そこから出てくるのがハスキー系低音ボイスなのだから、脳がバグるのは不可避だ。

ざわめきが収まったところで、鏡役の男子生徒が次の台詞を言う。

「白雪姫です」

「そうだろうな」

どうして納得するんだよ。

どう考えてもお前の方が綺麗だよ。自信を持て。

「……怒った王女様は、狩人を呼び出して、白雪姫を始末するようにと指示します」

アイザックの台詞をまるっと無視して、リリアが次の文を読み上げる。

ぎこちない足取りで舞台へと上がったロベルト。

さすがは顔面至上主義の世界。観客にとってはロベルトの右手と右足が一緒に出ていることよりも、彼の顔面が整っていることの方が重要らしい。ご令嬢たちの目がうっとりと蕩けている。

ロベルトがアイザックの前に跪いて、指示を受ける素振りをする。

ふと思ったがこの構図、完全に身分が逆転している。政治的なあれそれは大丈夫だろうかと観客席の殿下を窺うも、いつも通りの澄ました王太子スマイルだ。

まぁロベルトの日頃の振る舞いを思えば、このぐらいが今更なんだと言う気もするが。

ぱっと舞台の明かりが落ちる。

いよいよ私の出番だ。

アイザックやロベルトと入れ違いに舞台に上がる。ステージ上の定位置にスタンバイしたところで、明かりが灯った。

先ほどアイザックが喋った時よりもやや控えめなどよめきが広がる。

観客が反応に困っているのをひしひしと感じる。

対する私はもう諦めモードだ。

ほら。だから言ったのに。

歓声やため息が出るほどは似合っていない。かといって、出オチというには弱い。そんな絶妙な、全人類が「あー……ウン」としか言いようのない出で立ちなのだ。

この空気になるだろうことは予想の範囲内である。

だから私は何回も止めたのに。ただ登場しただけでスベっているとか、耐え難い苦痛だ。

今すぐ福利厚生の一環として毒林檎を支給していただきたい。どうするんだ、これから。

ウィットに富んだジョークでも言って場を和ませるか、いやそれは焼け石に水か、と考え始めたところで、また左手と左足を一緒に出しながら、ロベルトが舞台に戻ってくる。

「女王様の指示で白雪姫を殺すように命じられた狩人は、白雪姫を一目見てその美しさに魅了され、こっそり森に逃してあげることにしました」

シンと観客が静まり返る。

うん。無理があるからな、この展開。

もう頼むから話をさっさと進めてほしい。でないとストーリーを無視して毒林檎の前借りをして自害しそうだ。早く次の台詞を言えとロベルトに目を向けるが、彼は緊張しているのかド忘れしたのか、なかなか言葉を発そうとしない。

しばらくあくあくと口を開け閉めしているうちに、だんだんと顔まで赤くなってきた。様子がおかしいので、観客席に聞こえないようこっそりと声をかける。

「おい、ロベルト？」

「……あの」

ロベルトが私の両肩に手を置いて、やっと声を発した。

やたらと真面目な顔をしているが……もしかして、笑いを堪えているのだろうか。

何にせよ話が進みそうで安堵する。うろ覚えでも何でもいいから、さっさと台詞を言ってくれ。

「このまま城に連れて帰るというのは」

「殺す気か？」

咄嗟にツッコんでしまった。

白雪姫をこの段階で城に連れ戻すとか、正気の沙汰ではない。レバーどころか本人を持って行ったら確実に直接息の根を止められる。

「そこを何とか」

「なるわけないだろ」

訳の分からないことを言い出すロベルトを振り解こうとするが、無闇に力が強くてなかなか苦労した。何でだよ、離せよ。

確かに私は早くこの劇を終わらせたいが。白雪姫が死んだら劇は終わるかもしれないが。

「あとやっぱりその服は面積が少なすぎます！」

ロベルトがワッと堪えかねたように叫ぶ。

人を露出狂のように言うな。

完全に劇が崩壊しそうになったのを察知したのか、クラスの候補生扮する小人たちがわらわらと出てきて、ロベルトを羽交締めにしながら舞台袖に引っ込んでいく。

小人が全員筋骨隆々すぎやしないだろうか。さすが鉱夫といえばそうなのかもしれないが。

観客と私が呆然と小人を見送ったところで、ナレーションが再開された。

「白雪姫は森で出会った小人たちと一緒に平和につつましく暮らしていましたが、ある日女王様に白雪姫が生きていることがバレてしまいます。それを知って怒った女王様は、魔法で老婆に変身して白雪姫のもとを訪れました」

ロベルトを大人しくさせて戻ってきた小人たち（大）と待っていると、アイザックがローブをかぶって舞台に上がってきた。

まったく老婆の演技をする気がないらしい。しゃんと背筋が伸びているし、しっかりした足取りですたすたとこちらに歩いてくる。お前のような老婆がいるか。

アイザックは私に向かって、握りしめた林檎を突き出した。

「う、つくしい、お嬢さん」

台詞であっても言いたくない気持ちは分かるがそこで言い淀むとおかしなことになるだろうが。

そして声がイケボすぎる。そんな声の老婆がいてたまるか。

「林檎を、どうぞ」

「ありがとう」

主役のお姫様役なのに今初めて喋った気がする。省エネにも限度というものがある。

林檎を受け取ろうとするが、アイザックの手が震えていた。ここだけ老婆感の演技をするとも思えないので、これはアイザックも笑いを堪えているに違いない。ロベルトと二人して笑いのツボが浅すぎる。さすがは攻略対象、「おもしれー女」のハードルの低さはピカイチだ。

あまりに手元が震えているものだから受け渡しに失敗し、ぽろりと林檎を取り落としてしまう。

落ちた林檎はニュートン博士の見つけた万有引力に従って、舞台の床に落下する。そしててんてんと転がり、舞台から落ちていってしまった。

林檎がちょうど王太子殿下の足元に転がる。

彼はそれを手に取ると、隣に座っていたクリストファーに手渡した。クリストファーが林檎を受け取って、それを軽くハンカチで拭うと、舞台に駆け寄ってくる。

王太子殿下ともなると、自ら歩いて届けるようなことはなさらないらしい。そんなことに私の義弟を使わないでいただきたいものだ。

舞台の端に寄って、林檎をクリストファーから受け取る。

すると彼は少しだけ私に近寄って、そっと耳打ちした。

「姉上。せっかく可愛いリップ塗ってもらったんですから、齧っちゃダメですよ」

心配そうに私を見るクリストファーに、やれやれと苦笑いする。

劇の最中に小道具を齧ったりするはずがない。我が義弟、時折私のことを分別のない人間のように扱うので困ってしまう。

大丈夫だよと視線で示して、舞台の真ん中に戻って劇を再開した。

「おいしそうな林檎。いただきます」

林檎をドレスで拭く仕草をして、齧る真似をする。

そしてSE担当のクラスメイトがドラマチックな音楽を奏でるのに合わせて、床に倒れ込んだ。

「女王が渡した毒林檎を食べて、白雪姫は死んでしまいました。まるで眠っているような白雪姫を棺に寝かせて小人たちがその死を悲しんでいると、森に迷い込んだ王子様が現れます」

ヨウが舞台に上がってきた。

王子様役らしく華美な正装に身を包んでいるが、ゲームのスチルの正装とは異なっている。

ゲームでは東の国らしくどこかオリエンタルな雰囲気の、ゆったりとしたサテンに刺繍が目立つ衣装だった。だが今彼が身に纏っているのは西洋風の、このディアグランツ王国でもよく見る形のジャケットとパンツスタイルだ。

それなりに似合ってはいるが……見慣れていない分違和感は否めない。

しかし観客のご令嬢たちには好評なようで、きゃあきゃあと小さな声で囁き合っているのが聞こえてくる。

羨ましい。私もそのポジションがよかった。ハンカチがあったら噛んでいたかもしれない。

「ああ、何と美しい方でショウ！」

ヨウが大仰な仕草で胸を押さえ、私の横に跪く。

アイザックとロベルトに対してはちょっとは演技をしろよと思ったが、こいつはやり過ぎである。

一人だけテンションがミュージカルのそれだった。大根役者ばかりの舞台でそれは、重い。クサい。胃もたれしそうだ。

彼は目を閉じている私の頬に手を添えると、朗々と歌い上げるように言う。

「艶やかな髪に長い睫毛、白磁のように滑らかな肌……こんなに美しい女性は見たことがありません。ワタシはアナタに会うために生まれてきたのでショウ。森に迷い込んで好運でシタ。心から愛しいと思える人に出会えたのデスから」

髪はウィッグだし睫毛はつけ睫毛だし肌は白粉をたっぷり塗りこめている。

嘘は言っていない絶妙なラインだ。

必要以上に情感たっぷりな彼の台詞に、観客席のご令嬢たちからほぅ、とため息が漏れる。ヨウも隠しキャラとはいえ攻略対象、イケメン度合いは十分だ。しかも熱烈な愛の言葉を並べ立てているのだから、ご令嬢にはさぞ響くだろう。

だがよくよく聞いてみればこの台詞、どう受け取っても「外見が好き」以外の情報がない。

何せ白雪姫と王子様が出会った時点で、白雪姫は既に死んでいるのだ。話しもしないし動きもしないのだから、外見以外の要素が関与する余地がないのである。つまりこの王子様、外見に一目惚れしたからという理由で素性の知れない女を妻にしようとしているのだ。

言っては何だがその国、相当ヤバそうである。もし白雪姫が傲慢で我儘で浪費家だったらどうするのだろう。

死んでいる女性を見初めて国に死体を持ち帰るというだけでもこの王子様、なかなかにパンチの強いご趣味をお持ちだというのに、それ以外にも地雷があってはもう救いようがないのでは。

外見至上主義のこの世界だから受け入れられているのだと言われればそれまでだが……国民のみなさんにはその国からさっさと亡命するか、潔く革命を起こす覚悟を決めることを推奨する。

現実逃避をしているうちに、ナレーションとヨウの台詞でストーリーが進んでいった。

「美しいプリンセス、どうかワタシに、アナタに愛を示す許しを……」

そう言いながら、ヨウが身体を屈める。どんどんと彼の顔が近づいてくる。

きゃーっとご令嬢の黄色い歓声が聞こえた。

観客席からはしっかりと、キスしているように見えているらしい。

であれば、このシーンはもう十分だ。少しの間そのまま停止して、ヨウが身体を起こし、それに続いて私も起き上がる。

あとは一つ二つと台詞を言って、それでおしまい、ハッピーエンドだ。

そのはず、なのだが。

ヨウが動きを止めない。彼の鼻が私のそれを微かに掠めたところで、観客の歓声がさらに大きくなった。目の前まで迫った彼の瞳が、にやりと細められた気がする。

いや、ちょっと、待て。

こいつ、まさか。

「そ、その時！　白雪姫は運よく喉に詰まっていたりんごが取れて目を覚ましました!!」

「エ？」

ナレーションに合わせて、私はヨウの身体を押し戻しながら身体を起こす。

リリア、ナイスアドリブだ。懺悔室で培ったアドリブ力は伊達ではない。

ファーストキスに大した思い入れはないが……嫌いな相手としたいものではないのは確かである。

そのまますっくと立ち上がると、キスで目覚めた後に言うはずだった台詞を諳(そらん)じる。

ショー・マスト・ゴーオン。幕が上がっている以上、劇を続けるべきだろう。知らんけど。

「あーら、王子様。いやだわ、私、こんな格好で」

「白雪姫は突然現れた王子様にあらびっくり！　ついうっかり王子様を突き飛ばしてしまい——そしてそのまま流れるようにＡＢＢＡＡＢ→→←！」

何故コマンドを入れるんだ。

とりあえず昇り龍のモーションをしながら王子役のヨウを突き飛ばして距離を確保する。

「王子様に無礼な行いをしてしまったことに気づいた白雪姫は、せめておもてなしをしようと残ったリンゴで果汁百パーセントジュースを搾って王子様に献上します！」

落ちていた林檎と、小人の家に置いてあった小道具のカップを手に取る。

素手で林檎を割ると、両手で握り潰してさらに粉砕し、百パーセントのリンゴジュースをカップに注いだ。

観客席からおおっと感嘆の声が上がる。いやいや、このくらい大したことはない。もっと言ってくれていいんですよ。

「エート？　し、白雪姫？　そのリンゴ毒リンゴなんじゃ、」

「あら、私と間接キスがお嫌だと？」

「そういうワケでは……」

にっこり笑ってヨウの手にカップを押し付ける。

ひくひくと口元を引き攣らせて私が林檎を粉砕する様を見ていたヨウが、怯えた様子で後ずさる。

さぁ飲め早く飲めと無言で圧を掛けていると、小人役の候補生たちが悪ノリして騒ぎ始めた。

「王子様のーちょっといいとこ見てみたいー！」

「そーれ、イッキ！　イッキ！」

絶対に教官たちから教わったと思しきコールで囃し立てる。

よい子は真似をしてはいけない。アルハラ、ダメ、ゼッタイだ。

ヨウは明らかに戸惑った様子で私と小人たち、そしてナレーションのリリアと舞台袖に視線を送っていたが、「飲まなければ終わらない」という雰囲気を感じ取ったのか、ええいままよと言いたげな顔でリンゴジュースを一気に呷った。

「毒リンゴで作ったジュースをイッキした王子様は、その場に倒れてしまいました！　慌てて駆け寄る白雪姫！」

ナレーションに合わせて、ヨウが倒れるふりをする。

私も彼に駆け寄って、上半身を支えた。ヨウが観客席に聞こえない程度の声で文句を言う。

「話が違いマス……」

「先に妙なことをしたのはお前だろ」

支えていたヨウの身体からぱっと手を離す。どしゃっと鈍い音がした。

そのまま床に倒れ込んだ彼が潰れた蛙のような声を出す。

「しかしそこで、白雪姫は王子様が懐に隠したナイフに気が付きました。かすかなアーモンド臭に気づいてナイフを舐めると、ペロ……これは、青酸カリ！」

小道具としてヨウが腰に携えていた短剣を手に取って、その刀身を舐めるモーションを取ったが、これは合っているのか？

あと青酸カリだったら舐めたら死ぬんじゃないだろうか。

「なんと王子様は、女王様が白雪姫の生死を確認するために派遣した偽者だったのです！　刺客を退けた白雪姫は、その後も訪れる刺客たちをばったばったとなぎ倒し、気づけば三億の賞金首に‼　そして小人たちと一緒に海賊団を立ち上げて航海に出ることを決意！　やがて白雪海賊団はこの世のすべてを手に入れて、幸せに暮らしましたとさ！　めでたしめでたし‼」

どんな白雪姫だ。どうして広げてもいない風呂敷を無闇矢鱈に広げてから無理矢理畳むのか。やりたい放題にも程があるだろう。ありったけの夢をかき集めるな。

かの有名な「めでたしめでたし」の力をもってしてもとても一件落着したようには思えなかったが、観客の一人が拍手を始めると、周りもつられて手を叩いた。

だんだんと拍手の音が大きくなり、喝采と言って差し支えのないものになる。

私もヨウも、それからほかのクラスメイトたちもぽかんとしていたのだが、リリアがこちらに向かって親指を突き出したのを見て、思わず噴き出した。

つられてみんな笑いだしてしまって、一同もういいか、という気分にさせられる。

これが主人公（ヒロイン）力（ぢから）というものだろうか。やれやれ、敵わない。

その後、カーテンコールというほどのものではないが、主要な演者が全員ステージに並び、観客に向かってお辞儀をした。

顔を上げたところで、隣に立ったヨウが私の腰に手を回す。

きゃあっとご令嬢たちから歓声が上がった。

まぁ、一応王子役と姫役だ。このぐらいはファンサービスだと思って我慢してやろう。王子は偽者だったらしいが。

そう考えて客席に向かって手を振っていると、ヨウがぐいと私の腰を強く引き寄せたかと思えば、私の眦（まなじり）に口付けてきた。

次の瞬間。

観客席から最高潮の黄色い歓声が巻き起こるのと同時に、ロベルトのドロップキックを食らったヨウが吹っ飛んだ。助走なしとは思えない、素晴らしい高さと角度であった。

舞台袖に消えていく二人を横目に、私は何食わぬ顔で観客席に手を振り続ける。まるでここまですべてコミコミで筋書き通りですよ、と言わんばかりに。

よくやった、ロベルト。

「ひどいデス。友達を蹴るなんて野蛮デス」

「友達だと思われてないんじゃないか？」

舞台袖に座り込んでブツブツ言っているヨウを横目に、解体した大道具を運ぶ。

吹っ飛んでぶつけたらしく、頭に見事にたんこぶが出来ているし、顔には痣も出来ていた。

私としてはなかなかスッキリしたのだが、やはり他国の王族にドロップキックはまずかったらしい。ロベルトは氷のような冷気を纏った王太子殿下と白目を剥いた学園長に呼び出されて連行されていった。

がっかり第二王子とは言え、王族同士のちょっとしたじゃれあいである。ロベルトを絞った後で、最終的には殿下がきっとうまいことやってくれるだろう。

ヨウを見下ろしていたリリアが、ふぅとため息をつく。

「たいした怪我じゃないし、ツバでもつけとけば治りますよぉ」

「後でロベルトが怒られたら可哀想だろ」

「可哀想なのはワタシデス!!」

リリアがはぁ、とクソデカため息をついて、聖女の祈りを発動させた。

ふわりとしたあたたかい光がヨウの顔のあたりを包む。瞬く間に痣が薄くなり、たんこぶの大きさは半分くらいになった。

たんこぶ程度が関の山と言っていたが、これでも十分有用だ。

「リリアさん、こちらもお願いできますか？　指を切ってしまった方がいて」

「あ、は、はい！　す、すみません、エリ様」

「うん。行っておいで」

クラスメイトのご令嬢に呼ばれて、リリアがぱたぱたと走っていく。

とても聖女とは思えない、保健委員を頼るくらいの軽さではあるが……リリアも頼られるのは満更でもなさそうだ。「何もない」と泣いていたころから思えばいい傾向だろう。

「エリザベス」

ふと、ヨウに呼ばれて振り向いた。

彼はいつものへらへらとした嘘くさい笑顔ではなく……どこか深刻そうな表情をしている。

「ワタシがもし……アナタの同情を引くような理由でここにいるとしたら……アナタはワタシの味方をしてくれマスか？」

「……例えば？」

「ンー、例えば、そうデスね」

ヨウが一転してわざとらしく、自分の顎に指を当てて、悩むようなアクションを取る。

そしてその後……声のトーンを一段落として、言った。

「病気の母親を守るため、とか？」

「…………」

ヨウの様子を窺う。

ゲームの中でも彼は、病気の母親を半ば人質に取られるようにしてスパイになった。母親の身に何が起こっているのか、知らないままに。

この世界の彼はゲームとは違うところもあるようだが、そこは共通しているらしい。

乙女ゲームの攻略対象らしい重い過去、背負っている事情。それが彼にとっては母親なのだ。

だからといって……彼が私に害を為そうとするのならば、それを是としてやるつもりはない。

もちろん利益になるならば止めるつもりもないのだが——分からない以上、判断のしようがない。

手の内を明かさない相手とは組めない。そういうことだ。

私は肩を竦めて、彼に応じる。

「理由は関係ない。結果がすべてだ」

ヨウが目を見開いた。

普段は狐じみた表情をしているので隠れていることも多いが、見開いているとその瞳が黒々と澱んでいるのがよく分かる。

やはり、人を騙すことを厭わない目だ。

「お前の行動が、私にとって利益になるか、損害になるか。私にとって重要なのは、それだけだ」

「ワタシの愛ではメリットになりませンか?」

「なるわけあるか」

私の言葉に、ヨウがわずかに目を細める。そしてふっと口元を緩めた。

その笑顔はすっかりいつもの、胡散臭いものだった。

「ワタシがアナタに害を為すはずがありまセン！　ワタシはアナタを愛していマスから」

「そうか。それは……残念だ」

そう答えながら、ため息をつく。

結局劇を通じても、ヨウの真意を聞き出すことは出来なかった。

それはつまり、彼のこの茶番がまだしばらくは続くことを意味している。

彼の計画の是非や成否はどうでもよいのだが……それに付き合わされることが確定したというのは、残念なことだ。それはもう、非常に。

世界にたった一人の　―お兄様―

書斎に入り、部屋の奥に置かれている椅子に腰かけた。

本来公爵家の当主しか座ることのできないその椅子は、父が不在の時だけ僕も座ることを許される。

「演劇発表会で、クリストファーがすり替えてきた林檎は？」

「王立研究所で調べたところ、微量の毒物が検出されたようです。先日の――例の茶葉に混入されていたものと同じだと」

執事長と侍女長が、僕に続いて部屋に入る。重苦しい音を立てて、ドアが閉まった。

以前王太子殿下から受けた忠告を思い出していた。公爵家に持ち込まれた茶葉の中に、毒物が含まれていたのだ。

その毒物は一度や二度の摂取では害はなく、継続して摂取することで体内に毒素が溜まり、やがて効果を発揮するものだという。

そしてそれは……東の国で多く採掘される鉱物の精製過程で手に入るものだ。

「お父様は、まだ戻らない？」

「早馬を飛ばしておりますが……お帰りは明日以降になるかと」

「分かった。公爵不在につき、僕がその権利を代行する」

ポケットから取り出した鍵を執事長に手渡した。彼が部屋の隅にある柱時計の扉を開ける。

「学園でエリザベス様襲撃を目論んだ者の行方は継続して捜査中ですが、訓練場で捕らえられた者は口を割ったそうです。やはり、東の国の手の者でした」

「……そう」

僕の沈んだ声音に、侍女長が目を伏せた。その事実は、東の国と関係の深いあの家がこの一件に関わっている可能性を、より色濃くしていたからだ。

「宰相様から本件に関わりがあると目された貴族のリストが届いております」

「宰相様から、直々に？」

渡された書類に目を通す。概ね予想通りの名前が並んでいて、それぞれの家についての調査結果まで付されていた。

留学中の第六王子であるヨウ・ウォンレイはもちろん、デミル子爵家に……

「……やっぱり、ウィルソン伯爵家も」

「東の国との貿易が領地の経済を支えていましたから……そこを盾に取られたものかと」

「クリスには知らせたくなかったけれど……もう彼も気づいているみたい」

弟の心中を思うと胸が痛んだ。自分の生家が姉の命を狙っているとなれば、きっとやさしいあの子はつらい思いをしているはずだから。

それにあの子は賢い。気づいてしまったかもしれない。

自分の血の繋がった父親が、「事故」で死んだのではないかもしれないという可能性に。

できれば人を疑いたくはないけれど……今回も、クリストファーの父親の件も、「馬車に仕掛けがされていた」という事実に、どうしても疑念が頭をもたげてしまう。

やっぱり僕は、そんなむごいことがありませんようにと願うのをやめられないのだけれど。

「こちらは、騎士団から届いた敵の拠点の地図です」

「もう絞り込んでいたんだ」

場所は四か所。そのうちの一か所は、すでに×印が打たれていた。

王都から馬車で二時間もかからない、のどかな草原地帯だ。

湖畔や森もあって、国で保護している珍しい種類のうさぎが見られることで、ちょっとした観光地にもなっていた。

以前リジーとクリストファーがピクニックに行った街の近くで——彼女たちがうさぎの密猟に出くわしたと話していたのを思い出す。密猟に銃火器が使用されていたという話も聞いた。銃火器の開発・運用は、東の国が力を入れている分野だったはずだ。

つまり、リジーとクリストファーが出くわした密猟者というのも、東の国の人間であった可能性が高い。

×印がついているということは、先に騎士団が対応したのだろうか。そう思って資料を捲ると、騎士が現場に行った時にはすでに拠点が放棄されていたようだ。

ふと、拠点が放棄された理由に思い当たった。ピクニックに行った日、クリストファーは密猟者に追われる中で足を怪我してしまっていた。言葉にはしなかったけれど、大切な弟のことだもの。

きっとリジーも、怒ったんじゃないかな。

怒ったとき、僕の妹が何をするか。リジーがすることはいつも思いもよらないことばかりだけれど——クリストファーが誘拐されたとき、ウィルソン伯爵家に一人で乗り込んでいったことを考えれば、少しは想像できる。

ここまでの出来事を繋ぎ合わせると、東の国が何を狙っているのかが見えてきた。

ウィルソン伯爵家へ卸す品物の量を制限し困窮させ、やがて金銭の援助と引き換えに、武器や人員の運搬の手伝いをさせるつもりだったのだろう。

だがウィルソン伯爵家には、伯爵がクリストファーを攫ったことで捜査の手が入った。伯爵も最終的にはきちんと説得に応じてくれて、東の国との繋がりを認めている。まだ爵位の剝奪までは至っていないけれど、実際は取り潰しが内定しているような状態だ。

東の国からしてみれば、じっくりと貿易を続けて作ってきた大きなパイプを失ったことになる。

ウィルソン伯爵の話では、運び込んだ銃火器は、王都からほど近いながらも自然が多い土地に構えた拠点に運び込む予定になっていたのだという。

その土地を選んだ理由は、単純に隠れやすく王都に攻め入りやすいから、というだけではない。

森に住む希少なうさぎを銃火器を用いて捕らえることで、実地試験と資金調達を合わせて行うことが目的だったらしい。

だけれど、この拠点はすでに放棄されている。

証拠がないことで誰かを犯人扱いするのはよくないけれど——例えば、そう。騎士団一個師団に匹敵する力を持った誰かが乗り込んで来たせいで、拠点を手放さざるを得なくなってしまったとしたら――敵はどう考えるだろうか。

目的はおそらくこの国への侵攻。

重要なパイプを奪われ、拠点を潰されて、恨みを抱いたとしてもおかしくはない。

その矛先はきっと――僕たちバートン公爵家に。

いや、もしかしたら――あの子個人に。

「それと……王家から、第一師団を使ってよいとの連絡が」

「第一を？」

思わぬ内容に聞き返すと、報告をしている侍女長もどこか困惑した様子だった。

「機密部隊のはずだよね？　王家直属の」

「そのはずですが……勅命であるとか」

「……ふふ」

思わず笑みがこぼれてしまう。

この状況には相応しくないけれど……僕の妹は、そういうところがある。

おてんばさんで、ちょっと困ったところのある子だけれど……不思議と周りを巻き込んでしまう力がある。宰相様だって騎士団だって王家だって、この時点ですでにこれほど動いていること自体がそもそもおかしいのだ。

まだ誰も、何も。命じていないはずなのに。

命じなくとも誰かを動かすことのできる力。それが「人望」なんじゃないかと、僕は思う。

「リジー……僕なんかより、よっぽど人望があると思うんだけどな。僕の出る幕、ないじゃない」

「坊ちゃま」

本当に僕の妹は、いつもびっくりするようなことばかりだ。

心配ばかりかけて、でも秘密が多くて……一番大事なところは、心配すらさせてくれないような子だ。

「いつのまに、大きくなっちゃうんだろうね。もっとずっと、子どものままでもいいのに」

「坊ちゃまも、エリザベス様も。まだまだ子どもでいらっしゃいますよ」

「君たちにかかると、そうかもね」

困ったように眉を下げる執事長と侍女長に、僕も眉を下げて笑った。

寂しいけれど、僕が力を貸さなくても、彼女はきっと自分で解決できる。

それでも、僕は妹の世話を焼く。

僕が兄で、彼女が妹だから。世界で一番愛おしい、僕の大切な妹だから。

「港に近い拠点から落とそう。次が国境に近い拠点だ」

「かしこまりました」

地図を見ながら、思考を巡らせる。まずはこれ以上増援を呼ばれないように、敵の侵入経路となりうる拠点から。そうすれば、敵を残された拠点に誘い込むことが出来る。

最後に残す拠点は、向こうにとっては敵陣の真ん中、こちらにとって有利な場所だ。増援や武器の補給が出来なくなれば、籠城戦になる。

そうすれば――きっと降参してもらいやすくなるだろう。それが一番、こちらにも向こうにも、犠牲が出ない手順のはずだ。

「リストの方はいかがなさいますか？」

「そこは僕が直接行って、話をしてみるよ。説得に応じてもらえるなら、その方がいいもの」

「では馬車の手配を」

侍女長が一礼して、書斎を出て行った。

僕も支度をしなくては。

一番は、家族。その次が、親しい人たち。そして、国。

僕たちが大切にすべきものに危機が迫っているなら――僕たちも、出来ることをしなくちゃね。

執事長に視線を向ける。彼は小さく頷いた。

「バートン公爵家当主の名において命ずる。我が公爵家の敵が現れた。至急、排除されたし」

僕の言葉に、執事長が柱時計の中の歯車を回す。時計の針が反対向きにぐるりと回って、特定の時間を指したとき……屋敷のてっぺんにある、鐘が鳴った。

王都全域に余すところなく届く……権限の行使を示す、鐘の音が。

◇◇◇

世界にたった一人の、僕の可愛い妹。

いつからだったろう。妹の様子が変わったことに気づいたのは。

何かに追い立てられるように、切羽詰ったように、妹はどんどんと変わっていった。

生まれてからずっと見てきたんだ。それくらい、すぐに分かった。

長かった髪をばっさり切った。男の子の服を身に着けるようになった。

まるで、見えない何かと戦っているような。戦うための準備をしているような。

あまりにめまぐるしい変化に、僕は、何も聞けなかった。

それとなく聞いてみても、はぐらかされて。年相応でない困ったような笑顔の妹に、僕はますます何も聞けなくなってしまった。

何かがあったのだと思う。僕や両親に言えないようなことが。もしかしたら、言ったところで誰も信じないようなことが。

たとえばそれは神のお告げかもしれないし、怖い夢かもしれない。

どうして話してくれないのだろうと思った。話してくれないと、分からないと思った。

僕には分からなかった。何故妹がこんなにも、変わっていくのか。

だけれど、一つだけ分かることがあった。

リジーが僕の、大切な妹だということだ。

それが分かっていれば、僕には十分だった。

頑張っていたら応援して、危険なことをしていたら、叱る。障害があれば、乗り越えられるように手助けをした。どこかに行きたがっていたら、途中まで手を引いて案内した。

僕には、こんなことしか出来ないけれど。

それが僕にしか出来ないことかもしれないから。

リジーが変わったとしても、変わっていなかったとしても。僕がすることは何も変わらない。

僕はリジーに大切だよと伝え続けた。言葉だけじゃなく、行動でも示し続けた。

いつか彼女が立ち止まったとき。僕という味方がいることを、思い出してもらえるように。

少しでも、彼女の力になれるように。

あの子はずっと頑張ってきたんだ。一人でずっと、戦ってきたんだ。

リジーはどんどん強くなった。僕が手を引かなくても、もうどこにだって行ける。

僕が今までしてきたように、両親が今までしてきたように。

他の誰かを守り、助けることができるようになった。何かを教えることが出来るようになった。

もう、守られるだけの小さな妹は、どこにもいない。

だけれど、もし強くなったからと言って、守る側になったからといって、兄が妹を守っちゃいけないなんて理由は、どこにもないはずだ。

僕は君を守るよ、リジー。

たとえどんなに君が、強くても。

たとえ君が一人で戦っていても。

僕は僕に出来る精一杯で、君を守る。

君は一人じゃないと伝え続ける。

君が大切だと伝え続ける。

だって、僕は君の家族で……たった一人の、兄だから。


いつもどこか思いつめたように、一人で戦っていた妹の様子が、最近またがらりと変わった。

肩の荷が下りたように……何かから解放されたように。年相応の顔で笑うようになった。

ずっと見てきた僕には分かった。彼女が頑張って来た何かが……やっと報われたのだと。

やっとあの子が、安心して笑えるようになったのだと。

それはあの子が勝ち取ったものだ。あの子が必死に努力をして、手に入れた幸せのはずだ。

誰にもそれを、脅かす権利なんてないはずだ。

歯がゆかった。ずっと見ていることしか出来ない自分が。あの子の心に寄り添えない自分が。

でも、今度の敵は、僕にも見えるから。

よく頑張ったね、リジー。

今度は僕が、頑張る番だよ。

女の子を待たせるようでは、モテない

「きな臭いんだよね」

ダグラス男爵家の庭でお茶をご馳走になりながら、私は呟く。

「どうも、見張られているようなんだ」

「え？」

「尾けられている気配がする」

私の言葉に、リリアは目を丸くする。そして少し怯えた様子で声を潜めて問いかけてきた。

「そ、それは、エリ様のお家の人とかでは……？」

「家の人間なら気配で分かるし……そもそも事前にお父様あたりから『見張りを付けるから絶対に撒くな』と言われるはずだ」

「撒いた前科があるんですね……」

「何も言われなかったら、そりゃ撒くだろう」

後を尾けられるのは、気分のいいものではない。特に後ろめたいことをしていなくても撒きたくなる。後ろをパトカーに走られているような気分になるのだ。

「もう少し……何というか、本職のような気がする。私でもはっきりと掴めない」

「エリ様でも、ですか」

リリアの言葉に頷いた。彼女にもことの深刻さが伝わったらしい。

「ヨウが私に接触して来ていることと何か関わりがあるかもしれない。そうすると、君にも危険が及ぶかも」

「な、何故わたしに!?」

「聖女絡みの問題に私が巻き込まれているだけの可能性が一番高いから」

何故も何も、ゲームの展開でいえば東の国に狙われるべきなのはリリアである。

その彼女が攻略した対象が私だから、私がとばっちりを食っていると考えるのが自然だ。

何かが動き出しているなら、そろそろ本命のリリアに対して行動を起こしてもおかしくない。

「そういうわけで、君に護衛を付けようと思う」

「そ、それはつまり、エリ様がおはようからおやすみまで、付かず離れず組んず解れつわたしのことを守ってくださると……?」

「違います」

「違うんかい!」

近年稀に見るコテコテのツッコミをしてきた。

そんなことをされても、私がわざわざ彼女の護衛をするのは現実的に不可能である。

夕飯までに家に帰らないとそれこそ家族に見張りを付けられる羽目になるからな。

「私の代わりに護衛……というか見張りを派遣するよ。と言っても、私には家の人間を動かす権限はないし、訓練場や騎士団でももちろんそんな権限はないから、借り物だけど」

パチンと指を鳴らす。

黒い服を着て、フードを被ったやせぎすの男が一人、私の横に降って来た。

東屋の隅に控えていた男爵家の執事がさっと身構えたので、手を上げて大丈夫だと示す。

「そ、その方は……？」

「グリード教官に借りた。元はロベルトの命を狙った暗殺者だったんだけど、いろいろあって今は彼の言うことを何でも聞く便利な手駒になってる」

「旦那、手駒はないですぜ」

「じゃあ鉄砲玉かな」

私がにやりと笑いかけると、男も引き攣った愛想笑いを浮かべた。

私と男を交互に見ていたリリアが、おずおずと話しかけてきた。

「あ、あのう、エリ様」

「うん？」

「ふ、普通、主人公のお付きといえばイケメンの男の子か、かわいいマスコットキャラだと思うんですけど！　なんでこんな下卑た元暗殺者なんですか⁉」

「そこはもう、悪役令嬢ルートに進んでしまった自分を恨んでもらうしかないな」

「絶賛大後悔時代です」

がっくりと肩を落とすリリア。

だいたい「Royal LOVERS」には、もともと攻略対象の好感度を教えてくれるお付きのイケメンの男の子も、かわいいマスコットキャラもいなかった。

ないものねだりというものだろう。

「大丈夫。危険がないときは姿を見せないようにきつく言っておくから」

「で、でも、こんな怪しいおじさん……わたしに何かあったらどうするんですか？」

「心配ないよ」

不安げなリリアに、私は紅茶を飲みながら応じる。

「ちゃんと処理してあるから」

「はい？」

「女の子には手出しが出来ないようにしてあるって意味」

首を傾げていたリリアの顔が、見る見るうちに青くなった。

「ああ、もっと直接的に言ったほうがいい？」

「結構です」

「それか、語尾だけでも可愛くしておく？」

「ますます結構です」

固辞された。まぁ、実際のところ何がどうなっているのか私も知らないので、その場合は本人に説明してもらうことになるのだが。

私がくいと顎を引くと、男が再び姿を隠した。気配の消し方はさすが元暗殺者だけあってなかなかだ。十六歳時点の私に負けるくらいなので、戦闘力としてはあまり当てにならないが。やはり護衛と言うよりは見張りが適切だろう。

姿を消した男にきょろきょろしていたリリアが、やがて諦めたのか小さくため息をつき、こちらに向き直る。

そしてもじもじと手を動かした後、上目遣いでこちらを見ながらぽつりと独り言のように言う。

「え、エリ様。わたしがピンチになったら、今でも……助けに、来てくれますか？」

「どうだろうね。もう君は私のルートに入ったわけだし。釣った魚になんとやら、というやつで」

「最低です」

「ははは」

非難ありげに睨まれたので、笑って誤魔化す。

一つ息をついて、正直なところを言葉にした。

「まぁ、私に命の危険がなければ助けるかな」

「何故でしょう……助けに来ないと言われるよりひどい気がするのは……」

「もとからひどいやつなんだよ、私は。命を賭してでも他人を守るような人間だと思ってもらえていたなら、それは私がうまく装えていたというだけさ」

そう。私は我が身がこの世で一番可愛い。自分を、そして自分の幸せを守るための努力は惜しまないが、それ以外は二の次だ。

「エリ様の素って、いったいどういう状態なんですか……？」

「もう自分でも分からないな。正直自分がどんな人間なのかもよく分からない。好きなものも、嫌いなものも、選択も、行動も。何が作り上げたもので、何が元からのものなのか。どんどんと曖昧になって、自分でも区別がつかないんだ」

ずっと十年間、攻略対象に相応しい自分を演じて生きてきた。

レディファーストがすっかり体に染みついているので、未だにリリア相手でもドアを開けてしまうし椅子を引いてしまう。

友の会のご令嬢相手にも気づくと無意識に甘い台詞を言ってしまっているし、訓練場での鬼軍曹もやめられそうにない。

女性相手につい格好つけてしまう癖も直る日は遠そうだ。

「でもまぁ、その辺ひっくるめて私と言う自己なのだろうと開き直っているよ」

リリアがぽかんと口を開けてこちらを見ている。

お茶菓子のクッキーをつまんで、開きっぱなしの口に放り込んでやった。

せっかくの可愛い顔が台無しの間抜けな表情に、思わずふっと笑みがこぼれる。

「そして私は、そんな自分がそこそこ気に入っているんだ」

◇　◇　◇

「旦那、旦那」

「んぐ」

洗面所で歯を磨いていると、窓を叩く音がした。

窓を開けると、リリアの見張りに付けたはずの男がそこにいた。器用に窓枠にしがみついている。

「嬢ちゃんが連れていかれました」

「早いよ」

思わず本音が漏れてしまった。リリアに見張りを付けたのはほんの一週間くらい前の話だ。

展開が速すぎないだろうか。いや、確かに乙女ゲーム的には二月三月はほとんどないようなものなので、一月で風呂敷を畳まないといけないのだろうが。

そもそも友情エンドの枠組みからずいぶん外れているような気がする。

ヨウが転入して来たのもそうだし、主人公であるリリアが攫われるなどという大きなイベントが起きるようなストーリー展開ではないはずだ。

「で？　リリアを守るでもなく逃げて来たわけだ」

「そりゃそうでさぁ。命あっての物種ですから」

何故か自慢げに答える男に、ふんと鼻を鳴らす。

まぁ、もとよりこの男に戦闘要員としての働きは期待していない。

しかしタイミングが悪かった。こちらは夕飯も終えてシャワーも済ませて、さてこれから部屋で日課のストレッチに励んで寝ようかと思っていたところだ。

「明日じゃダメなやつか？」

「いいかもしれませんが、今日をおすすめしますぜ」

男が懐から手紙を取り出した。受け取って裏返すが、宛名も差出人の名前もない。封はされていなかった。便箋を取り出すと、雑な字で短い文章が書かれている。中には宛名が書いてあった。私宛だ。内容は「リリアを返してほしければ、午後九時に一人で王都の外れの廃屋に来い」というものだ。

どうやらこの手紙の主も、私のことをその身を犠牲にしてでもリリアを助けに行くような人間だと思っているらしい。やれやれ、買いかぶりも甚だしいな。

「これが嬢ちゃんの部屋に」

「なるほど」

時計を確認する。現在すでに午後十時を回っている。

事が起きてからこの男が大急ぎでここにすっ飛んで来ただろうことを考えると、手紙の主が今日ではなく明日の午後九時を想定して書いたことは明らかだ。

本来、明日の朝あたりに男爵家の人間がリリアの不在に気づき、この手紙を持って我が家にやってくる……というような流れで私の手元に届くはずだったのだろう。

こんなに早く届くのは、手紙の主にも予想外のはずだ。

向こう様は今頃、明日の夜に向けて準備の真っ最中だろう。わざわざ準備が整うのを待ってやるより、奇襲の方が有利に物事を進めやすい。

だいたい、この男が寝返らずにここに来るくらいだ。たいした敵でもないのだろう。

「待ち合わせが明日なら……早めに行かないといけないな」

私がにやりと笑うと、男がすっと気配を消した。彼の仕事はここまでということだ。

女の子を待たせるようでは、モテない。待ち合わせには早く着きすぎるくらいでちょうどいい。

そう、今から出るくらいで。

わたしは主人公ですよ　―リリア―

ぱちりと目を開けた。

視界がぼんやりとしています。何となく、後頭部が痛い、ような。

目の前に広がるのは、見慣れない部屋でした。古びたお屋敷と言った風情です。

じわじわと思い出してきました。

自分の部屋にいたら、突然知らない人が何人も入ってきて、それで……たぶん、殴られたか何かで、気を失ったのでしょう。

「気がつきましタか」

聞き覚えのある中堅男性声優声がして、目を向けます。

思った通り、そこにいたのはヨウでした。狐目を細くして、にやにやと笑っています。

エリ様の言ったとおりだな、と思いました。その笑い方は、ゲームの中のヨウとはまったく違っていて……明らかに、悪役の笑みでした。

身体を動かそうとして、後ろ手に縛られていることに気づきます。ま、縛られていなかったところで、わたしにこの状況をどうこうできるとは思いませんけれども。

「こ、ここは？」

「ワタシたちの拠点デス。見てのとおり今は使われていない屋敷デスし、街の中心からも離れていマス。騒いだところで助けは来まセンよ」

「ど、どうして、わたしを？」

「エリザベス・バートンを誘き出すためデス」

彼の黒い瞳が、わずかに見えました。黒々とした、光の無い目でこちらを見下ろしています。

「バートン家には何度も辛酸をなめさせられましタ。次期公爵がウィルソン伯爵家の悪事を糾弾したせいで、伯爵を懐柔して銃火器を持ち込む計画に遅れが出ましタ。エリザベス・バートンとその義弟が密猟を妨害したせいで、資金稼ぎに影響が出たばかりか、拠点の場所がバレて襲撃を受けましタ。聖女をこちらに引き込む予定でシタが、常にエリザベス・バートンがべったりで付け入る隙がありまセン」

後半二つに心当たりがありました。ちなみに最後の一つはエリ様がべったり、というより、わたしがべったり、なのですが。

エリ様は自分は巻き込まれただけ、みたいなこと言ってましたけど、これはどうやらエリ様が主な目的ということで間違いなさそうです。

「バートン公爵家で一番邪魔な存在が、エリザベス・バートンデス。一人で一個師団にも匹敵する戦力……アレがいるだけで、バートン公爵家には手を出しにくい。逆に言えば……エリザベス・バートンさえいなければ、攻め落とすのは容易い」

そうなのでしょうか？　わたしは内心首を捻ります。

エリ様はそれはそれは強いですけど、公爵家の中では植木の次ぐらいの発言権しかないと言っていました。

男爵家の末席に過ぎないわたしの耳にも入ってくるような人望の公爵家の逸話は、エリ様とは関係のないものばかりです。

この国の貴族であれば、誰も「攻め落とすのは容易い」なんて、思わないでしょう。

「公爵家を落とし、聖女を手に入れる。そしてそれを足掛かりに、この国に攻め入る。ワタシが、それを成すのデス。ずっと見下してきた奴らに、目に物を見せるのデス。ワタシを、母を……身分が低いと見下して、駒のように扱ってきた奴らに……」

「ああ、そこはゲームのとおりなんですね」

「は？」

「あ、い、いえ。こちらの話です」

なるほど、と思いました。ゲームのヨウを悪役ナイズしているわけですね。

第六王子、しかも妾腹。黙っていては回ってくるはずもない王座を餌に、スパイの真似事をさせられている。ゲームでは自分と病気の母の身を守るため仕方なく、と言うことでしたが、この世界ではそれが野心にマイナーチェンジされているようです。

原作改変というやつですね。……わたしから見れば、改悪ですけど。

ヨウは、純粋さを残しているところがよかったのに。

「ねぇ、見えてるんですよね？」

わたしは語り掛けました。

ヨウにではありません。ここにいるし、どこにもいない。そういった、普遍的な存在へ。

ヨウが怪訝そうな顔でわたしを見ます。

「何を言っているのデス？」

「あなたには言っていませんよ。世界の意思すら教えてもらえない、可哀想な操り人形さん」

ヨウをあからさまに見下して、ころころと笑ってみせます。

あれ？　これでは、わたしが悪役令嬢みたいですね。

あるタイミングから――エリ様のルートに分岐したあたりから、わたしは自分の「運命力」が高まっていくのを感じていました。

それは、聖女としての力の根源です。聖女の力というのは、運命を捻じ曲げる力だと、わたしは理解しています。

たとえば、死ぬ運命にある人を生かしたり。怪我をしなかったことにしたり。恋に落ちるはずがなかった人を、魅了したり。

「こうなるはずだった」という運命を捻じ曲げて結果を変える。それが聖女の力のからくりです。

その聖女の力が、どんどんと高まっていました。もう、この身に抑えられないほどに。

それは、主人公としての力が高まっているからだと思っていましたが……どうやら違ったみたいです。

「あなたたちはエリ様の――エリザベス・バートンの『原作改変』を恐れた。世界の『運命』を変えさせないために……わたしに『運命力』を過剰に与え続けた。……その身を削ってまで」

　エリ様のことを思い出します。きっと手違いでこの世界に転生させられた彼女が、どれほどの血の滲むような努力を経て、そこに立っているのか。

　どれほどの運命を捻じ曲げて、どれほどの運命をなぎ倒して、そこに立っているのか。

「ある時気がつきました。わたしの『運命力』の源が、世界ではなくわたしの内に移っていることに。この意味、分かりますか？　わたしの『運命力』は、この世界の創造主であるあなたたちを凌駕した」

　わたしは話しかけます。ヨウを通して、この世界の創造主に。世界機構そのものに。神と呼ばれる存在に。

「あなたたちにも力があるんですから、分かるでしょう？　それとも、そんな実力差も分からないくらいに耄碌（もうろく）してしまったんでしょうか」

　どこか遠くで、花火の音がします。何でしょう、お祭りでもあるのでしょうか。

　でも、もう深夜といって差し支えのない時間帯です。それでもご近所迷惑にならないほど、ここは王都から離れているということでしょうか。

「もうわたしは、あなたたちの手に負えるものではなくなった。もう、この世界の権限はわたしに委譲されています」

　自分の手のひらを見つめます。使いこなせている感じはあまりしませんし……結局、エリ様だったら捻じ曲げられてしまう程度の力なのでしょうけど。

一人の人間が本気で抗えば、変えられる。

神様って、運命って……その程度のものでしか、ないのです。

「今更あなたたちが外野から何をしようとしても、無駄です。転入生を一人滑り込ませるのが関の山だったはず」

目の前のヨウを見ます。世界を原作どおりに戻すために、改悪されてしまったキャラクター。

わたしにとって、敵ではありません。恋敵ですらありません。ただ、可哀想なだけのひと。

わたしは原作のままのヨウの方が、好きでした。二推しでしたし。

原作に戻すために原作を捻じ曲げるなんて、やぶれかぶれというか、本末転倒と言うか。

「そんな力では、わたしに……わたしの望む運命には、勝てない」

わたしは笑います。大好きなあのひとの真似をして、口角を上げて、不敵に笑います。

「自らが産んだ化け物に、あなたたちは食い殺されるんです」

「先程から、誰と話しているのデス⁉　ついに頭でもおかしくなったのデスか？」

「わたしは正常です」

地鳴りがします。まるでわたしの怒りに反応して、地面が震えているようでした。

だんだんと自分の声が大きくなっていくのを感じます。わたしの本気を、ぶつけるように。

「おかしいのはあなたたちです。わたし、こんなふうにしてくれなんて頼んでません。美少女に、聖女に、主人公(ヒロイン)に産んでくれなんて、頼んでません。あなたたちのせいで、わたしがどれだけつらかったか。どれだけ虚しかったか。やっと、やっとそのつらさを、虚しさを埋めてくれる人と出会えたと思ったのに。それが、筋書きと違ったからって今更文句を言ってくるなんて。わたしのエリ様に手を出そうとするなんて。分かります？　わたし、怒っています」

「ノー！　おかしくなったのでショウ。己の身が害されるという恐怖で！　泣いて許しを乞うのなら……そうデスね、ワタシの愛人として迎え入れてあげないこともないデスよ！　アナタは見た目だけは良いデスから！」

「ふふ」

小悪党然とした様子で高笑いをするヨウを見て、わたしはまた唇で弧を描きます。

「笑わせないでください。わたしは主人公(ヒロイン)ですよ」

がしゃん、がしゃん。どこかで何かが壊れるような音がします。遠くで何かが崩れるような音がします。

何故かは分からないけれど、確信がありました。この音は、きっと。

「主人公(ヒロイン)のピンチにはね……王子様が助けに来るって、相場が決まっているんです」

音がだんだんと近づいてきます。ヨウが音のする方へ――壁へ視線を向けました。

瞬間――轟音がして、壁が吹き飛びます。

「ああ、やっと来た」

降り注ぐ瓦礫と砂埃の中、立っていたのは。

「わたしの、王子様」

エリザベス・バートン、その人でした。

「な、何故、そいつが……！」

驚いた表情で彼女を見るヨウ。

エリ様は、特に気負った風もなく当たり前のように、そこに立っていました。

よく見るとどこか怪我をしているのか、顔の右側が血で染まっていて、右目が開いていません。

服もぼろぼろだし、何故かびしょ濡れだし、全身砂埃で汚れていました。

その姿を見て、ぎゅっと胸が締め付けられます。

やっぱり、来てくれた。「命の危険がなければ」なんて言っていたのに。

その気持ちに応えるように、わたしは胸を張って、ヨウに向き直ります。

「わたしは主人公（ヒロイン）ですよ？　悪役令嬢の一人や二人、コマせないとでも？」

「えーと？　どうも、コマされた悪役令嬢でーす」

エリ様がよく分かっていないような顔をして、そう言いました。

『初めて』を捨ててしまうのも悪くない

片っ端から壁を壊していたところ、割と序盤でリリアとヨウの姿を発見した。

途中爆発に巻き込まれたときに頭を切ってしまったらしく、血で右側の視界が悪い。

分かりにくいところに隠れていたら探すのに難儀するところだったので、助かった。先にこの建物が全壊するかと思った。

「な、何故ここに⁉」

「何故って、招待状をくれたからね」

驚いた表情でこちらを見るヨウと目が合った。

尻ポケットから封筒を取り出して見せる。爆発に巻き込まれたのでだいぶ煤けてしまっていた。

「待ちきれなくて。早く着きすぎてしまったよ」

「早すぎマス！」

まぁそれはそうか、と思った。廃屋——というより古い屋敷と言った感じだが——の中に、人が少なかった。明日私を迎え撃つつもりでまだ準備が整っていなかったのだろう。

それにしたって、この手薄さはいかがなものかと思うくらいに歯応えがなかったが。

「しかも本当に一人で来たのデスか⁉」

「そうだけど」

「自分が狙われていると分かっていてなお……そこまでこの女が大切なのデスか⁉」

「大切だとも」

あれ。どうも私が主な狙いだったらしい。

てっきりリリアのついでかと思っていたのだが……とりあえず、最初から分かっていたようなフリをしておくことにした。

「リリアは私の妹みたいなものだからね」

「ほら、この人最低なんです。いるでしょ、こういう人。散々期待させておいてこの言い草」

「悪かったって」

何故か最低なやつとして紹介されてしまった。

おかしいな。私、結構危険な目に遭って助けに来たのだが、どうして私が謝る羽目になっているんだろう。

ヨウの元から離れたリリアが、私の背後に隠れた。

剣を片手に彼女を見下ろすと、口では文句を言いながらもどこかほっとしたような顔をしている。

ぽんと彼女の頭を撫でてやった。

どーんと背後で爆発音が聞こえる。リリアとヨウが揃って後ろを向いた。

「話してる場合じゃなかった。火薬庫が爆発して火事になってるんだ。早く逃げなくちゃ」

「か、火薬庫が⁉」

「焼き討ちってこんな感じなのかな。興味があったんだよね、悪役として」

「そんなことに興味を持たないでください」

「私が焼いたわけじゃない、あいつらが自分で火薬庫に弾を当てたんだ」

私が肩を竦めると、ヨウが膝から崩れ落ちたのが見えた。

この世界では火薬も銃火器も貴重品だ。ずいぶんたくさん貯め込んでいたようなので、すべて焼けてしまったとなれば被害総額は計り知れないだろう。

「さすがに至近距離で爆発が起きたときは『あ、これは死ぬかな』と思ったけど」

「何で無事なんですか？？？？」

「ダメ元で思いっきり地面を殴ったら穴が空いて、地下の貯水槽に落ちた」

リリアが絶句していた。単に運がよかっただけで、下手をしたら普通に死んでいるところだ。もうこんなことは勘弁してもらいたい。

「さぁ、早く逃げよう」

「ま、待て！」

振り向くと、ヨウがこちらに銃を向けていた。

その顔に、いつもの微笑みはない。髪を振り乱して、こちらを睨んでいた。

「このまま逃がすと思いマスか!?　よくも、ワタシの計画を……許しまセン！　せめてその首を土産に東の国へ――」

一足飛びに距離を詰め、銃を持った手を蹴り上げた。ヨウは、引き金を引かなかった。

吹っ飛んだ銃が遠くの地面に落ちる。喉元に剣を突きつける私を、尻餅をついたヨウがぽかんとした顔で見上げていた。

こんなことが以前もあったな、と思い出した。違うのは——私の手にあるのが、真剣だということだ。

まぁ私は真剣でなくとも彼の首くらい斬れるのだが。彼はそれを知らないはずだ。

「エ、エリザベス……」

散々そうしてきたように、彼が私の名前を呼ぶ。その顔は笑顔を作ろうとしていたが、口元がひくひくとぎこちなく引き攣っていた。

彼を見下ろして、私はにっこり笑って告げる。

「私、こう見えて小悪党だから。まだ人を殺めたことがないんだ。ここはほら、あんまり殺生とかない、やさしい国で、やさしい世界だから」

見開かれた彼の瞳に、私が映る。にやりと口角を上げているが、目が笑っていなかった。

彼と同じ、嘘吐きの目だ。……そして、悪役の顔だった。

「でも、経験しておかないといざというとき、剣が鈍ってしまうんじゃないかと思ってね。ほら、よく言うだろう。いざその場になったら、手が震えるとか、引き金が引けないとか」

ヨウは、引き金を引かなかった。私の動きを読めなかったのかもしれないし——もしかしたら彼は「いざというとき」に、引き金が引けなかったのかもしれない。

「それだと困るだろう？　だから、一度経験しておきたいと思っていたんだ」

目の前のヨウの顔色が、さっと青ざめる。じりじりと壁際まで後ずさりしていった。

こちらは死ぬ思いをしたのだ。彼は私とリリアを殺そうとしたのだ。自分だけ無事でいようなどと、虫のいい話があるものか。

自分を殺そうとした相手をわざわざ見逃してやるほど、私はやさしくはない。

「今ここで、『初めて』を捨ててしまうのも悪くない」

そう言い終えて――私は、剣を振り下ろした。


ヨウの顔の横に突き刺した剣を抜く。

気絶した彼を見下ろして、ふぅとため息をついた。さすが攻略対象、気絶しても白目を剥いたりしないらしい。まるで眠っているかのような美しい様相だ。

両手で顔を覆っていたリリアが指の隙間からこちらを見て、おずおずと問いかける。

「……こ、殺さない、んですね……？」

「私にだって相手を選ぶ権利があるよ」

軽口で応じて、剣を払って鞘に仕舞う。

「CER●Bらしいしね」

ヨウの身体を担ぎ上げる。意識がないようなので、お米様抱っこでよかろう。

そのままリリアに近寄って、彼女を小腕に座らせるようにして持ち上げる。リリアが慌てて私の首にかじりついてきた。

だんだんと部屋の温度が上がってきた。立っているだけでも汗が出そうだ。ぶち破って来た壁の向こうで、ごうと炎が巻き上がっているのが見えた。

「やれやれ。こんなに危険だと分かっていたら、来なかったよ」

「……でも、エリ様は来てくれました」

リリアがぽつりと呟いた。私の首にぎゅっとしがみついて、目を伏せている。長い睫毛に引っかかるようにして、涙が滲んでいた。

「わたしはそれが嬉しいんです」

「余程私を善人にしたいらしい」

「だってエリ様は、わたしの王子様ですから」

「攻略対象冥利に尽きるね、どうも」

涙目で微笑むリリアに、私は苦笑いで応じた。嬉し泣きでも何でも、泣かれるとやりづらい。

さっさと脱出しようと、窓を蹴破る。古びた屋敷の周囲にも燃え広がっているようで、辺り一面火の海だ。

「え、エリ様……」

不安げな様子でリリアが身を寄せてきた。

「こ、これは、まずく、ないですか？　さすがのエリ様でも、無理ですよ……」

「まったく、何を心配しているやら」

彼女の琥珀色の瞳を見つめる。いつもよりずいぶん近くに顔があるのが、少しおかしかった。

ふっと笑った私を、リリアが揺れる瞳で見つめ返した。

自分が攻略した相手のことを信じないなんて……困った主人公だ。

「どれだけの無理を押して、私が今日まで生きてきたと思っているの？」

こつん、とリリアの額に自分の額をぶつける。リリアの頬がぽっと赤く染まった。

両手が塞がっているので、仕方ない。

「この程度、無理でも無茶でも何でもないさ」

私はぽんと壊れた窓枠を蹴って、跳躍した。崩れかけた屋敷の柱に着地する。

そこから、ぽんぽんと炎に巻かれない小高い場所を選んで飛び移っていく。

「ほらね」

腕の中で呆然としているリリアに、私は笑いかけた。

「私が命の危険を感じていたら、君のことを助けるわけがないだろう。一人で逃げているよ」

「ソウ、デスネ」

何故かリリアが片言になってしまった。ヨウと喋っているうちに移ってしまったのだろうか。

リリアよりもずいぶんと重たいヨウを抱え直して、私は再度跳躍した。

◇　◇　◇

「ここまで来ればとりあえず、火事に巻き込まれる心配はないかな」
廃屋から少し離れたところで、リリアとヨウを地面に降ろす。

さすがに二人抱えて綱渡りじみたことをしたので肩が凝った。

落ちてはいけないと思うと妙な緊張感がある。気分はＳＡＳ●ＫＥだ。

胡乱げな瞳でこちらを見上げていたリリアが、口を開く。

「……エリ様って、不死身なのでは？」

「失礼だな、私だって死ぬときは死ぬよ」

「たとえば」

「たとえば………老衰とかで」

「天寿を全うする気じゃないですか」

ツッコミが飛んできた。元気そうで何よりだ。

「それよりこれ、聖女の祈りで止血だけでもできないかな。血が止まってないみたいで……このまま帰ったら家族にバレてしまう」

「血止まってなかったんですか⁉」

「うん、すごく視界の邪魔だった」

リリアが呆れた顔をして私に近づいてきた。頭に手をかざそうとしたので、屈んでやる。

瞬間、リリアの身体がぱっと発光した。

「え？」

二人で同時に声を上げてしまった。

頭に手をやると、あったはずの真新しい切り傷が綺麗さっぱりなくなっている。結構ざっくりと

切れていたはずなのだが。

　他にも、顔や手足の細かい擦り傷や痣などがすべて無くなっていた。

「リリア、それ……」

「だ、大聖女の、力……ですね……」

　主人公（ヒロイン）の身体が光るスチルには見覚えがあった。どれも、大恋愛ルートで大聖女の力に目覚めた時のものだったはずだ。

　リリアが自分の手のひらを見つめる。感覚を確かめるように、軽く握ったり開いたりを繰り返していた。

「最近、力が強まっている感じは、していたんです。でも、それを使いこなせていなくて……このくらいなら、治せるはずなのに、変だなって、思っていて」

　以前聞いた時には、ちょっとした擦り傷か、せいぜいたんこぶくらいが関の山だと言っていた。

　今回の私の怪我はおそらくそれよりもひどかったはずで、だから私も止血程度しか期待していなかったのだが。

「でも、今自然と、その感覚が分かったんです」

「突然、分かるものなのかな。ゲームでは、『真実の愛』が必要って話だったけど」

「わたし……今日、エリ様のこと、信じてたんです。絶対、来てくれるって」

　彼女の言葉に、私はなるほどなと手を打った。親愛度ではなくて、信頼度というわけだ。

　友情エンドらしい「真実の愛」の形じゃないか。

「王子様を信じる真（まこと）の心、これを愛と言わずして何というのでしょう！」

「はい？」

「助けてほしいから信じたわけじゃないんです。そんなことは関係なくて、わたしが信じたいから信じたんです。あのとき、罠からわたしを守ってくれたエリ様を……嘘になんかしたくないから。愛がほしいから愛するんじゃないんです。自分が愛したいから愛する、自分が信じたいから信じる。つまり見返りを求めるんじゃなく、一方的に押しつけがましいほどに抱くのが、真実の愛！」

「………」

　何だろう。絶対違う。絶対に違うことが私にも分かる。

　押しつけがましい愛が真実の愛でたまるか。

　恋は一人、愛は二人じゃないのか。

「エリ様、わたし、見つけました！　真実の愛！」

　拳をぎゅっと握りしめるリリアに、何から説明したものかと眉間を押さえたところで、彼女の背後でどーんと爆風が巻き起こった。

　ここまで火の粉が飛んでくる勢いの爆発が起き、わずかに形を保っていた廃屋が完全に炎に包まれる。

　身の危険がない状態でその現実離れした風景を見ていると、何となくテレビでも見ているような気分になる。胸を過ぎった懐かしい気持ちに、ふと思い出した。

「あー……そうか。もうすぐ年越しだもんね」

「え？」

「ほら、爆発を見るところ……ああ、年が変わるなって感じがするだろ？」

「え？」

「え？」

リリアが聞き返すものだから、私も聞き返してしまった。

とぼけているのかと思いきや、どうやら本当に分かっていないようだ。背景に宇宙を背負った猫の顔で私と炎を交互に見ている。

「爆発で、年越し？　え？」

「あ、分かった。見ていた番組が違うんだ」

話が噛み合わない理由に思い至った。リリアはきっと歌番組派だったに違いない。

しかしリリアは怪訝そうな顔を止めてくれなかった。

「番組とかの範疇ですか？　その感想。え？　エリ様ほんとにわたしと同じ文化圏から転生してきてます？　紛争地帯とかではなく？」

「失礼だな、爆発に風流を感じたぐらいで」

「感じないでください！」

「エリザベス様！」

リリアが声を上げたところで、聞き慣れた声が私を呼んだ。覚えのある気配に、振り返る。

予想通り、そこにいたのは近衛師団の制服を身に着けた男だった。

「マーティ？　君、どうしてここに」

「……殿下の命令で貴女を尾行していました」

「最近の妙な気配は君か！」

私は得心した。近衛師団の若きエースである彼の実力であれば、私の尾行を任せられたとしても不思議はない。

それと同時に彼の成長に目を瞠る。しょっちゅう気配の読み合いをしている仲だが、彼だとは気づかなかった。まさか私にも気取られないほどに気配を殺せるとは。

感心している私を他所に、彼は眉間の皺を深くする。

「肝心な時に、撒かれましたが」

「言ってくれれば撒かなかったのに」

「どこに尾行対象に尾行をバラす奴がいますか」

「え、エリ様、その方は？」

リリアが控えめに私の袖を引く。そういえば、リリアは彼とは面識がなかったかもしれない。

「友達。近衛騎士のマーティンだ」

「こ、近衛騎士⁉」

「そう。王太子殿下付きで、殿下の用事で時々私を呼びつけに来る」

「エドワード殿下の、用事……」

呟きながら、リリアが私の腕にぎゅっとしがみついてきた。胸を当てるのをやめてもらいたい。

「マーティン。彼女はリリア。私の学園での友達で、聖女で――まぁ、妹みたいなものかな」

「また妹って言った！」

リリアが不満げに頬を膨らませた。私は軽く肩を竦めて流す。

童顔だし、前世を加算した精神年齢を鑑みても私より若い気がしてしまうのだから、仕方ない。

私の顔を見上げていたリリアが、ふっと息をつき、そしてその唇に笑みを刻む。

「わたし、良いこと思いつきました」

何だろう。「良いこと」と言っているのにものすごく、悪い顔をしている気がするのだが。

「二度と妹みたい、だなんて言わせない方法」

「……リリア？」

悪い予感がして、リリアに呼びかける。

彼女は笑っていた。普段の可愛らしさが嘘のような、ぞっとするほど美しい、妖艶とも言えるような笑顔だった。

「私がお義姉さんになればいいんですね」

「ヒッ」

血の気が引いた。何という恐ろしいことを。

「バートン伯爵、素敵な方だとエリ様はじめいろんな方から聞きますし、わたしぽっちゃりくらいなら全然アリです。何よりエリ様のお兄様ですから。わたし、きっと愛せます」

「や、やめろ！　お兄様に手を出すな！」

「人聞きの悪いことを言わないでください」

「お兄様には幸せな結婚をしてほしいんだ、頼むよ」

「主人公（わたし）と一緒では、幸せになれないんですか？」

私はぐっと押し黙る。

彼女は主人公（ヒロイン）だ。彼女と結ばれる者には幸せが約束される。ここはそういう世界だ。

ずっとその前提をよすがにしてきた私に、それを否定することはできない。

「わたし、エリ様よりもしっかりとした前世の記憶がありますから。この世界にはないものの作り方も知っています。これまではそれを再現するお金も技術もなかったけど……公爵夫人になればできそうなこともたくさんあります。きっとエリ様のお家にも利益のあることですよ」

目を細めて私を見て、にんまりと唇で弧を描く。その表情からは、普段の幼さは感じられない。

また背中を冷や汗が伝うのを感じた。

どうしようもなく、身の危険を感じる。爆発なんて可愛いものだった。

これでは聖女ではなく、まるで悪役令嬢だ。

「それにエリ様がお嫁に行かなければ、ずっと一緒にいられますし」

「本音はそっちじゃないか！」

「家族になるんだし、もう実質結婚では？」

「すぐに実質結婚とか言い出すの、オタクの悪いところだよ！」

ほとんど悲鳴のように叫んでしまった。

実質無料は無料ではないし、実質結婚は結婚ではない。

「……エリ様、ほんとうにお兄様が大切なんですね。そんなに慌てているの、初めて見ました」

「大切だよ、大切だとも。たった一人の兄なんだから」

意外そうに呟くリリアに、私は頷いた。

「お兄様には、ちゃんとお兄様のことを打算とか政略でなく大切にして愛してくれる、お兄様の持つ魅力を十分に理解して外見や身分ではなくその中身を見て判断してくれるような、むしろあの姿がお兄様の完成された最高の状態であることを理解してくれるような、人を見る目を持っていて聡明で柔軟な発想の持ち主で、身分も釣り合いが取れるくらい、具体的には侯爵家か歴史のある伯爵家あたりの次女または三女で、やさしく思いやりがありお兄様に寄り添い三歩下がってついていきながらも、いざというときにはお兄様のことを支えて家を守れる芯の強さを持っていて、年齢十八歳から二十五歳くらいまでの健康でお兄様よりも長生きしそうな働き者で領地や我が家のことを自分のことのように真剣に考えられて、ヒールを履いてもお兄様を超えないくらいの身長で時折見せる笑顔には少女のような愛らしさがある、貞淑で清楚で花のように素朴な可憐さを持ち合わせていて、身分を鼻にかけず領民を心から愛し使用人にも分け隔てなく接し義両親とも私やクリストファーともうまくやれて、私がちょっと色目を使ったくらいでは靡かず、ダンスが上手でドレスが似合って社交性があり話術が巧みでありながら他人の悪口を言わず、ご飯をおいしそうに食べて甘いお菓子が好きでお酒も少々嗜まれて時々冗談を言ったりもするけれど基本的に理知的で論理的に物事を俯瞰して見る目を持っていて、知識と経験に基づく判断をすることのできる自立した女性でないと」

「……バートン伯が未だに婚約すら出来ていない理由を垣間見た気がします」

貴族社会の七不思議を解いてしまいました、とリリアは呟いた。

リリアが一歩引いてくれたところで、マーティンに向き直る。

これだけの火災だ、すぐに彼以外の騎士や役人がやってくるだろう。

攫われていたリリアはともかく、私はここにいるのを見つかるのはまずい。

どうまずいかというと、危険なことに首を突っ込んでいたとバレたら死ぬほど怒られるのだ。

幸い傷は治った。汚れた服を適当にその辺で捨ててシャワーを浴びれば、今ならまだ誤魔化せる。

「マーティ。こいつ今回の主犯格なんだけど、騎士団に持って帰ってもらえるかな？　私は今すぐ帰るから、ここにはいなかったということで」

「………………」

「マーティ？」

返事がないので、彼に視線を向ける。

目をハートにしてリリアを見ていた。

そうか。彼はモブだった。魅了にあてられてもおかしくはない。

この後「リリアたんしゅきしゅき！」と叫ぶことになるだろう彼を思い浮かべ、「ご愁傷様です」という気分になった。

尾行対象に撒かれた挙句、魅了に掛かって取り乱して任務を放り出すとか……下手をしたらクビである。私が上司なら少なくとも減給するし、私が彼だったら舌を噛んで死ぬかもしれない。いや死にはしないだろうが、気分的に。

　彼の視線を感じたのか、リリアが怯えた表情で身を縮めていた。男が苦手なリリアからしても、背が高くて男らしい体つきのマーティンはどう考えても恐怖の対象だろう。

　マーティンが何かする前に、後ろに回って絞め落とした。リリアに意識を持って行かれているので、とても簡単だった。彼の尊厳を守ったとも言えるので、感謝してもらいたいところだ。後日飯でも奢ってもらおう。

　どさりと地面に倒れたマーティンを見下ろす。そして未だ意識を取り戻していないヨウも見た。

　肩を落として、ため息をつく。

　これ、置いて帰っていいだろうか。

「此度の働き、まことに大儀であった。聖女はこの国の信仰の象徴ともいえる存在。それを救うため我が身を顧みず敵陣に切り込むとは、物語の英雄のごとき勇猛さよ」
「は。もったいなきお言葉」
「此度の一件で東の国の謀（はかりごと）が公になった。これで我が国としても表立って国際的な制裁を加えることができるというもの。彼の第六王子も捕虜として、五体満足の状態でこちらの手にある。これもそなたの働きによるところが大きい」
「身に余る光栄でございます」

王城の、玉座の間。この国で一番偉い人を前に、私は頭を垂れていた。

結局マーティンを絞め落としてしまったので帰るに帰れず、騎士団に出頭――私は悪いことはしていないのだが、気分的に――する羽目になった。

廃屋が王都の外れに位置していたおかげで周囲の家には爆発の影響はほとんどなかったそうだが、それにしたって大事故である。

爆発は一人で乗り込んだ私の責任も〇．〇一パーセントくらいはあったので怒られるかと思ったのだが、一夜明けてみれば聖女の危機に駆け付け、ついでに戦争を事前に防いだ英雄扱いを受けていた。

ちなみに家族にはそれはもう怒られた。詳細は割愛するが、やはりバートン公爵家の面々は世俗とは少しかけ離れた価値観を持っているようだ。一応良いことをしたわけだし、褒めてくれたっていいと思うのだが……「無事でよかった」と泣くお兄様の顔を思い出すと、強くは言えなかった。お兄様に泣かれると、本当に弱い。

今日も国王陛下が直々にお褒めの言葉を下さるということだったので渋々送り出されたが、下手をするとまた罷の時のように軟禁されそうな勢いだ。

「本来であれば騎士としての働きに対し叙勲があってしかるべきであろうが……」

「もったいなきお言葉でございます」

「そなたは未だ正式な騎士としての身分のない、公爵家の庇護下にある幼き身。ついては、代わりに何か褒美を取らせよう。望みは何だ。申してみよ」

「我が身に余ります」

騎士の礼を崩さず答える私に、陛下が沈黙した。そして呆れたような声音で問いかける。

「……おぬし、公爵からその二つしか話すなと言われておるな？」

「……ご賢察のとおりでございます」

さすが有能と名高い国王陛下。私が何を言い含められて送り出されたかなどお見通しだった。

私としても王様と何を話せばよいかなど分からないので、素直に従っていた次第だ。

「よい。楽にして構わん。公爵には黙っていてやろう」

「いえ。まだ命が惜しゅうございますゆえ」

「惜しいのか、命が」

「はい。何よりも」

陛下の言葉を肯定する。何故そんなことを聞くのだろう。

命など、誰だって惜しい物だろうに。

「聞いていた話と違うのう」

「然様でございますか」

「鉄を斬ったやら、身を挺して愚息を守ったやら、馬車を持ち上げたやら、羆を素手で打ち倒したやら……真贋（しんがん）の定かでない話を山ほど聞いていたものでな。どれほど豪気で屈強で、命知らずな兵（つわもの）かと思いをめぐらせておったのだ」

「恐れながら。噂というものは、針ほどの物が丸太にもなりますれば。私ほど矮小な人間もそうはおりません」

「そういうことにしておいてやろう」

声を上げて笑う国王陛下。

ちらりと顔を上げて、その表情を確認する。立派な髭を撫でつけながら、目を細めて私を見下ろしていた。

楽にしていいと言われたので、顔を上げたくらいで「不敬だ！」と言われることはなかろう。ずっと下を向いていたので、そろそろ頭に血が集まってきてしまった。

「王家にその名を連ねることに、興味は？」

「身に余ります」

「愚息では不服か？　どちらでもくれてやるぞ」

「お戯れを」

王族ジョーク、言葉通り「お戯れ」が過ぎる。笑っていいのか分からない。

まさかそちらの息子さんとの婚約を解消したことを、知らないわけでもないだろうに。

「なれば富はどうだ？　宝物庫から好きに選ぶと良い。王家に伝わる宝剣もある」

「過ぎたるものは身を滅ぼします」

「であれば権威はどうだ？　王家の騎士として取り立てても良い。さすれば今後そなたが事を為した際には堂々とその栄誉を受け取ることも出来よう」

「私には荷が勝ちすぎます」

「では、何であれば受け取る。申してみよ」

陛下がやれやれとため息をつきながら、眉を下げる。

その瞳は紫色だった。瞳の色は殿下、髪と髭の色はロベルトと同じだな、と思った。

「では、私への褒美はすべて、我が兄に」

「何？」

「兄の方がきっと、国のためにうまく使うことでしょう」

私の答えに、陛下がまたため息をついた。椅子に深く腰掛ける。

「そなたら公爵家の人間は皆、欲がなくていかん」

欲がないのはお父様とお兄様だけだろう。

私は公爵家の人間だが、彼らとは違う。欲に塗れた人間だ。

自分が平和に幸せに暮らしていきたいという欲は人一倍である。

ただ、国宝やら王家の騎士やらの身に過ぎたものを持つことで、自分が身を滅ぼすタイプだということをよく知っているだけだ。己の身の丈は自分が一番理解している。

ちょっといい革靴くらいだったらありがたくもらったかもしれないし、一カ月宿題をやらなくても怒られない権利くらいだったら喜んで飛びついたかもしれない。

今回の私の働きからしても、そのくらいが妥当だろう。

「一方的に貸しを作るこちらの身にもなってほしいものだな」

「それを貸しと思わない者のみが、我が公爵家の当主たりうるということです」

「そなたは違うと」

「はい。私はただ、自分の手柄でないのに大層なものを受け取ることができるほど、厚顔無恥ではないというだけのことです」

私の言葉に、陛下が眉を跳ね上げた。目で続きを促されたので、私は自分の見解を話す。

「あの廃屋。人が少なすぎました。火薬や武器の量と比べて、明らかに人員が不足しています。となれば、他に拠点がありそこに人員が配備されていると考えるのが自然。しかし聖女を攫い、いつ誰が攻め入ってくるか分からない状況で……わざわざ守りを薄くする必要がありましょうか」

「…………」

「では、何故守りが薄かったのか。それは、他の拠点がすでに攻め入られていたからでしょう。むしろそれがきっかけで、彼らは人員が不足している状況でも聖女の誘拐を急ぎ決行せざるを得なくなったと考えるのが自然です。彼らには人質が必要だったのです。ただの民草でなく、国を、騎士団を相手取り、交渉材料たり得るような人質が」

陛下は私の話を、黙って聞いていた。

頷きもしないが、否定もしない。私はそれを肯定と捉えた。

「用兵の経験のない若造の意見と笑っていただいて構いません。ですが私は此度の状況をそう分析しました。そうでもなければ、第六王子とはいえ王族の率いる国を挙げた計画を、一人の人間が潰せるはずがない。裏でもっと、私なぞの想像もつかないような大きな事態が動いていて……たまたま、私が目に付くところを、美味しいところを頂戴しただけのことです」

私を見つめる陛下の目が、わずかに細められた。鷹揚に髭を撫でている。

お父様と同じくらいの歳だろうか。目元に笑い皺が目立つが、なかなかのイケオジだ。

さすがはロベルトと殿下の父親、遺伝子の力を感じる。

「私のような凡愚でも推察できること。私よりも見識のある者が見れば火を見るよりも明らかでしょう。ですが、実際は私の手柄として扱われている。それは何故かと言えば『その方が都合が良いから』でしょう。表舞台にさらされない方が都合のよい『何か』の隠れ蓑として、ちょうど良いところにいた私が利用された。それで何故、褒美などいただけましょうか」

表舞台にさらされない方が都合のよい『何か』が何であるかは、私には分からない。

騎士団の機密部隊である第一師団辺りが動いたのかもしれないし……国王直属の「御庭番」が動いたのかもしれない。

それにお兄様が……公爵家が関わっていたのかどうかも、はっきりとは分からない。

だが、ヨウの口ぶりでは彼は聖女ではなく私を狙っていたようだったし、リリアに聞いたところでは、バートン公爵家そのものに恨みがあるようなことを言っていたらしい。

であれば、公爵家の危機に、公爵家の敵に……お父様とお兄様が何もしていないとは、考えられなかった。

心根の正しきものはバートン公爵家の友となり、心根の悪しきものも不思議と友となる。

バートン家に仇なす者があれば、善悪問わず全貴族が敵に回る。

その逸話はまるで伝説のようだが……その実それは、バートン公爵家が敵と見做したものに、国内の王侯貴族の総力をもって殲滅させ得るだけの権限を持っている、ということを意味していた。

人望があるから長い歴史の中で自然とそうなっていったのか、人望のあるものを見込んでその権限が託されたのかは……私には分からないが。

伝説は伝説のまま、得体のしれないままの方が良いことも、世の中にはあるだろう。

その方が、幸せなことも、だ。

「私も貴族の端くれ。『その方が都合が良い』のであれば、ご意向に沿って振る舞いましょう。……元より聖女（リリア）は私の友人ですから、助けるのは当然の行いです。彼女が聖女ではなかったとしても、私は彼女を助けました。誰のためでもありません、私のためです。ですから褒美などと本来烏滸がましいことですが……もしどうしてもと仰るのであれば、『我が兄へ』と申し上げているのです。私が兄に懐いているのは周知のことです。私が褒美を『我が兄へ』とお願い申し上げることは、何ら不思議なことではありますまい」

私はにっこりと唇に笑みを刻む。貴族らしく取り繕って、偉い人には笑顔で接する。

「ですから、それは私の兄へ。あるべきものをあるべきところへと、お願い申し上げる次第です」

私を見て、国王陛下がふっと噴き出した。そして声を上げて笑う。

別にウケ狙いではなかったのだが……まぁ、ウケないよりはいいか。

「やはり、愚息らの話のとおりの人間だな」

「はい？」

「そなたは強く、すべてを見通しているようで……そして、食えない人間だと」

「買い被りです」

どこまでがロベルトで、どこからが殿下の言った言葉なのか、すぐに分かってしまった。

そんな話までしているとは、親子関係は良好らしい。いいことだ。

「そなたのような騎士は少ない。騎士団にぜひ欲しいものだ」

「もったいなきお言葉」

「……気が変わったらいつでも申せ」

「仰せのままに」

陛下が視線で退出を促した。心の中でほっと息をつく。ようやく一件落着だ。

あわや他国との戦争になりかけるような誘拐イベントもそうだが、国王陛下との謁見イベントとか、友情エンドに組み込まれていていい重さじゃない。

大聖女の力の代償だとしても、私の負担が大きすぎるだろう、と思った。

再度頭を垂れて、私は玉座の間を後にした。

卒業式

卒業式の日が訪れた。友の会のご令嬢や訓練場の候補生など、顔見知りが何人も卒業するので、今年も在校生として出席した。

ちなみにゲームでは、卒業生である殿下のルートと殿下と関わりの深いロベルトのルート以外では卒業式自体が大してフォーカスされない。アイザックやクリストファーのルートでは共通イベントすらなく、彼らのルートであればすでにゲームが終了している時期だ。

私のルートも、おそらくあの誘拐騒ぎが最後のイベントだろう。

名実ともに、ゲームが終わった。

私とリリアは前世の話も出来る仲の良い友達だし、東の国関連のトラブルも解決、リリアは大聖女の力が使えるようになった。友情エンドとは思えない大団円と言えるだろう。

……問題は、まだ彼女が私を諦めてくれていないことくらいか。

今年はリリアも一緒に卒業式に来たのだが、昨年同様「思い出をくださいまし」とか言って取り囲んでくる友の会のご令嬢たちにボタンを毟（むし）られたりハグに応じたりしていたところ、すっかり機嫌を損ねてしまった。

今は木陰でしゃがんでこちらを睨んでいる。主人公（ヒロイン）らしからぬ行動に苦笑いするしかない。

桜に似た花が散る中で、こちらに近づいてくる人影に気づいた。周りを取り囲んでいたご令嬢たちが、さっと道を空ける。

銀糸の髪を風に揺らしながら、彼は私の前まで来て立ち止まった。制服の胸には、卒業生の証である花が飾られている。桜に似た花弁が舞う中に立つ殿下は、普段よりも一層儚げで、「桜に攫われてしまいそうな美少年」というのはこういうことなのかと得心した。

彼を眺めていて、殿下のボタンがすべて無事なことに気が付く。さすがに王太子を取り囲んでボタンを毟る気概のあるご令嬢はいないらしい。

「殿下、卒業おめでとうございます」

「リジー……」

ふっと、殿下が両手を広げた。

その腕が私を拘束しようと迫ってくるのを見て、咄嗟にしゃがみ込んでそれを回避する。

そしてそのまま流れるように、足払いを放った。

いや待て。

王太子に足払いを放ってどうする。

つい、ヨウに絡まれていたときの癖で身体が動いてしまった。

コンマ一秒で自分の過ちに気付いた私は、足を取られて倒れる殿下を抱きとめた。

「危ないところでしたね」

私が。

「うん？　ありがとう？」

怪訝そうな顔で私を見上げて、一応お礼を言う殿下。

助かった。何が起きたか分かっていないらしい。周囲のご令嬢から黄色い悲鳴が上がっていた。

殿下を立たせて、一歩離れる。彼はボタンがすべてなくなった私の制服をじっと見つめていた。

「きみ、卒業生に『思い出』をあげているらしいね」

「まぁ、そうみたいです」

「私にも『思い出』をくれないかな？」

殿下が私を見上げる。紫紺の瞳がいつもより潤んで、きらきらと光を取り込んでいるように感じた。心なしか、頬も赤い。

殿下にとっては三年通った学園との別れの日だ。多少の感傷があったとて不思議はないだろう。

「そんなことをしなくても、卒業してからも私のこと呼び出しますよね？」

「……呼び出すけれど」

呼び出すんじゃないか。

学園に入る前からこき使われているので、今さら卒業した程度で変わるはずもないと諦めてはいたが、やっぱりかと脳内でため息をこぼす。

「記念だし、いいでしょう？」

彼が上目遣いで私を見つめる。

恐ろしいくらいに睫毛が長い。瞬きするたび星が散りそうだ。

「……この場で、私に出来る範囲であれば、まぁ」

やれやれ、何をねだる気だろうか。

だいたい普段だって、私は彼のお願いごとをそれなりに聞かされていると思うのだが。

呆れ半分で肩を竦めて、殿下に向き直る。

「それで？　何をご所望ですか？　ハグ？　高い高い？　手合わせ？　男子に人気なのは一本背負いですけど……」

にこにこと王太子スマイルを浮かべた殿下が、無言で一歩私に近づいてきた。さらに、一歩。

そして至近距離まで来たところで、私の両手をぎゅっと握る。

なんだ、握手か。

ほっとした刹那。

彼の踵が、地面から浮いた。

唇に、柔らかな何かがぶつかる。

その何かは私の呼吸を一瞬奪い、そして離れた。

目の前にあった長い睫毛の瞳が開く。

アメジストの輝きが、視界に広がった。

私から離れた唇が、にんまりと弧を描く。

背後で、ご令嬢たちの悲鳴が聞こえた気がした。

「え、」

「ヴァ――――ッ!!!!」

どん、と、リリアが私に体当たりしてきた。

はっと我に返り、咄嗟に手の甲で唇を拭う。

マジか、この人。

ご令嬢たちも遠慮してお願いしなかったことを、やりやがった。

「エリ様！」

ぐいと腕を引かれる。

そのまま声の方を向くと、彼女の顔が目の前にあった。

あれ。なんだか、デジャヴのような。

そう思う間もなく、思いっきりキスされた。

殿下のスマートなそれとは違う、勢い任せの、こう、「ぶちゅーっ！」としたやつだ。

「！！！！？？？？」

「上書き」

リリアはふらりと後ずさった私を見上げて、どこか自慢げに堂々と言った。にやりと唇を歪めて笑っている。

まるでそう、悪役のような笑顔だった。

な、何だ。こいつら。他人様の唇をなんだと思っていやがる。

袖口でごしごしと唇を拭う。

いや、別にたいして思い入れとかはないのだが、ファーストキスだったんじゃないだろうか？

「上書きしても、最初が私だった事実は変わらないと思うけれど？」

「男の人ってそうですよね、『名前を付けて保存』ってやつですか？　でも残念！　女の子は『上書き保存』なので！」

「ちょっとリジー。きみの『友達』が訳の分からないことを言っているんだけれど。通訳して」

「エリ様！　ちょっと言ってやってください、女の恋は『上書き保存』だって」

この状況で私に助けを求めて来るな。どういう神経をしているんだ。

訳が分からなすぎて気が遠くなる。すべてどこか遠くの、私には関わりのない出来事なんじゃないかという気すらしてきた。

そしてふと、私の周りから音が消え——遠くのご令嬢たちのざわめきが、やけにクリアに耳に入ってくる。

「え？」

「そのお願い、『あり』なんですの？」

「マ？」

「卒業ですし？」

「思い出ですし？？」

「殿下やダグラスさんが許されるなら、わたくしたちも……？」

……………まずい。

これは、まずい。

背中を冷や汗が伝う。

殿下のお戯れのせいで、私がご令嬢たちのお父様から恨まれる危険性が爆上がりしてしまった。

許してない。まっっったく許してない。

こちらを見るご令嬢たちの瞳が狩人のものに思えてくる。

おかしい。男装して、自分を磨いて、主人公に攻略されて、無事友情エンドを迎えて……私は幸せになれる、はずだった、のだが。

これは、私の求めていた幸せな日常とは、だいぶ違う気がする。

一体何がどうしてこうなってしまったのだろう。どこでどう選択を間違えたのかも分からないし
——モブ同然の悪役令嬢である私には、そもそもセーブもロードも存在しない。

頭を抱えたい気持ちになったが……今はそんなことより、目の前の問題だ。

私の人生は明日からも続くのだ。こんなところで、こんなことで人生終了するのは御免である。

後悔して反省して、その場しのぎの行動を怠る私など、私ではない。

瞬間的に決意した。

逃げよう。

私はこの日、おそらく世界新を超えた。

エピローグ

命からがら、何とか学園から逃げ帰った。

後ろ手に閉めた玄関の扉を少しだけ開け、外の様子を確認する。

よかった、誰にも尾けられていないようだ。再びドアを閉めて、やっと人心地ついた。

ご令嬢たち一人一人から逃げることはさほど難しくはないが、さすがにあの人数に追ってこられると一苦労だ。しかも絶対に怪我をさせたりしてはいけない。万が一怪我をさせでもしたら本当に責任を取らされることになる。

妙にぎらついた視線を向けられることの心理的負担も相まって、どっと疲れた。

どれもこれも、殿下の悪ふざけとそれに乗っかったリリアのせいである。ご令嬢もその親御さんたちも恨むならあの二人を恨んでいただきたい。

「リジー？」

声を掛けられて、振り向く。

お兄様がきょとんと目を丸くして私を見つめていた。

見送りらしい侍女長を後ろに従えて、薄手のコートを羽織っている。なるほど、これから出かける用事があって玄関に来たようだ。

お兄様の姿を見て、心底ほっとする。

気を抜くとその場に座り込みそうな勢いの私に、お兄様が不思議そうに首を傾げる。

「どうしたの？」

「いえ。……少々怖い思いをしたもので」

「え？」

目を瞬くお兄様。「そういえば」と侍女長が窓の外に視線を向ける。

「先ほどエリザベス様をお探しのお嬢様方をお見掛けいたしましたが」

「げ」

家まで来ている。

友の会のご令嬢たちは慎み深くマナーを重んじるところが美徳だと思っていたのだが……あの二人の奇行でそのあたりの良識まで歪んでしまったらしい。残念なことだ。

次に学園に行くときまでに沈静化しているといいのだが。

「またボタンをお配りになったのですか？」

「ちょっとサービスしただけだよ」

肩を竦めて侍女長の視線を躱す。

配っているわけではなく、ほぼ追い剥ぎにあったようなものである。私を追いかけるあの情熱は一体どこから来るのだろう。ちょっと探して見つからなかったら諦めてほしいのだが。

そこでふと、恐ろしい可能性に気づいてしまった。

「……まさか家の中で待ってたり……」

「まだ学園にいらっしゃるとお伝えしたところ、学園に戻られました」

「助かる」

さすが侍女長、うまく取り計らってくれたようだ。

いくら私の素行に文句があっても、最終的に私の味方として行動してくれる侍女長には本当に頭が上がらない。

「……リジー」

お兄様がじとっと私を見てから、大きくため息をついた。

「僕も、侍女長も。すごく心配してるんだよ。いつかリジーが……女性関係のトラブルに巻き込まれるんじゃないかって」

「お兄様はご自分の将来を心配してください」

「うっ……」

私の言葉に、お兄様が顔のパーツを真ん中に寄せ集めたくしゃくしゃの表情をして息を詰まらせる。話をそらすことに成功したようだ。

お兄様は困り顔をしながら、ばつが悪そうに頬を掻いた。

「そうなんだけど……やっぱり、僕に魅力がないからかなぁ」

「何を仰います」

「ないわけないでしょう」

侍女長と二人揃って食い気味に否定した。

魅力がない、などという言葉は、お兄様ときちんと話したことがある人間ならば誰でも即行で否定するだろう。

お兄様に寄り添うように、そっとそのふわふわの肩に手を載せる。

「お兄様の魅力に気づく方がきっといますよ」

「エリザベス様の仰るとおりです」

私と侍女長の言葉に、お兄様が目を見開いた。そして、少し照れくさそうに笑う。

「そうだね。リジーに心配かけないように……僕もお見合い頑張らないと」

意気込むようにぎゅっと拳を握りしめるお兄様。もちもちの手はまるでクリームパンのようだ。

微笑ましく見守る私の視線に気づいたのか、お兄様は少し冗談めかして言う。

「そうしないと、リジーもクリストファーも順番を気にしちゃうものね」

「いえ私はまったく」

「エリザベス様」

侍女長がわざとらしく咳払いをして私を睨んだ。そんな顔をされても、お兄様が結婚したとて私が後に続けるわけでもない。

行かず後家は肩身が狭いと思っているが……早々に嫁に行けるとは思っていないし、しばらくはそのあたりの面倒なことを忘れて、のんびりと平和を楽しみたいというのが正直なところだ。

「いっそ、家のことはリジーとクリスに任せて、お婿に行くのもいいかもね」

「……それは、」

お兄様の唐突な発言に、目を瞬く。

お兄様が、家を出る？

それは想像もしていなかったことで、咄嗟に言葉が出てこない。もし、そんなことになったら……考えてみようとするが、脳が思考することすら拒絶していた。

妙な間を空けて黙ってしまった私に、お兄様がふにゃりと苦笑する。

「ふふ、冗談だよ」

その笑顔にほっと安堵した。

そうだ。お兄様は嫡男だ。家を出て行くはずがない。

まったく、お兄様も困った人だ。

笑えない冗談はやめてほしい。

外出するお兄様の背中を手を振って見送って、また一息つく。

乙女ゲームが終わった。だが、明日からも私の暮らしは続いていく。

そして続いていく日常は……こうしてこの公爵家で、お兄様にいってらっしゃいを言ったり、おかえりと迎えてもらったり。そういう日常がいい。

女の子に追いかけ回されて逃げ惑うような非日常は望むものではない。

春休み明けからの学園生活が平穏なものであることを祈りつつ、私は自室に向けて歩き出した。

◇◇◇

「お父様。わたくし、お父様の選んだ方とはお会いできません」

近隣諸国から「西の大国」と呼ばれる国の玉座の間。

その王位継承権第一位の王女が、父親である国王を前に頭を振った。

艶やかな黒髪が動きに合わせてさらりと流れる様は、まるでそこにだけ夜の帷が下りたように静謐さを纏っていた。

それまで手元の書簡に目を落としていた国王は、ほんのわずかに視線をあげて、彼の娘を一瞥する。

「わたくしには、お慕い申し上げている方がいるのです」

その言葉に、国王は眉間に皺を寄せて不快の情を露わにする。煩わしげに、ため息をついた。

「……誰だ。申してみよ」

「……ディアグランツ王国の」

父王の視線がひどく冷え切った、温度のないものに思えて……王女は金色の瞳をかすかに揺らす。

しかし彼女はそれ以上臆することなく、まっすぐに国王と対峙する。彼女はそれほどの覚悟を決めて、ここに来たのだ。

凛と背筋を伸ばして、はっきりとその名前を口にする。

「人望の公爵家……バートン公爵家の、次期公爵様にございます」

番外編

エリザベス・バートン被害者の会Ⅲ

近衛騎士マーティン・レンブラントの受難　―マーティン―

気配を感じて、咄嗟に腕を上げて顔を庇う。と同時に、地面を蹴って軽く跳び上がった。

瞬間、腕に小石か何かが当たったような衝撃があり、一瞬前まで自分の足があったところを足払いが過ぎた。

跳んだついでに前向きに倒れ、腕で身体を支えながら蹴りを放つ。

爪先がわずかに何かを掠めた感触があったが、「当たった」とは言いがたかった。

距離を詰められる前に腕のスプリングを使って跳ね上がり、身体の向きを元に戻しながら後ろに跳び退る。

当然相手はこちらの背後を取ろうと回りこんで来たので、振り向きざまに裏拳を放つ。

身体を反らした風の動きを感じ、そのまま回転を生かしつつしゃがみこんで今度はこちらが足元を崩すべく蹴りを繰り出した。

相手は跳び上がってそれを回避し、こちらに目掛けてドロップキックを仕掛けてきた。

わずかに上体をずらして直撃を避けつつ、空中にあるその足を引っつかみ、投げにかかる。

相手もそれを読んでいたのだろう、腹筋を使って身体を起こすと、こちらの首に絞め技をかけようと腕を伸ばしてきた。

絞め技が決まるのが早いと見て、足を解放して両腕を使った防御に移行する。

相手はひらりと身体を翻して着地をすると、軽く跳ねながら距離を取った。

「惜しかったな。あと少しで決まるかと思ったのに」

「惜しくありません。想定の範囲内でした」

「ああ、そう」

濃紺の制服を着たそいつ――エリザベス・バートンは、何が面白いのか楽しそうに笑った。

自分の主である王太子殿下から時折こいつを呼び出しに行くよう申し付けられるようになって、はや数年。最初はこちらの気配に気づくそぶりもなかったのに、今ではこうして都度気配の読みあいをして、組手をするまでがワンセットになってしまっている。

こちらが余裕でいなしていたのは初めだけで、こいつが学園に入るころには完全に押し負けるようになっていた。子どもだけあってその成長スピードは恐ろしいもので、パワーとスタミナ、そして決定的な戦闘センスは、騎士団の現役騎士と比べても一段上だろう。現に、自分の所属する近衛師団の師団長にも勝負を挑み、勝利したと聞いている。

この気配の読みあいと組手は、自分にとっても鍛錬にはなるのは確かだが……さっさと呼び出しに応じてくれた方がありがたい。

「エドワード殿下が」

「まぁ待ちたまえ。せっかちなやつだな」

言いかけた自分の言葉を遮り、彼女は言う。

「せっかくだからもう一戦、組み手でもどうだ？」

「……師団長に勝ったのだから、師団長に手合わせしてもらえばよいでしょう」

「いや、あれは完全な騙し討ちだったからね。勝ちは勝ちだけれど、実力じゃない。おまけしてもらったみたいなものだ。師団長さんから何か聞いていない？」

彼女は首を傾げるが、師団長も試合に立ち会った者も、そのことになると途端に口を閉ざすのだ。

「負けは負けだ」と、それしか言わなくなってしまう。

いったいどれほど卑怯な手を使ったらそうなるのだろう。

「やっぱり、手合わせするなら実力が拮抗している相手が良いから。君がちょうど良いんだ」

彼女の言葉に、心の中で自嘲して笑う。

実力が拮抗しているなどと、笑わせる。こちらはスピード特化型の斥候役で、力やスタミナはとっくに彼女に追い抜かれている。

本気を出せば勝敗は一瞬で決まるだろうに、彼女はわざとこちらの得意な「速さ」と「隠密行動」でのみ戦おうとしているのだ。

手加減してもらっている。非常に腹立たしいが、近頃はそう感じることが多かった。

「自分も暇ではないのですが」

思わず本音でそう言うと、彼女はぽんと手を打った。

「そうだ。昨日警邏のときにジュースをもらったんだ。冷やしてあるから一緒に飲もう」

「賄賂ですか？」

「賄賂だとも」

嫌味で聞いたのだが、彼女は堂々と頷いた。

「手合わせが嫌なら、殿下と会わなくて済むよう取り計らってくれよ。三回に一回くらいは会うからさ」

「致しかねます」

「だから賄賂を渡してるんじゃないか」

「自分にできるのは、誰かさんがドアを壊したことを黙っているくらいです」

「あれはもう時効だろう」

笑いながら、井戸から桶を引き揚げる。桶の中に、葡萄ジュースと思しき瓶が一本冷えていた。見たところ、酒ではなく本当にジュースらしい。

彼女はこちらを見上げて、悪戯小僧のように笑う。

「……子どものようなことを」

「子どもだからね」

素手で蓋を開け、彼女は瓶を差し出してきた。

断るのも大人気ないかと思い、そのまま受け取って一口飲んだ。

甘酸っぱい爽やかな風味が鼻へ抜ける。よく冷えていて、渇いた喉に染み渡った。

それを眺めていた彼女は自分の手から瓶を受け取り、そのまま口をつける。

「…………」

ごくごく喉を鳴らして瓶を傾ける彼女を呆然と見つめることしか出来なかった。

「ん？　何だ、マーティ。君、回し飲みとか気になるタイプか？」

こちらの視線に気づいたのか、彼女は怪訝そうに首を傾げる。

タイプとかの問題じゃない。

貴族は男同士だってそう回し飲みなどするものではない。男女の間ではなおさらだ。

「私は気にしないタイプなんだ。先に飲ませてやったんだからいいだろう」

彼女はへらへらと笑った。

タイプとかの問題じゃない！

これはもう、無防備とかの範疇じゃない。雑だ。粗暴だ。

「間接キスがどうとか、子どもみたいなことを言うなよ」

「子どもなのでは？」

「私はね。君は大人だろ？」

「……次は二本用意してください」

自分のため息交じりの言葉に、彼女はまた笑って適当な返事をした。

適当だし、雑だし、粗暴だ。いつもへらへらした、人を食ったような態度で余裕ぶっているところも癪に障る。三つほど年下のはずなのに、そうは思えないほど場慣れしていて、それでいて妙に子どもっぽい。

正々堂々戦っても十分強いくせに、石も投げれば足払いもし、騎士道からはかけ離れた卑怯な手段で師団長に勝ったりもする。

ジュースひとつで他人を買収しようとするし、王太子の呼び出しを何かと理由をつけて断ろうとする。澄ました顔でくだらない屁理屈を捏ねたりする。

何故こんなやつに、殿下は入れ込んでいるのだろう。

考えれば考えるほど分からない。

ため息をつくと、自分の唇から葡萄の香りがした。

彼女との手合わせがすっかり日常に溶け込んでいた、夏の日。

また王太子殿下から彼の男装令嬢の呼び出しを仰せつかったため、訓練場に向かって歩を進めていた。

目を閉じて、気配を探す。

もう何度もしてきたことだ。目当ての気配はすぐに見つかった。

相手もこちらが探っていることを察知したらしい。一瞬で気配が掻き消える。

ほどなくして、木の上から飛び掛かってきた彼女の相手をすることになった。

と言っても、最近は負け越しているのだが。

今日も、自分の負けだった。

自分に馬乗りになっていた彼女が、立ち上がって手を差し伸べてきた。その手を取って、自分も立ち上がる。

「やぁ、マーティ」

「エリザベス様」

「様も敬語もいらないって言ってるのになぁ」

背中の土を払う自分を見て、彼女は肩を竦めてわざとらしくため息をつく。

「そういうわけには」

「アイザックを見習ぇ」

「学園と王城では状況が違います」

「ふふ。君が同級生だったら友達になっていなかったかもな」

彼女は何が楽しいのか、おかしそうに笑った。

かも、ではない。仕事でなければこんなに粗暴で適当なやつに付き合っていられるか。

「勝手に友達扱いするのをやめてください」

「いいんだ、私が君を友達扱いするって決めたんだから」

偉そうに胸を張って言う。

何もよくない。何とも自分勝手な理由だ。

「エドワード殿下がお呼びです」

「見つけられなかったって言っておいてくれ」

「……エリザベス様」

「今日は殿下の相手をする気分じゃない」

ずいぶんとふざけた理由だった。気分で王太子の呼び出しを拒否できるわけがない。

本当にふざけたやつである。

注意をしようとその横顔を見て、ふと違和感が過ぎった。

適当で飄々（ひょうひょう）として、人を食ったような態度でいるそいつの表情に、わずかな翳（かげ）りが見えた気がしたのだ。

「いつも簡単に呼びつけてくれるが、私にだって都合というものがある。心の余裕がないときに殿下の相手をしていたら、グーで殴ってしまうかもしれない」

「不敬です」

「だからやってないだろ」

軽口はいつもと変わらない。殿下の呼び出しに応じるのを渋るのもいつものことだ。

だが、常に余裕ぶった態度のやつが「心の余裕がない」などというのは、やはりそぐわないように感じた。

そう思って観察していると、目を伏せるその表情も、どこか普段よりも活気がないというか、覇気がないというか……元気がないように感じられた。

「なぁ、頼むよ」

「仕事ですので」

「じゃ、こうしよう。かくれんぼだ、マーティ」

「は？」

「私が本気で隠れるから、見つけてくれ。そうしたら諦めてついていくよ。見つけられなかったら、その時は本当に『見つけられませんでした』と言えばいい」

前言撤回だ。

いつもどおりだ。いつもどおりの適当で雑な、行き当たりばったりの思いつきだ。

どうも自分の考えすぎだったらしい。心配して損をした。深読みして損をした。

だいたい、多少のことで落ち込んだりするような繊細な神経をしているとは思えない。

「遊んでいる暇は」

「いいのか？　本気で私が抵抗したらどうなるか、一度骨身に教えてやってもいいんだぞ。私も怒られるだろうが君も怒られることになる」

「…………」

とんでもない脅しをかけてきた。

こいつが本気で暴れたときのことを想像してみるが、どう考えても大惨事だった。始末書では済まない。

「はい、十数えて」

「…………はぁ。十……九……」

自分が数を数え始めると、彼女はにやりと笑って気配を消した。

◇　◇　◇

十数えた後で城中を探し回ったが、彼女を見つけることはできなかった。

おかしい。建物の内も外もくまなく探したが、どこにも気配すらも見つからない。

あいつ、いったいどこに隠れたんだ。

徐々に焦りが増してくる。

あいつが本気で気配を消したら、もう自分では見つけられないということだろうか。

いつの間に、それほど実力に差がついてしまったのだろうか。

「エリザベス様。自分の負けです。もう連れて行きませんから、出てきてください」

そう叫んでみるも、彼女が姿を現すことはなかった。

結局他にどうしようもなくなって、殿下に彼女を見つけられなかったことを報告する。

「分かった。……レンブラント卿、今日はもう帰ったほうがいい。体調が悪いのではないか？　ひどい顔色だ」

お叱りを受けて当然と思いきや、殿下は自分の顔を見て頷き、気遣わしげな言葉を投げかけただけだった。何とも情けない限りだ。

肩を落として、城の出口へ向かう。

そういえば、彼女が暮らす公爵家へはこの裏門から出るのが一番近かったはずだ。

ふと気になって、衛兵に聞いてみた。

「ああ、エリザベス様ですか？　帰られましたよ。確か……三時間前くらいですかね？」

「は？」

「え？」

思わず聞き返してしまった。

三時間前と言うと、ちょうど彼女と自分がかくれんぼを始めた時間だ。

――まさか。

「…………エリザベス様」

「やぁ、マーティ」

その日、久しぶりに気配の読み合いに勝った。

彼女が衛兵と話しているところを狙うという騎士の風上にも置けない卑怯な手だったが、もとより明確にルールを定めているわけでもない。勝ちは勝ちだ。

馬乗りになった自分を見上げ、彼女はいつもの調子でへらへら挨拶をする。

衛兵が何事かと駆け寄ってきたが、彼女が地面に転がったまま「大丈夫、じゃれてるだけだ」と告げると首を傾げながらも持ち場に戻っていった。

何が「じゃれてるだけ」だ。一体どこの誰が好き好んでお前にじゃれつくというのか。

「貴女、この前帰りましたね!?」

「帰ったとも」

思わず声を荒げると、彼女はこともなげに頷いた。

「誰も城の中に隠れるなんて言っていないだろう。家の自室で隠れていた」

絶句した。

信じられない。自分でかくれんぼと言っておきながら、そんな反則技を使うやつがあるか？

どういう神経をしているのだ。

「帰ったら怒るかなー、と思って」

「当たり前でしょう」

「うん、だと思った」

彼女の上から退くと、彼女も立ち上がって服の土を払った。

憤慨しているこちらの様子を見て、彼女はどこか満足そうに目を細める。

「実は少々気が滅入っていて。八つ当たりと言うか、憂さ晴らしでつい、からかってしまった。悪かったよ」

まったく悪いと思っていない顔だった。悪戯小僧のように、にやりと笑う。

「怒っている君の顔を見たら少し元気が出た」

「ずいぶんと、いいご趣味で」

「おや。知らなかったのか？　私は趣味も良ければ、性格も良いんだ」

うっかり本音をこぼすと、彼女は性格の悪さが滲み出ているようなにやけ面で肩を竦めた。

本当に、いい性格をしている。

人が怒っているところを見て元気を出すとか、まともな人間の思考とは思えない。

人の心がないのだろうか。

「で？　また殿下が呼んでいるって？　殿下も怒ってた？」

やれやれと面倒くさそうな様子で言われて、はたと気がついた。

今日は特に、殿下から何の指示も受けていない。それどころか、彼女の気配を掴んだ瞬間、城内巡視の持ち場を放り出してここまで来てしまった。

「……マーティ？」

「……人違いでした」

「いや、そんなわけあるか」

誤魔化そうとしたが、一蹴された。

我ながら無理があるだろうとは思った。

「暇なら手合わせに付き合いたまえ。久しぶりに負けたからね。ちょっと燃えてきたぞ」

「いえ、自分は職務中ですので」

「君、職務中に用もなく一般人に襲い掛かったのか？」

「……付き合います」

観念して答えると、彼女は「そうこなくっちゃ」とまた笑った。

◇◇◇

「レンブラント卿」

用事を済ませ、一礼して執務室を退出しようとしたとき、王太子殿下に呼び止められた。

「先日、きみによく似た人物が、城内でとあるご令嬢を押し倒しているところを見たという者がいるんだけれど。どう思う？」

一瞬何のことか分からなかったが、理解した瞬間、どっと冷や汗が噴き出した。

話が回るのが早すぎる。

いや、自分でもあれは奇行だったし愚行だったと思っている。持ち場を離れた件については反省もしている。だが、それでいうなら普段から自分よりもよほど奇行と愚行ばかりのあいつが怒られるべきだろう。

もしかして奇行と愚行が多すぎて周りが見慣れてしまっているのだろうか。だとしたら、普段は真面目に働いている自分ばかりが怒られるのは非常に割に合わない。

そもそも、殿下はあれを「ご令嬢」の範疇に入れるのか？

少々御心が広すぎるのではないだろうか。一緒にしては他のご令嬢方に失礼だ。

殿下に気づかれないようごくりと息を呑み、出来る限り平静を装って答える。

「……恐れながら、人違いかと」

「質問を変えよう」

作り物のように美しい顔で微笑みかけられた。

「リジーとはどういう関係？」

紫紺の瞳が、こちらを捉える。非常に棘のある、凍てつくような視線だった。

そっくりそのままお返ししたい。殿下の方こそ、あいつとどういったご関係なのだ。

妙にあいつを気に入っているらしいが、どういうご関係だとしても「ろくなやつではないのでやめておけ」以外にコメントのしようがない。

それこそ、「いいご趣味ですね」くらいなものだ。

貴族たるもの、感情を表に出してはいけない。冷や汗だって見えるところには浮かべないような術を身に付ける者もいるほどだ。

だが、自分はそういった腹芸が向いていないがために騎士の道を選んだ身だ。貴族の最たる者である王族相手に、誤魔化せるはずがない。

言い訳の引き出しもボキャブラリーも貧困だ。自分に勝ち目はない。

下手な言い訳や嘘は却って身の破滅を招く。自分の中の本能がそう告げていた。

結局、自分は屈した。絶対に認めたくなかったことを認める羽目になった。

それ以外にこの場を乗り切る方法が思いつかなかったのだ。

「……友人です」

「見合い」

「はい」

手合わせに付き合わされた際、うっかり週末に見合いの予定があると口を滑らせてしまった。

自分としては、彼女が興味を持つとも思わなかったのだが、彼女は何やら眉根を寄せて、自分を上から下まで眺めると、顎に手を当てて首を傾げた。

「大丈夫か、マーティ。君、ちゃんと愛想良く出来るのか？」

「貴女に心配される筋合いは」

「心配するだろう。友達なんだし、君は無愛想だし」

友達呼ばわりはもう諦めたが、愛想がないのは元からだし、それで誰かに迷惑をかけているわけでもない。放っておいてほしい。

「元より期待していません。結婚する気もありませんし、貴族のご令嬢と何を話せばいいのかも分かりません」

「君だって貴族だろ。侯爵家の次男なら、見合いと結婚は避けようがない」

「家には兄も姉も弟もいます。自分は騎士として生きると決めたので」

「そう簡単なものじゃないだろう」

諭すように言われるが、「お前が言うな」にも程がある。

婚約を解消したとはいえ、公爵家の長女であるところの彼女こそ見合いと結婚とは無縁ではいられないだろうに……よくもまぁそこまで自分を棚に上げられたものだ。

「しょうがないな。私が手ほどきしてやろう」

「はぁ？」

「簡単なモテテクを教えてやる」

にやりと笑って彼女が人差し指を立てた。なんとも性格の悪そうな顔だった。

「いいか、別に君はたいして話さなくていい。にこにこ笑って、聞かれたことには答えて、あとはお相手の話を聞いてやれ」

「はぁ」

「時々会話の一部をおうむ返ししてやればいい。そうするとお相手はそのおうむ返しされたところが気になったんだと思って詳しく話す。それを君はまたにこにこ笑って聞く。この繰り返しだ。お相手が満足するまで繰り返す。そうすると『楽しく話した』『聴いてくれた』という印象のいっちょ上がりだ」

「詐欺師の手腕ですね」

嫌味を言ってみたが、まるっとスルーされた。彼女は続ける。

「お相手が無口な場合はお相手のお父様と同じようにしろ。出来たら話題は娘さんのことがいいから、おうむ返しする場所に気を付けろ。二人きりにされたら適当ににこにこして、お父様から引き出した情報をいくつか本人に確認する。お相手が喋るようならまたにこにこして聞く。お相手が喋らなければ、適当に身につけているアクセサリーでも褒めて、あとはにこにこして見つめておけ」

にこにこしておけ、と言われても。

彼女の顔に視線を向ける。どう見ても「にやにや」という顔だが、それが分かっていても騙されてしまうご令嬢が出そうな顔つきをしている。

ご令嬢の好みそうな、人気の舞台俳優のような顔立ちだ。鼻筋が通っているし、目も切れ長だし、顎のラインもシャープだ。そりゃあその顔ならにこにこしているだけでいいだろう。

「自分はご令嬢に好かれる見た目ではありませんから」

「何言ってるんだ。君は塩顔だから化粧でどうにでも盛れるぞ。私のすっぴんと系統が同じだし」

「は⁉」

予想外の言葉に、思わず彼女の顔を凝視した。

化粧？　どう見ても、男にしか見えないのに？

「あ、貴女、化粧していたんですか⁉」

「しているよ。あれ？　結構シェーディングとか濃くしてるんだけど……気づいてなかったのか」

「そういったことには、疎いもので」

「ふぅん」

驚く自分の顔を興味深そうに眺めていた彼女が、ぽんと手を打った。

「見合いの日、化粧しに行ってやろうか」

「は？」

「お、我ながらナイスアイデアじゃないか、これ」

「ちょ」

「侯爵家、どこだっけ？　東地区だよな？　まぁ騎士団の誰かに聞けば分かるか」

彼女が立ち上がる。そして止める間も無くぽんと近くの木の枝に飛び乗った。

「じゃ、マーティ。またな！」

挨拶の言葉を残して、あっという間に姿が見えなくなる。残ったのは揺れる木の枝だけだ。

自分は皺の寄った眉間を揉み解した。

こういうとき、貴族というのは不便だ。黙っていても家の場所がバレてしまう。

騎士団の寮に住んでおけば良かったと、今更ながらに後悔した。

妙に興奮した様子の侍女に「お友達がおいでですよ」と言われて応接室に向かうと、優雅に足を組んだエリザベス・バートンが我が物顔で紅茶を飲んでいた。

まさか本当に来るとは。

ドアの陰から何人もの侍女がかじりついてその様子を覗き見、ほうっとため息をこぼしている。

「マーティン様のお友達ということは、騎士団の方かしら」

「あんなに素敵な方、いたかしら……？」

「背も高いし脚も長いわ……」

「ご案内したとき、笑顔でお礼を言ってくださったの」

「紳士的なのね」

小声で話す侍女たちにため息をつく。すぐ後ろに自分が立っているのに、気づく様子もない。たまりかねて咳払いをすると、侍女たちが蜘蛛の子を散らすように逃げていった。やれやれだ。

彼女も部屋の入り口に立った自分に気づいたようで、こちらを見ると片手を上げた。

騎士団の制服でも学園の制服でもない彼女を見るのは初めてだったが、シャツにベスト、細身のパンツというシンプルな出で立ちだ。

常に「そう」なのだな、と思った。

と言っても、女性らしい服装はまったくもって想像がつかないが。

◇◇◇

「ほら、出来たぞ」

「…………これは」

彼女の合図で、鏡に映る自分を見る。

そこにいたのは、確かに自分だが……普段の顔とはまるで違っていた。全体的に彫りが深く見える。鼻が高く見える。えらが目立たないし、目元もどことなく引き締まって見える。

……少しだけ、彼女に似ている気がした。

「まるで別人のようです」

「大げさだな」

彼女がおかしそうに笑った。

だが実際そうなのだから仕方ない。こうも変わるものだとは思わなかった。

言い方はなんだが、普段の自分よりも女性の好みそうな見た目になったことは間違いない。

「タイの色は明るい色がいい。顔が華やぐ。顔面に華が足りてないから他で補え。……かっこよくしてやってね」

化粧道具を片付けながら、彼女が侍女にウィンクを投げる。

控えていた侍女が、惚けた顔でこくこくと頷いていた。

「じゃ、私はこれで」

「本当に、このためだけに？」

ドアから出て行こうとする彼女に問いかけると、何を言うのだと言いたげな顔で首を傾げた。

「うん？　そうだけど」

「貴女になんのメリットもないでしょう」

「ちょっと面白そうだったから」

彼女は悪戯小僧のようににやりと口角を上げる。

その言葉に拍子抜けした。

てっきりまた、殿下の呼び出しを断る手伝いをさせられるのかと思っていたのに。

「頑張れよ、マーティ。こっから先は君にかかってるんだからな」

「…………ふ」

年下のくせに、まるで言い聞かせるように言うものだから、思わず笑ってしまった。

本当に、何をするのか分からない奴だ。

「そうですね」

「……珍しいこともあるもんだ」

相槌をうつと、彼女が目を丸くしてこちらを凝視していた。

何かと思った瞬間、彼女が両手で自分の頬をぎゅっと押さえるように包む。

「その顔をキープしろ、ほら！　今の位置、表情筋！」

「は？　え？」

「あーあ、もう崩れた。全然ダメだ。根性と筋肉が足りてないいんじゃないのか」

「はぁ」

彼女は自分の頬を掴んでいた手を離すと、呆れたように首を振る。何がなんだか分からない。

「無愛想なクール系で行くのもいいが、そういう系の方が顔で判断されやすいからなぁ。愛想良くするに越したことはないいんだけど……今日の君なら及第点か……？」

「愛想良くは、無理です」

「まぁ、なるようにしかならないな」

彼女はいつもの適当さを発揮して笑うと、拳をこちらに突き出した。

「健闘を祈る」

誰がやるか、と思ったが、今日は一応世話になった身だ。

やれやれとため息をついてから、自分も拳を握って彼女のそれにぶつけた。

彼女が嵐のように帰っていった直後、応接室に姉が飛び込んできた。

「ね、姉さん？」

「さっきの方は⁉」

「帰ったけど」

「ええ⁉　馬鹿マーティ、何で引き留めといてくれないのよ！」

いきなり馬鹿呼ばわりされた。

姉さんはいつもいきなりだし、とにかく気が強い。だから行き遅れているのだと父さんが嘆いていたのを思い出した。

何故自分があいつを引き留めておかなくてはいけないのか。だいたい姉さんは彼女と面識はないはずだが。

「お話したかったのに！　ねぇ、あんたの友達なのよね⁉　どこのお家の人？　恋人は？」

「え？　は？」

「さっき化粧道具借りにきたのよ！　あたしより背が高くて、ゴリマッチョじゃない男なんてあまりいないじゃない⁉　ていうか顔すっごいカッコいいし！　もうこれを逃す手はないわ！」

紹介して！　とうるさい姉を「これから見合いだから」と言って何とか宥め、大急ぎで準備を整えて馬車に乗る。

どう説明しても面倒な事態になる気がして、頭を抱えた。

一刻も早く騎士団の寮に引っ越すべきかもしれない。

◇　◇　◇

見合い相手の反応は上々だったらしい。

また会いたいとの申し入れが父にあったそうだ。二回会ったとなれば、もうその話はほとんど決まったも同然だ。

お相手のご令嬢は、物静かな方だった。伯爵家の次女で、家督を継ぐという重責のない者同士、思ったよりも気楽な関係となりそうだ。

あまり会話がなかったが、お父上の話に少し頬を赤らめたり、小さく微笑んだりしている姿は非常に愛らしく、自分も良い印象を持っている。

背が低く、楚々とした仕草も嫋(たお)やかで、顔つきもどちらかというと幼く見える女性だった。

自分にはもったいないほどのお相手が、こちらに好印象を持ってくれているらしいのは、なんとも意外なことだ。

しかし、どうにも「結婚」というものが自分ごとではないように思えてしまう。

剣の道だけに生きてきた。それ以外のものを、他人の人生を背負うということがどういうことなのか、いまいちよく分からない。こんなに実感も覚悟もないままに結婚するというのは、いささか無責任が過ぎるのではないだろうか。

このような心持ちで結婚するのは、お相手にとっても自分にとっても良いことではないだろう。

話を受けていいものかどうか、悩んでいた。

◇◇◇

「よっ、マーティ！　見合い、どうだった？」

殿下の指示を受けて王城を出ると、探しに行くまでもなく向こうからやってきた。

気配の読み合いをすっ飛ばして声をかけてきたあたり、彼女も相当結果が気になっているらしい。

いつもへらへらとしているが、今日はやけに機嫌が良い。これは完全に、面白がっている。

「エドワード殿下がお呼びです」

「うん、それは分かったから。そうじゃなくて」

「貴女が殿下と話された後でお伝えします」

「なるほど。交換条件だな？」

自分の言葉に、彼女は素直に頷いた。

「やむを得まい。先に殿下の用件をさっさと済ませよう。ほら、行くぞマーティ」

普段の渋々っぷりが嘘のように、驚くほどあっさりついてきた。何なら自分を先導する勢いだ。

いつもこうならいいのに、と思う半面、いつもこいつを面白がらせるような話題を提供するのは御免だと思った。

すたすたと自分の斜め前を歩いていくその背中を眺める。

まだ返事をしていないと言ったら、やいのやいのと騒がれそうだ。何と言ったらいいものか。

◇◇◇

「マーティ！　終わったぞ」

「早すぎませんか」

「適当にはいはい言って出てきた」

「不敬な」

「あまりに私が素直だから、殿下も驚いていたよ」

胸を張って言うことではない。

「それで、話の続きは？」

「……レンブラント卿？」

執務室の扉が開く。

中から殿下が顔を出した。

慌てて膝をつき、頭を垂れる。

城内で、かつ人目がある場所だからか、彼女も騎士の礼を執った。適当にはいはい言って出てきた人間の所作とは思えない、美しい礼だった。

殿下の許可を受けて、立ち上がる。

彼はにこりと微笑んでいたが、その瞳は冷淡な輝きを宿していた。

もしやろうと思えば、一言で自分の首を飛ばせるお人だ。思わず背筋が伸びる。

「驚いた。友人だとは聞いていたけれど、随分仲が良いようだね」

「…………いえ。それなりです」

「それなりって何だ、それなりって」

横から茶々を入れられるが、無視する。

「リジー。きみも、年上相手に随分砕けた様子じゃないか」

「はぁ。何と言いますか、彼はあまり年上という感じがしませんので」

どういう意味だ。

少なくともお前のような悪戯小僧よりは、よほど大人である。

「それで？　話の続きが何だって？」

「え？」

「私の話を急いで終わらせて、何の話をするつもりだったの？」

「…………」

「…………」

思わず彼女を睨むと、すーっと視線を逸らされた。

観念して、自分で切り出すことにする。

「自分の、見合いの話です」

「見合い？　ああ、侯爵からも聞いたよ。確か……伯爵家のご令嬢だったか」

思わず舌を巻いた。もう殿下のところまで話が回っているのか。

途端に「結婚」というものが実感を持って襲いかかってくる。その責任が恐ろしくなった。

「私は彼の見合いを応援していまして。結果を聞きたいとせがんでいた次第です」

「なるほど。そういうことなら、私からも口添えしよう。きみが所帯を持ってくれたら私も安心だからね。いろいろと」

二人して勝手なことを言いやがる。

彼女が自分の見合いを応援していると知った途端、手のひら返してやさしげに振る舞ってくる殿下を見て、恋とは人を狂わせるのだなと感じた。

いつも冷静で穏やかな殿下とは思えない、刺々しさに溢れる口ぶりだった。

主に「いろいろと」の部分に、まさにいろいろな感情がこもっているのを感じる。

薄々気づいてはいたが、自分の主がとんでもないやつに引っかかっているのを目の当たりにして、また頭痛がしてきた。世の中にはもっとまともなご令嬢がごまんといるし、殿下であればよりどりみどりのはずなのに、どうしてよりによってそいつなのだろう。

このまま見合いの件が進んでいくと、本気で逃げられなくなる。

王太子殿下のお口添えなどあった日には、確実に結婚しなければならなくなる。

しかし自分にはやはり――その覚悟はなかった。

「それには、及びません」

やっとのことで、声を絞り出す。

「今回の件は、お断りすることになるかと思いますので」

「……どうして？」

再び、殿下の視線が冷たいものに変わった。

背中を冷や汗が伝う。

だが、腹を括るしかない。もうここまできたら自棄っぱちだ。持っているカードを切るほかないのだ。たとえそれが、ジョーカーだとしても。

「自分は、胸の豊かな女性が好みですので」

殿下と彼女がぽかんとした顔で自分を見る。

本来女性に聞かせるような話ではない。だが、ここで彼女を女性扱いすることは、殿下の逆鱗に触れるような気がして出来なかった。

嘘をつくような器用な真似もできない。自分の性的嗜好に則り、最低限の誤魔化しで済ませたつもりだ。

お相手のご令嬢が、大人しく慎ましやかな……胸部をしていたことは事実である。

「……レンブラント卿」

「は」

「きみに所帯は、まだ早いのかもしれない」

「ぷっ」

殿下が呆れた様子で言うと、隣で噴き出す声がする。ちらりと横目に見れば、彼女はけらけら声を上げて笑い転げていた。

「ははは！　正直者だな、君は！　最低だ！」

こちらからしても、これでウケるご令嬢は嫌すぎる。最低なのはお互い様だ。

「マジな話をすると、胸は育つぞ。他が好みなら育ててみてもいいんじゃないか？」

訂正する。お前のほうが最低だ。

「リジー」

「おっと。すみません。殿下の前で下品な話を」

「誰の前でもそんな話をしないで」

「善処します」

殿下の氷のような冷え冷えとした視線を受けながらも、彼女は飄々と肩を竦めている。心臓に毛が生えているんじゃないだろうか。

とりあえず王太子殿下の敵意が逸れたことに息をつく。何とかこの場をしのぐことが出来た……はずだ。

殿下の指摘の通り、自分にはまだ結婚は早い。

かのバートン伯は二つ年上だが、まだ婚約者もいなかったはず。公爵家の跡取りですらそうなのだから、次男の自分はもう少しぷらぷらしていても許されるだろう。

願わくば、一生考えなくて済むとよいのだが。

◇　◇　◇

「だからさ、そこで言ったわけだよ。お兄様みたいな人がいいって」

「はぁ」

騎士団の正装を貸してやった礼に食事を奢ると言われてついていけば、その正装を身に着けて出席したダンスパーティーで何やらひと悶着ふた悶着あったらしく、彼女に愚痴を聞かされていた。

学園のダンスパーティーで着たいからと頼まれて貸し出したのだが……汚すなよとは思ったものの、それ以外にたいして疑問を持たなかった自分に後から気づいた。完全に毒されている。

「そしたらみんなドン引きで。いや、私だって分かってはいるんだ、もうちょっと何かこう、あるだろうと」

「…………」

話しながら、彼女がサラダを取り分ける。それは別にいいのだが。

「こちらの皿にピーマンを寄せないでください」

「最初からそうだったよ」

「なぜすぐにバレる嘘を」

「しょうがないだろ。嫌いなんだ」

しょうがなくない。

百歩譲ってお前が残すのはいい。なぜ自分が片付けてやらなくてはならないのか。

「苦いじゃないか」

「子どものようなことを」

「子どもだからね」

ふんと鼻を鳴らして、顔を背ける。そういうところが子どもだ。

「で、だ。模範回答を考えたんだ。次にそれを聞かれた時に、うまく返せるように」

「はぁ」

「『私のことを好きになってくれる人、かな』」

思わず口に含んでいたワインを噴き出した。

「うわ、やめろよ君、汚いな」

お前のせいだろうが。

盛大に咽せてしまった。

どう考えても振った女と自分に好意を向けている相手を前にして言っていい台詞ではない。

ブラコンの方が百倍マシだ。火に油を注いで何がしたい。

ただの女にモテる自慢かと思って聞いていたが——こちらは見合いだ結婚だと現実を突きつけられてげっそりしているのに、学生というのは良いご身分だ、と思っていた——着地点がおかしい。

だいたい、あんな美少女を振るとは何を考えているのだろう。

いや、以前東の国の騒動の時にちらりと見ただけで、顔もはっきりとは覚えていないし……思い出そうとするとどうにも頭の中にもやがかかったような心地がして、何故自分がこいつに担がれて騎士団本部に戻る羽目になったのかもはっきりと思い出せないのだが。

どうにもこいつは人の心の機微というものが分かっていない。あんなに分かりやすい殿下を前にしても、好意を向けられているとは気づいていないようなのだ。

その上、何をしたら相手が怒るか分からないのか、平気で他人の神経を逆撫でしていく。

……たまに分かってやっている時もあるので、非常にたちが悪い。

「そういう君はどうなんだ。巨乳好きのマーティン・レンブラント卿」

「その呼び方はやめてください」

「実際好みのタイプを聞かれたらどうするんだ？　まさか例のやつをそのまま言ったりしないだろ」

「それは、……」

言われて、考えてみる。そもそも、好みのタイプを聞かれたことがあまりなかった。

騎士団の中の下世話な話であれば「例のやつ」で十分だが、女性の目もあるような場所で答えられるものと思うと途端に答えに窮してしまう。

「ほらな、意外と難しいんだよ」

「……冷めますよ」

「あ、露骨に話逸らした」

「早く食べてください」

「むぐ」

口に切り分けたチキンを突っ込んでやった。

彼女は目を丸くして、突っ込まれたチキンを大人しく咀嚼する。

いい気味だ。普段からそうやって黙っていればいいものを。

彼女は口の中のものを嚥下すると、ぽんと手を打った。

「なるほど。君もこっちが一口欲しいんだな」

「は？」

「はい」

目の前にフォークに刺さったエビが差し出された。

彼女が選んだランチメニューの具材の一つだ。

「何を、」

「何って、交換だろ？」

不思議そうに首を傾げられた。

そう言われて、自分が何をしたか気づいた。気づいてしまった。

うっかり弟や親戚の子どもにするようなことをしてしまったが、恋人同士でもあるまいし、いい年をした男女間で行われるべきことではない。

まずい。殿下に知られでもしたら首が飛ぶ。

「……マーティ？」

そしてこいつも、おそらく兄や弟で慣れているのだろう。疑問を持っていないようだった。

傍目に見たらどう思われるかと一瞬肝が冷えたが、どう見ても男同士にしか見えないことを思い出した。なら、いいか。

いや、別の問題があるような気はするが……恋人だなんだと騒ぎ立てられるよりマシだろう。

ただでさえ、最近見合い見合いで疲れている。恋愛やら結婚やらの面倒事はもうこりごりだ。

「なんだ、いらないのか？」

「……いただきます」

逡巡したあと、彼女の差し出したエビを口に含む。

ここで断るのも、何だかこちらばかりが意識しているような気がして癪だったのだ。

オリーブオイルとニンニクの風味がふわりと広がった。昼間っからニンニク入りの物を食べるな。

つくづく常識というものを知らないやつである。

機嫌良く食事を再開した彼女を見て、ふとその口に運ばれるフォークに目が行った。

……いや、自分は。間接キスとか、そんなことを気にするほど、子どもではない。

そう考えて、そもそもそれが彼女の言い分だったことを思い出した。

まずい。毒されている。あんなトンデモ人間の言うことを真に受けてはいけない。

自分も食事を再開しようと、握ったフォークに視線を落とす。

ダメだ。気にしたら負けだ。

さっと視線を上げた先、目の前に座っている相手の、薄い唇に目が行った。

………いや。

ない。それは、ない。

「どうした？　巨乳好きのマーティン・レンブラント卿」

「……そうです。自分は巨乳好きの、マーティン・レンブラントです」

「自分で言うなよ、ウケる」

けらけら笑う彼女に、自分は一段とげっそりしてため息をついた。

食事をしながら、彼女が雑談を再開する。

「第四師団、人が足りてないみたいで……この前深夜シフトに連続で駆り出されてさ。おかげで次の日学園で眠いこと眠いこと」

「どこも人手不足ですね」

「近衛師団もそうなのか？」

「うちは優先して人員が回されるので、それほどは」

「いいよなぁ。まぁ近衛と十三は別格なんだろうけど……騎士団に人回すには訓練場で騎士目指すやつ増やさないとって思うとマッチポンプ感がすごい」

「皿に髪が入りますよ」

机に顎を載せて文句を垂れている彼女の髪を払ってやった。

瞬間、違和感が触覚を伝って脳に届く。

少し触れただけで分かるほど、髪が柔らかかったのだ。自分のものとはまったく違う。

そう、まるで——女の髪のようだった。

彼女が頭を起こして、頬杖をつく。そしてにっと白い歯を見せて、照れくさそうに笑った。

「サンキュ」

咄嗟に机の下で自分の太腿にフォークを突き刺した。

今、ものすごく不本意な何かが脳裏を過った気がする。

具体的に何かと言われると言語化できないししたくもないが、それが一瞬でも頭に浮かんだことがものすごく、癪に障るような「何か」だ。

何を考えているのだ、自分は。

相手は性別こそ……女だが、見た目も所作も完全に男だ。

適当だし、雑だし、粗暴だ。いつもへらへらした、人を食ったような態度で余裕ぶっているところも癪に障る。三つほど年下のはずなのに、そうは思えないほど場慣れしていて、それでいて妙に子どもっぽい。

ジュースひとつで人を買収しようとしたり、かくれんぼだと言って途中で帰ったり。

珍しく落ち込んでいたかと思えば、人を怒らせてストレス発散したり。

会うたび気配の読み合いを仕掛けてきたり、暇だろうと手合わせを申し込んできたり。

無愛想な自分をまるで気にする風でもなく、騎士団や家族の話をしてきたり、自分もつい、つられて話をしたり。

そんなやつだ。ろくでもないところのほうが多いやつだ。

勝手に友達呼ばわりしてくるし、勝手に人の見合いを応援したりする。

食事を奢ってくれとか、二人で出かけようとか誘ってきたりする。

そして年相応の顔で、笑ったりする。

もう食べ終わってしまったらしく——食べるのが早い。もっと味わって食え——手持ち無沙汰な様子でぼんやりこちらを眺めていた彼女と、目が合った。

何故か視線が逸らせなくて、しばしその顔を見つめてしまう。

「ん？　どした？」

首を傾げる彼女から視線を剥がすと、掻き込むように食事を再開した。

世界で一番大切な、かわいい妹　―お兄様―

「エド、少し休憩にしよう。お茶の準備が出来たって」

「……ああ、そうしよう」

声をかけると、エドワードが手元の書類を机に置いて立ち上がった。

二人でテーブルを囲み、侍女の淹れてくれた紅茶に口を付ける。

さすがは王城の侍女だけあって、関係者の好みがきちんと共有されているのだろう。僕のものはいつも砂糖入りだ。

香りも良く、口の中に広がる風味と甘さに、思わずほっと息がこぼれた。

秋らしい季節の果物を使ったフルーツケーキも、豊かなバターの香りがして勝手に頬が緩んでしまう。甘いものって、幸せの味がするよね。

舌鼓を打っていると、じっと僕の顔を見ていたエドワードが何やら深刻そうに切り出した。

「きみの妹、きみのことが好きすぎるんじゃないかと思うんだけれど」

「え？」

「本当に、ただの兄妹？」

「仲が良い兄妹だよ」

怪訝そうに聞かれても、僕は苦笑することしか出来ない。

ただの兄妹じゃなかったら、何だというのだろう。

しばらく僕の顔を眺めていた彼は、やがてふうとため息をついて、拗ねたように言う。

「この前、どんな人が好みか聞いたら『お兄様みたいなひと』って。さすがに十七にもなって……ちょっと仲が良すぎるんじゃない？」

「ふふ。リジー、そんなこと言ってたんだ」

自分では仲の良い兄妹だとは思っているけれど、妹もそう思っているのだという話を人づてに聞くと、何だか少し照れくさい。

ふと、小さい頃の妹を思い出した。

「懐かしいな。昔は『お兄様と結婚する』って言ってたっけ」

「きみの、妹が？」

「リジーにだって小さい頃があったんだよ？　こんな小さくて、いつも僕の後ろをついてきて。大きくなって変わった部分もあるけど、僕にとってはずっと、ちっちゃな可愛いリジーのままだよ」

手元のフルーツケーキに視線を落とす。

おいしいお菓子を食べたとき、思い浮かぶのはいつも妹と弟の顔だ。それは何年経っても、変わらない。

「エドだってそうでしょう？　弟は、いつまで経っても弟、だよね？」

「……愚弟は……ちょっと大きくなりすぎかな」

「でも、可愛いでしょ？」

「……ノーコメント」

視線を逸らすエドワードを見て、ふっと噴き出した。

彼もいろいろと小言を言いながら弟を可愛がっていることを、僕は知っている。

昔はあまり仲が良くなかったけれど……最近はそれなりに兄弟らしく過ごしているらしい。

この前なんて、執務中にいきなりロベルト殿下が飛び込んできたこともあった。

迷惑そうにしながらも、結局相手をしてあげていたっけ。

ロベルト殿下も大きくなられたな、と思う。

それこそ、妹と婚約したばかりの彼からしてみれば、想像がつかないくらいに大きく……強くなられた。それは僕の妹も同じだけれど。あんなに格好良くなるなんて、思いもしなかった。

「そういえば、リジーは小さい頃からあまり泣かない子だったかも。あと、ピーマンが苦手なところは変わらないんだ」

「ピーマン？」

「うん。あれ、いつだったかな。朝食のオムレツに、刻んだピーマンが入っていたことがあって。それでショックを受けたリジーが倒れちゃったんだ。もう屋敷中大騒ぎだったよ。あれから、十年くらいになるのかなぁ。時間が経つのは早いね」

「……きみから話を聞くたび、本当に同一人物の話をしているのか疑わしくなってくるよ」

「あの子、人前だとがんばりすぎちゃうところがあるから。ちょっと、格好付けたがりというか」

僕の前に座る、この国の王太子に目を向ける。

「そういうところは、エド。君と似ているかもね」

彼は一瞬きょとんと目を見開いて、そして苦笑いしながら答えた。

「きみとは似ていないな」

「ふふ。よく言われる」

いつからだろう。休憩のときに、妹の話題が多くなったのは。

取り留めのない話でも、彼が屈託なく笑ったり、驚いたり、不機嫌になったり。そんな表情をするようになったのは。

いつも完璧な王太子を演じている彼が解けていったのは。

きっと僕に心を許したことだけが理由では、ないのだろう。

妹に思いを馳せる。ロベルト殿下と婚約を解消して、まだ一年も経っていない。

表向きの理由はいろいろ取り繕ってあるけれど、実際のところは「うちの娘に王子妃は荷が勝ちすぎる」とお父様が判断して、王家側もそれを受け入れたということである。

仮にエドワードがそれを望んだとして、その判断がすぐに覆るとは思えない。特に、王家側を説得するのは難しいだろう。

兄としては、そして彼の友人としては、彼になら妹を任せられるかもしれない、と思うのだけれど……やっぱり一番は、リジーの気持ちかな。

肝心の妹は、どうにもその気がなさそうだ。エドワードに対しても、他の誰かに対しても。

だったら僕は、妹の味方をしなくちゃね。

友人の味方をしたい気持ちも、弟の味方をしたい気持ちもあるので、困ってしまうけれど。

そこまで考えて、ふと妹の顔が浮かんだ。

「私の心配より、ご自分の心配をなさってください」……とか、また言われてしまいそうだ。

「バートン伯!!」

王城で用事を済ませて廊下を歩いていると、どこからともなく僕を呼ぶ声がする。

きょろきょろ周りを見回すと、ロベルト殿下が猛然とした勢いでこちらに走ってくるのが見えた。

中庭を突っ切り、窓から廊下へ飛び込んできた彼は、いきなり僕に頭を下げた。

「弟子にしてください！」

「で、弟子？」

弟子？　弟子って、あの……剣術とか、料理人とかの、弟子？

思いも寄らない言葉に、咄嗟にどう返してよいものか分からない。

少し考えてみてもロベルト殿下が何故僕に弟子入りするのか分からなかったので、本人に聞いてみることにする。

「えーと。ろ、ロベルト殿下？」

「は！」

「何の弟子ですか？」

「分かりませんが、とにかく弟子です！」

「……えーと」

どうしよう。本人にも分からないのであれば、僕にも分かるはずがない。

はっと気がついた。王族に頭を下げさせているかのようなこの状況は、あまりよくない。見た人がびっくりしてしまう。

「とりあえず、顔を上げてください」

「弟子にしてくださるということでしょうか！」

「まず、話し合いましょう」

僕の必死の説得に、ロベルト殿下はしぶしぶといった様子ではあるけれど、顔を上げてくれた。

きちんと立っているところを近くで見ると、非常に背が高い。

かなり見下ろされる格好になっているはずなのに、彼の瞳があまりにきらきら輝いているので、逆に見上げられているような気分になった。

「どうして、僕の弟子に？」

「俺の尊敬する人が……いえ。俺の好きな人が、貴方のような方が好みだと仰って」

うん？

あれ。気のせいかな？

ついこの前、そんな話を聞いたような。

「ですから、ぜひともバートン伯の立ち居振る舞いを参考にさせていただきたく、お願いに馳せ参じた次第です！」

「あの……ロベルト殿下？」

「俺のことは呼び捨てで構いません！」

「ええと。王族相手に、そういうわけには」

「兄上のことはそう呼ばれていると聞きました」

確かにそうなのだけれど。そう言われてみると、何だか不公平なことをしている気もしてくる。区別というか、差別というか。そういうのは、あまり良くないよね。

「隊長も俺のことは呼び捨てですし」

「隊長？」

「妹君のことです！」

混乱してきた。

妹は訓練場で教官をやっているし、ロベルト殿下はその門下生だと聞いていた。

クリストファーから、何故か訓練場だとリジーが謎のあだ名で呼ばれているらしいとも聞いたことがある。

それが、「隊長」ということなのだろうか。

でも隊長って、何の隊長なんだろう。騎士団だったら、「団長」じゃないのかな。

「立ち居振舞いと言われても。僕には何のことだか、よく」

「見て盗みますので！　俺のことは護衛だとでも思ってください！」

「第二王子を護衛扱いだなんて、とんでもない！」

ひっくり返ってしまうかと思った。

気取ったところのない人だと思っていたけれど、まさか自分を護衛だなんて言い出すとは思っていなかった。

ロベルト殿下のことを話すときの、エドワードの様子を思い出す。いつも眉間に皺を寄せていた気がする。照れ隠しだと思っていたけれど……ロベルト殿下も、もしかしたらなかなかの、やんちゃさんなのかもしれない。

「こう見えて、腕は立つほうです。バートン伯と己の身を守るには足ると思います」

「そういうことでは」

「お願いします！　俺、隊長に相応しい男になりたいんです！」

勢い込んで、僕の両手を握るロベルト殿下。

隊長と言うのは、ええと、僕の妹のことで、つまり、彼は……いや、彼も？

でも、確か二人の婚約解消は、ロベルト殿下も望んだことだったはずで……だから、そんなはずは、ないと思うんだけど。

だけど、僕の手を掴んでぶんぶん振っている彼の眩い瞳を見ていると、そうとしか思えなくて。

……リジー。もしかして僕の知らないところで、とんでもないことになっていたり……しないよね？　僕の、思い過ごしだよね？

僕がおろおろしていると、ロベルト殿下の護衛が駆けつけてきて、こちらに平謝りしながら殿下を回収していった。

嵐のようだった。ロベルト殿下が僕を呼ぶ声が、遠くに聞こえる。

何だかちょっと胃が痛い気がしてきた。今夜の食事はおかわりを控えよう、とお腹を押さえてため息をつく。

「アイザックくん」

「……バートン伯？」

王立図書館で妹の友人の姿を見つけて、僕は思わず声をかけてしまった。

名前を口にしてから気づく。いけない、ちょっと馴れ馴れしかったかもしれない。

彼は気難しいところがあると、リジーが言っていた。

「あ。ご、ごめん。妹がいつも名前で呼ぶものだから、移っちゃったみたいだ」

「いえ。構いません」

アイザックくんが特に気にしていない様子で返答してくれた。

リジーから「愛想がない」と聞いていたけれど、そういった感じはしない。突然呼び止めた僕にもきちんと対応してくれる、真面目そうな男の子だ。

次期宰相として見込まれている彼は、父親である現宰相の補佐として会議や社交の場にも時折顔を出しているので、お互い面識はある。

だけれど、立ち話をするような仲ではない。そんな彼をわざわざ呼び止めたのは、妹のことが聞きたかったからだ。

どうもロベルト殿下からも並々ならぬ気持ちを向けられているらしい妹のことが気になってしまって、学園での様子を聞いてみたくなったのだ。

エドワードも同じ学園にいるわけで、ぎすぎすしていたらと思うと不安が募るばかりだ。

「領地からの贈り物、いつもありがとう。僕はすっかりあのジャムの虜なんだ」

「喜んでいただけているようで、幸甚です」

その味を思い出しただけで、顔中に微笑みが広がるのを感じた。特に苺のジャムが僕の一番のお気に入りだ。毎日でも食べたいくらい。

「妹のことも。仲良くしてくれてありがとう。君には助けてもらってばかりだと聞いているよ」

「バートンが？」

「うん。君がいなかったらやっていけない、って」

「……そうですか」

「それでね、学園での妹の様子なんだけれど……」

本題を切り出そうと思ったところで、ふと彼の表情が目に入った。思わず息を呑む。

彼はひどく嬉しそうな、愛おしいものを思い浮かべるような、花が綻ぶような笑顔をしていたのだ。

普段、父親の付き添いをしているときの彼からは想像もつかない顔だ。

その瞬間、僕はすべてを理解した。いや、理解してしまった。

予想外の事態に、呆然としてしまう。

「バートン伯？」

不思議そうな顔でアイザックくんが首を傾げた。

いけない、ついぽかんとしてしまった。

どうやらアイザックくんは、自分がどんな顔をしてリジーのことを思い浮かべていたのか、自覚がないらしい。

「あ、ううん。えーと。妹は学園で、ちゃんとやっているかなって。聞いてみたかったんだ」

「そう、ですね」

彼が一瞬言い淀んだ。

「元気に過ごしています」

「…………」

言い淀んだうえに「きちんとやっている」という返事が返ってこないあたり、ちょっと妹のことが心配になってしまった。

僕が妹の学園での素行に思いを馳せていると、今度はアイザックくんが僕に問いかけてきた。

「バートン伯。突然ですが……今度夕食にご招待しても？」

「え？　うん、それは、喜んで」

夕食と言われて、ほとんど反射的に頷いてしまった。

妹の友達で、次期宰相がほぼ内定している彼と交友を深めることは良いことだと思うし……ほかのお屋敷のごはんって、気になるよね。

「僕も、彼女の家での様子を聞いてみたい」

アイザックくんが微笑む。また、ひどくやさしい顔をしていた。

リジー、彼と仲が良いと言っていたはずだけど……この顔で見つめられて、何も気づいていないのかな。

気づいていて好意を利用するような子ではないと思うし、何か困っているなら相談してくれるんじゃないかとは、思うけれど……うーん。

「それから、貴方の話も」

「僕？」

「いつも耳にタコが出来るくらい、聞かされていますので。素敵な『お兄様』だと」

「そ、そうなの？　えへへ……照れるな」

エドワードの言う通り、リジーは友達に僕のことをずいぶん良く話してくれているらしい。

期せずして嬉しくなってしまう。

「ぜひ、参考にさせていただきたい」

その言葉に、ふっと先日のロベルト殿下を思い出した。

彼も「参考にさせていただきたい」とか言っていた気がする。だとすると、やっぱり彼も……？

アイザックくんを見る。妹のことを好きでいてくれているらしい彼に、ロベルト殿下もそうなのか、なんて、僕には聞けそうにない。

リジー。いったい何をどうしたら、こういう事態になるの？

お兄様は君のことが心配です。

◇◇◇

「リジーが、僕みたいな人が好きって言ったんだって？」

「そうなんです」

クリストファーとお茶をしているとき、最近いろいろな人が振り回されているらしい妹の発言について確認してみることにした。やっぱり彼も知っているようだ。

リジーのいないときに二人でお茶会をしたことを知ったらリジーは拗ねてしまいそうだけれど……こういうときでないと聞けないので、仕方ない。

目の前に座った彼は瞳を伏せ、やれやれとため息をつく。

「兄上みたい、だなんて。無理に決まっています」

「そうかな？」

「そうですよ！」

頬を膨らませるクリストファー。

子リスのようでとても可愛らしいその仕草に、思わず緩みそうになる口元を必死で引き結んだ。

いけない、いけない。笑ったらダメだよね。

「兄上のそのやさしさも、正直さも、誠実さも、思いやりも。心からのものです。だからこそ価値があるんです。真似しようと思っても、出来るものじゃない。真似だけしたって、出来上がるのは紛い物です」

「う－ん。僕は、そんなたいそうなものじゃないと思うんだけど」

照れくさくなって、結局笑ってしまった。弟も妹も、ちょっと僕のことを持ち上げすぎだと思うんだけど……もし二人がそう思ってくれているなら、こんなに嬉しいことはない。

拗ねたような表情の弟を見つめる。

僕は彼にも、もちろんリジーにも幸せになってほしい。

二人にとっての幸せが何なのかは、きっと二人自身にしか分からないことだけれど……僕はそれぞれにとっての幸せを、応援できる兄でいたい。

だから、弟の味方ばかりは出来ないけれど……少し手助けをするくらいは、いいよね。

お砂糖の沈んだティーカップを、ティースプーンでくるりと混ぜる。

「リジーはきっと、『大切にしてくれる人』って言いたかっただけなんだと思うよ」

「え？」

「それをうまく言葉に出来なかったんじゃないかな？　だから身近にいる僕のことを持ち出したんだ。だって僕は、あの子のことを世界で一番大切な、かわいい妹だと思っているから」

妹の顔を思い浮かべる。

いくつになっても、どんなに格好良くなっても、どれだけ強くなっても。あの子は僕の妹だ。

だから僕はあの子に「大切だよ」と伝えてきたし、これからもずっと「大切だよ」と伝え続ける。

「僕が誰かと比べて、リジーにとって特別だって言うなら……それぐらいしか思いつかないよ。それだけは、僕が誇りと自信を持って、言えることだから」

こちらをじっと見上げる弟の頭を、そっと撫でた。

ふわふわのストロベリーブロンドに、僕の指が沈む。

「もちろん、君だってそうだよ、クリストファー。君は僕の、世界で一番大切な、かわいい弟だ」

「兄上……」

「だから応援してあげたい気持ちもあるけど……僕は、リジーの兄でもあるから」

「いえ、その気持ちだけで。これはぼくが頑張るべきことだと、思うので」

僕の言葉に、クリストファーが微笑んだ。

こちらを見上げる瞳に、意志のこもった光が見えた気がした。

本当に、いつの間にか大きくなってしまうなぁ、と思った。

嬉しいような、少し寂しいような。不思議な気持ちになってしまう。

ロベルト殿下やアイザックくんのことは、僕は何も知らなかったし……どうして相談してくれなかったのかな、と思うと、やっぱりちょっと寂しさが勝ってしまった。

リジーが相談してくれなかったのは、たぶん……気づいていないからだろうな、というのはここまでのみんなの反応から薄々察したけれど。

「ただ、兄上がもし『この人と結婚したら？』とか言おうものなら、姉上は瞬く間にその人と結婚してしまいそうなので……そこだけ気をつけていただければ」

「さすがに、そんなことは」

とりあえず擁護してみたものの、クリストファーはゆるゆると力なく首を振った。

その表情から、僕の知らないところでもいろいろと問題が起きているらしいことを悟る。

「姉上の兄上への信頼を甘く見てはいけません。『お兄様が言うなら』と言っている姿が目に浮かぶようです」

どこか遠い目をして切実そうに語るクリストファー。

僕にはあまり思い浮かばなかったけれど、彼の脳裏にはその様子がまざまざと映し出されているようだった。

どちらかというと僕や両親の言うことをあまり聞かない印象のある妹だけれど――どれだけ危ないことをしないで、と言っても聞いてもらえないので困っているくらいだ。もし聞いてくれていたなら、たぶん羆と戦ったりしないと思う――クリストファーの印象はそうではないみたいだ。

「姉上、自分の興味のないことに関してはものすごく、その」

「あー……うん、そうだね」

クリストファーが言いにくそうに口ごもる。リジーには悪いけれど、納得してしまった。

時々妙に思い切りがいいというか……ロベルト殿下への贈り物とかもそうだったなぁと思い出した。「何でもいい」「任せるよ」ばかりだとお母様と侍女長がぷりぷりしていたっけ。

……さすがに、自分の結婚には興味を持ってほしいのだけれど、何だったら僕の結婚のほうを心配してくれているくらいだ。

　今度リジーに「自分の心配をなさってください」と言われたら、「君もだよ」と言ってみようと思う。

「お兄様」

　ある日屋敷の中を歩いていると、リジーに呼び止められた。

　廊下の端にいた彼女は、長いコンパスであっという間に僕の前まで来ると、にこりと微笑む。

「今度、友人を紹介したいのですが……お時間をいただけますか？」

「友人？」

　その言葉に、つい聞き返してしまった。最近妹の友人とよく会っているので、そのうちの誰だろうと思ったのだ。

　紹介、なんてわざわざ言うくらいだから……もしかして？

「えーと。クラスメイトで、何度か家にも呼んでいるのですが。ぜひともお兄様にお会いしたいと」

「ああ、リリアさん、だっけ」

　思い当たった彼女の「友人」に、ぽんと手を打った。

　よかった。妹に幸せになってほしい気持ちはあるけれど、まだちょっと結婚は早いよね。

　妹弟離れをしていない僕にはまだ、結婚式に出席する覚悟までは出来ていなかった。

「侍女長やクリストファーから聞いてるよ。仲良しなんだよね？　ふふ。紹介してくれるなんて嬉しいな。僕もいつ会えるんだろうって思っていたんだ」

「それで、ですね」

リジーは素早く周囲を窺うと、そっと声を潜めて僕に耳打ちした。

「彼女はその。少々特殊で。目からこう、光線が出るんです」

「光線？」

「それを直視すると、最悪目が焼けます」

「目が⁉」

ぎょっとして彼女を見る。

リジーは眉間に皺を寄せた難しい顔をして、神妙そうに頷いた。

「そんな人間はいないと思うんだけど……え？　いない、よね？」

「そのぐらい、可愛いんです」

ものすごく深刻なことのように言われてしまった。

予想外のことが多すぎて、僕は目を白黒させることしかできない。

「一目見た瞬間にお兄様の頭の中でウェディングベルが鳴ってしまったらどうしようかと」

「えーと。リジーの同級生でしょう？　五つも年下だし、学生相手にはさすがにないと思うよ」

「お兄様のことは信頼していますが。ちょっと人智を超えた可愛さなので」

「人智を……？」

可愛さが人智を超える、という意味がちょっと僕にはよく分からないけれど……とにかくすごく可愛い、ということなのだろうか。

「しかも、ちょっと変わっているので。いえ、良い子なんですけど。良い子ではあるんですけれど。友達ぐらいがちょうど良いというか。私にはお兄様の恋愛に口を出す権利はありませんが、それでもあれが義姉はちょっと、勘弁してほしいと言いますか」

「と、友達、なんだよね？」

「はい」

思わず聞き返した僕に、リジーは当たり前でしょうと言わんばかりに頷いた。

僕の頭の中はとっくに？マークだらけなのだが、リジーはさらに言葉を重ねる。

「あと、彼女は男性が苦手なので。妙なことになって驚かせたくないんです」

「そっちを先に言ってほしかったかな」

本当にそっちを先に言ってほしかった。つまり、「怖がらせるといけないので、可愛いからといってあまり構いすぎないで」ということらしい。

一時期クリストファーは「姉上には友達がいないんじゃないか」と心配していたけれど……こうして妹がたくさんの友達に愛されていることを実感すると、嬉しくなってしまう。

「ふふ。最近はリジーの友達に会う機会が多くて嬉しいな」

「え？」

「この前、アイザックくんのお家で食事をご馳走になったんだ。王城でもよくロベルト殿下とお話するようになったし」

「……それは……どういった経緯で……？」

怪訝そうな顔で首を傾げるリジー。

説明をしようとして、言葉に詰まる。

しまった。経緯を説明すると、彼らがリジーに向ける気持ちについても話さなくてはいけなくなってしまう。こういうことを当人以外がバラしてしまうのは、きっとよくないはずだ。

「もしかして……私がお兄様を素敵だと言ったから……？」

「え？」

僕がもごもご口ごもっていると、リジーがぼそりと呟いた。思わず視線を向ける。

あれ？　気づいていないと思ったのは、もしかして僕の勘違い？

でも、気づいているならどうして……？

「お兄様」

「うん？」

リジーが僕の肩に手を置いた。彼女は射抜かれてしまいそうなくらい真摯な眼差しで、こちらを見つめている。

「私はお兄様には非常に感謝しています。尊敬しています。私がこうして恙無く暮らせているのは、性別という枠組みに囚われず、今の私を妹として受け入れてくれたお兄様の存在あればこそです。お兄様がずっと私の味方でいてくれたからこそです。私はお兄様の妹に生まれてよかったと、心から思っております」

「え？　え？　何、急にどうしたの？」

「ですから、万が一、お兄様がそちらの道に歩まれたとして。他の誰が反対しても、私は、私だけはお兄様の味方でいるつもりです。お兄様が愛した相手だというなら、私は二人の仲を応援するつもりです。……その、つもりなのですが。先に一つだけ、申し上げます。前言を撤回するようで非常に女々しくて恐縮なのですが」

　くっと苦々しげに顔を歪めるリジー。

　僕の肩を握る彼女の手に、力が入った。痛い、痛い。

「その中だったらリリアが一番マシです!!」

「リジー!?　さっきから何の話!?」

　珍しく大きな声を出した妹に、つられて僕も叫んでしまった。

　いつもいつも、リジーは僕の予想にないことばかりするのでびっくりしてしまう。

　きっと何年兄をやっていても、慣れることはないんだろうな、と思った。

「……すみません。取り乱しました」

「えーと、それはいいんだけど」

　リジーは咳払いをすると、とてもやさしく愛おしげな視線を僕に向けた。

　そして「すべて分かっていますよ」という顔でゆっくりと頷く。

　僕は知っている。この顔の時のリジーは、何も分かっていない時が多いということを。

「大丈夫です。もう受け入れる準備はできましたので」

「リジー？　あのね？」

「何かあればいつでもご相談ください。私はいつでも、どんな時も。お兄様の味方です」

「え？　あ、ありがとう。それはすごく嬉しいんだけど」

さっきからやたらと嬉しいことを言ってくれるリジー。

だけど、何かが噛み合っていない気がする。

このままだと僕の結婚がますます遠ざかりそうな勘違いが発生している気がする。

「では私はこれで」

また長い脚で颯爽と歩いて去っていく彼女を、僕は慌てて追いかけた。

「待って待って待って！　何か誤解があるよね!?　ちょっと！」

特別書き下ろし

エリザベス・バートンの一日

冬になって、日が昇るのが遅くなってきた。朝四時では外はまだ真っ暗だ。

この時間に起き出す私のために、すでに侍女長か執事見習いが暖炉に火を入れてくれてはいるが……屋敷全体がまだ暖まり切っていない。床に足をつけると、ひやりと冷たさが脳天まで突き抜けた。

一瞬布団に戻って二度寝をしようという考えが脳裏を過ぎったが、何とか捩じ伏せる。

ガウンを引っ掛けて、水で顔を洗う。さっと髪を梳かして寝ぐせを誤魔化してから、運動着に着替えた。さすがに半袖半ズボンとはいかないが、走っているうち暑くなるのでこの季節にしては薄着だろう。

エントランスに出ると、侍女が花瓶の花を交換していた。朝早くから精が出ることだ。やあやあおはようと挨拶をして、扉を開けて外へ出る。吹き込んだ突風が前髪をすべて後ろへ攫っていった。

鼻先が一気に冷たくなる。

冬は走っていると鼻や耳が冷たくなるのが難点だ。耳当てでも導入しようかと思ったが、あれは見た目が悪いので結局二の足を踏んでいる。

その場で軽くトントンとジャンプする。手首足首を回して、肩を回して。

軽く地面を蹴って、駆け出した。

冷え冷えとした空気を裂くようにして、走る。段々と白んでいく空を見ながら、暗い道を踏みしめる。遠くに見える街の家々には、すでに明かりが灯り始めていた。

しんと静まり返った中に、私の足音と呼吸だけが満ちている。まっさらな生まれたばかりの朝日を独り占めしているようで、気分がいい。今日は学園は休みだが、補習がある。午前中で解散になる予定だし、帰りにどこか寄ってもいいかもしれない。

そういえば先日、第四師団の詰所にアイザックに借りたノートを忘れてきたのだった。提出期限が迫っていた気がするし、ついでに寄って回収していくか。


補習が終わった後、時間も昼食時にかかるくらいで済んだので、さっさと詰所に寄ってノートの回収に向かうことにする。

街を歩いていると、いつも声を掛けてくれる女の子たちを発見した。彼女たちも私に気がついて、あれっと目を丸くする。大きく手を振るので寄っていくと、興味津々といった様子で取り囲まれた。

「あれぇ、騎士様、何そのカッコ～」

「学園帰りなんだ」

そう返事をすると、ますます女の子たちの目が丸くなる。

思わずのけぞってしまいそうになるほどの大声があたりに響き渡った。

「えー!?」

「うそ、騎士様、年下だったの!?」

そのあともきゃあきゃあと姦しく騒いでいるのを眺めて、同じ女の子でもこのあたりはやはり貴族のご令嬢とは違うのだなぁと理解り(わか)を得た。どちらかというと前世の女子高生のような反応だ。

ピークが収まるまで微笑ましく見守った後で、軽く冗談めかして言う。

「年下は対象外？」

「そんなことないけど、え～、意外！」

「制服もかっこいい～!!」

「はは、ありがとう」

口々に褒めそやしてくれるのをありがたく受け取りながら、軽薄なウィンクを返す。また巻き起こる黄色い歓声に気分を良くしながら、別れの挨拶を済ませて足取りも軽く詰所へと向かった。

詰所のドアをくぐると、こちらを振り向いた先輩が「おー」と手を上げた。

奥には師団長と副師団長もいて、何やら書類を覗き込んでいる。

「どうしたんだ、今日お前シフトないだろ？」

「忘れ物を取りに」

目礼ののち、詰所のテーブルに視線を向ける。

目当てのものはきちんと記憶の通りの場所に置いてあった。よかった。無くしたりしたらアイザックに怒られるからな。

ノートを手に取った私を見て、先輩がにやにやと揶揄うように唇を歪めた。

「お前、ちゃんと進級できんのか～？」

「ははは」

「笑って誤魔化すなよ……」

「公爵家のお嬢さんが成績不良で留年とか、笑いごとになんねぇぞ」

先輩が呆れた顔でため息をつく。それを見ていた副師団長が歩いてきて、お小言をくれながら書類の束で私の頭を軽く小突いた。

私の進級はアイザックにかかっているので、私ではなく彼に言ってほしいものだ。

ノートを鞄にしまったところで、先輩が思いついたように口を開く。

「飯まだ？　たまには先輩が奢ってやってもいいぜ」

「ではお言葉に甘えて」

「俺も行こう」

副師団長もコート掛けから外套を手に取った。財布の中身を確認した先輩が、一人机に残っている師団長に呼びかける。

「師団長どうします～？」

「僕はね～……じゃーん！　愛妻弁当～！」

「あーはいはい」

「ごちそうさまでーす」

いつもの愛妻自慢をみんなで聞き流して、詰所を後にした。

歩きながら何となく視線を感じると思ったら、先輩が私の顔をじっと見つめていた。

「何か？」

「お前、まだ学生ってなーんか違和感あるよな」

「そうですか？」

何せ十二かそこらの時にはすでに高校生くらいに見られていた。背格好もあっただろうが、年上に見られやすいのは間違いないだろう。

先輩はどちらかというと年下に見られる方だろうな、と思う。見た目というより言動の適当さと、頼りなさが。

それを口に出そうかどうしようかと考えていると、副師団長の大きな手がばしんと私の背中を叩いた。

「問題ねぇよ、すぐに年齢が追いつくさ」

「副師団長が言うと説得力ある～」

「そんで追いついてからは若く見られるから安心しろ」

「副師団長が言うと説得力ねぇ～、いだっ⁉」

「俺はいいんだよ、俺は」

副師団長が先輩を剣の柄で小突きながら吐き捨てるように言うものだから、思わず笑ってしまった。

副師団長は立っているだけで子どもを泣かせかねない強面の持ち主だ。たっぷりと蓄えられた髭も相まって、とてもではないが若く見える風貌ではない。

よく言えば威厳がある、悪く言えば老け顔。若く見られたい派が多い女性とは違い、貴族の男性では若く見えるよりも威厳があるように見られる方が羨ましいという意見が多数派だろう。

「きしさま～！」

歩いていると、遠くから子どもの声がした。

振り向くと、女の子がこちらに駆け寄ってくるのが見える。

私に飛びついてきたその軽い身体を抱きとめて、その場でくるりと一回転した。

見覚えのある髪飾りをした女の子の名前を呼んで、挨拶をする。

「やぁ、レイ。久しぶりだね」

迷子になっていたのを助けてやってから、私に懐いてくれている女の子——レイはぱっと顔を輝かせると、後ろから駆け寄ってきた母親と思しき女性を振り返り、どこか自慢げに言う。

「ほら、騎士様だって言ったでしょ？」

「すみません、この子ったら」

謝る女性を手で制する。女の子に抱き着かれたくらいで困るようなやわな鍛え方はしていない。

レイをそっと地面に降ろしてやると、彼女は私の袖を握って不思議そうにこちらを覗き込んだ。

「ねー、どうしていつもとお洋服、違うのー？」

「今日は学園の帰りなんだ」

「がくえん？」

「えーと、貴族の子どもがみんなで、勉強するところ、かな」

この世界の庶民の子どもが学校についてどの程度の知識があるのか分からず、とりあえず言葉を選んでそれらしいことを伝えてみる。

するとレイはただでさえまん丸の目をさらに見開いて、きらきらと瞳を輝かせた。

「すごーい、騎士様かっこいい～!!」

「はは、ありがとう」

「いいな～、レイも早く大きくなって、学園行きたいな～」

そう言いながら、私の腕を握ってぶんぶんと振るレイ。

反応に困って、レイの母親に視線を向ける。彼女も眉を下げて、どこか悲しげに微笑んでいた。

レイは庶民だ。私と同じような学園に通うことは、きっとないのだろう。

大人たちの考えていることなどつゆ知らず、レイは無邪気ににっこりと笑う。

「そしたら、ずっと騎士様と一緒だもんね」

「レイちゃん、だめだよ、こんな悪い男に引っかかっちゃ」

空気を読んでいるのかいないのか、それまで黙っていた先輩が口を挟んできた。

レイはきょとんとした顔で先輩を見上げる。先輩は怖い話をして子どもを脅かすときのように、両手をわきわきと動かしながら言う。

「いろんな女の子にちょっかい掛けてるんだから。苦労するよ～?」

子どもに何を教えているんだろう、この人は。

周りの大人はみんな苦笑いだが、レイは一人にんまりと唇で弧を描くと、私の腰に抱き着いてきた。

「え～?　でも、レイが一番だもんね?」

「うん?」

「大きくなったらレイ、騎士様のお嫁さんになるって約束したもん！」

していない。

多分、していない。

「大きくなったら結婚する」と言ってもらえて浮かれたことは覚えているが、何と返事をしたのかまでは覚えていない。

だが、私ともあろうものが不要な責任を背負い込むような台詞を言うとは思えなかった。

今回ももちろん、曖昧に微笑んで誤魔化させていただこう。

「ほら、お母さんが待ってるよ」

「やだ、騎士様と一緒が良い」

「おや。レイはまだまだ甘えん坊だね」

レイの両手を握って、腰から離させる。そしてしゃがみこんで視線を合わせると、その銀色の瞳を覗き込んだ。

「これでは大人のレディになるのは当分先になりそうだ」

「え？」

「私は素敵なレディになった君に、早く会いたいんだけどな」

ウィンクを放つと、ぱちぱちと瞬きをしていたレイの頬がぽっと赤く染まった。

昔は私のウィンクには興味がなさそうだったのに、大きくなったものだなぁとしみじみする。

「れ、レイ、いい子にできるよ！」

「そう？」

「うん！　またね、騎士様！」

さらさらの黒髪を軽く撫でてやると、レイは嬉しそうにはにかんでお母さんのもとへ戻っていった。こちらに礼をして立ち去るお母さんとレイを、手を振って見送る。

私たちの様子をじとりとした湿度の高い目で見ていた先輩と副師団長が、ぼそりと言う。

「初恋泥棒」

「師団長に絶対詰所に娘連れて来るなって言っとかねぇとな」

「ただのレディファーストですよ」

やれやれと肩を竦めてみせると、先輩が「やだやだ」と舌を出した。

「女の前で態度変わりすぎだろ。あーあ、何で女の子ってこんなのがいいんだろうなぁ」

「先輩も真似してくださって構いませんよ。それでモテるかは知りませんけど」

「腹立つなお前ほんと」

「おいバートン。その辺にしてやれ、可哀想だろ」

「副師団長までそういうこと言う！」

先輩がその場で地団駄を踏んだ。私も副師団長も事実を言っただけなので、それで怒られては困ってしまう。

ゲームの背景で見たことのある食堂の看板を発見したので、ぶつぶつ言っている先輩の肩を叩いて注意を引く。

「あ、先輩。私あれがいいです、昼食」

「この状況でよくまだ奢ってもらう気でいるよな、お前……」

「ごちそうさまです」

「ごちそうさん」

「なんで副師団長まで～!!」

◇◇◇

「ただいま」

「おかえりなさいませ」

帰宅すると、侍女長が迎えてくれた。

鞄とコートを預かりながら、彼女がてきぱきと私に問いかける。

「お食事は」

「済ませてきた」

「お夕食はどうなさいますか？」

「家で食べるよ」

「この後はお出かけなさいますか？」

「ランニング以外はないかな」

本来貴族ともなればその日の予定は使用人が把握しているものだろうが、私の場合事前に決まっていない予定でふらっと出かけることもある。

「せめてきちんと行き先をおっしゃってください」と怒られたので――私としては言ったつもりだったのだが、「ちょっと出てくる」は「きちんと」に含まれないらしい――、もういっそ向こうから都度聞いてもらうことにしたのだ。今ではすっかりルーチン化している。

自室に戻って、制服から動きやすい普段着に着替えた。といっても、貴族らしくどれも上等なものではあるのだが。

時刻は昼の三時を回ったところだ。他に予定もなく時間があったので、厩に行って執事見習いにお嬢さんを連れてきてもらう。

庭の一角を陣取って、お嬢さんにブラシをかけてやることにした。

もちろん厩務員がいつも丁寧に面倒を見てくれているが、乗せてもらうのは私だ。たまには手ずから労をねぎらってやろう。

「今日も綺麗だね」

ぽんぽんと顔を叩いてやると、青毛の馬は「当然だろう」とでも言いたげに、満足そうに鼻を鳴らした。

毛の硬いブラシで、まずは汚れ落としとマッサージを兼ねて身体を擦る。

一応蹄の裏もチェックするが、今日は走っていないので綺麗なものだった。

その後、毛の柔らかいブラシで毛並みに沿って梳いていく。丁寧にブラシをかけてやると、毛艶が一段とよくなった。

つやつやの身体にもたれかかると、心臓の音が聞こえてくる。

自分ではない生き物の鼓動というのは、どうしてこんなにも落ち着くのだろうか。

私が物心ついたころからこの家にいたというし、お嬢さんももういい年だ。

未だに彼女以外に私を乗せてくれる馬には出会えていない。このままだと最終手段は「羆に乗る」になってしまう。それが許されるのは金太郎だけだ。

首のあたりを叩いてやりながら、彼女に寄り添って声を掛けた。

「長生きしてね」

お嬢さんは嬉しそうにふるると鳴いた。


お嬢さんを厩舎に返した後で、日課のトレーニングを開始する。

まずは軽いストレッチ。そのあとボックスジャンプ、ブルガリアンスクワット。

庭の剪定用具を置いている東屋からバーベルを取り出してきて、バーベルカール、ベントオーバーローイング、デッドリフト、バーベルスクワット、ダンベルクランチ。

普段のメニューを終えて、バーベルを片付ける。

その後はバーベルの代わりに出してきた木刀で、素振りを行う。この間庭木の剪定はあらかた済ませてしまったので、今日は特に切るものもない。

姿勢と太刀筋を意識しながら、真っ直ぐに剣を振るう。

そこにあるのが何であっても……そして振るっているのが木刀であっても。目の前にある物を真っ二つにすることをイメージして、剣を振り続けた。

素振りは精神統一にちょうどいい。何も考えず、効率的に身体を使うことだけに集中できる。熱中しているうちに、あっという間に日が暮れ始めた。冬の夜は早い。

クールダウンがてら軽く走って終わりにするか。

木刀を片付けて、ランニングを開始する。走るのは朝と同じコースだ。正確に測ったことはないが、十キロくらいだろうか。十五キロはないと思う。それを三十分程度かけて一定のペースを保って走るのがルーチンワークだった。

街の向こうに沈もうとする夕陽を眺める。この季節はランニングにはちょうどいい。夏のように汗だくにはならないし、火照った身体にひやりとした風が心地いい。

もちろん身体を冷やしすぎてはいけないので、ランニングが終わった後にはしっかり汗を拭くなど注意は必要だが……夏場は日差しも強いし、暑かった日などは走るのが少々億劫になることもある。それがないだけでも儲けものだ。

こういう時、前世のことが少し羨ましくなる。夜でも街灯が点いている環境ならば、夏場は日が暮れて涼しくなってから走ることが出来るのに。

前世に思いを馳せながら、屋敷に戻ってきた。私が戻ったのを見て、執事見習いがタオルを持ってきてくれる。

しっかりと汗を拭いて、ストレッチで体をクールダウンする。

夕食までまだ時間がありそうだったので、そのままバスルームに直行してシャワーを浴びた。使用人たちが事前に湯を準備してくれているおかげで、いつでも熱いシャワーが浴びられる。このあたりは乙女ゲーム万歳、貴族万歳だ。詳しい仕組みは知らんけど。

メイクを落として、髪を洗って、身体を流して。さっぱりしたところで切り上げて、髪を拭きながらバスルームを後にする。

化粧水、美容液、乳液の順に肌に浸透させ、保湿する。やはりスキンケアをきちんとしておかないと、翌日の化粧ノリに関わるからな。思ったよりもシャワーをゆっくり浴びてしまったために夕食の時間が迫っていたので、ストレッチとボディケアは最低限にして、ダイニングに向かう。

今日は両親もお兄様も出払っているので、クリストファーと二人だけだ。最近お兄様は領地に王城にと何かと忙しく動き回っているので、一緒に夕食を取れないことも多い。

他愛のない話をしながら食卓を囲む。夜は基本的に炭水化物を制限しているので、私の食事は野菜とタンパク質中心だ。いつも我儘を聞いてくれる料理長のおかげで私の肉体美が守られていると言っても過言ではない。

クリストファーと食後のお茶を楽しんだ後、自室に戻る。

後回しにしていたボディケアを再開する。やはり身綺麗な方が女の子ウケがいいし、何より仕上がった自分の身体をゆっくり確認する作業は楽しいものだ。痛めた場所がないか、疲労がたまっている場所はないかを確認することもできる。馬のブラッシングと同じだろう。

食後から三十分は経っていることを確認して、就寝前のストレッチを行った。運動する前は動的ストレッチが多いが、このタイミングでは静的ストレッチを行う。身体を柔らかくしておくと関節の可動域が広がるし、怪我の防止につながるので、一石二鳥だ。

よく手合わせの相手をしてくれる近衛の騎士は、やたらと身体が柔らかい。彼は騎士より忍者が向いているのではと思うくらいだ。

当たったと思ったものを躱されたり、逆にこちらが躱したと思ったところをさらに深く打ち込んできたりと、柔軟さのメリットを日々目の当たりにしているのだ。取り入れない手はない。

ストレッチを終えて、瞑想を行うことにした。瞑想と言っても要はイメージトレーニングだ。具体的な戦闘を思い浮かべて、身体をどう動かすかをイメージする。

そうして思考と身体を一体化させる。頭で考えるより先に体が動くくらいに、定着させていく。

今日は誰と戦ってみようかと頭の中で仮想敵を思い浮かべる。気分は格ゲーのキャラクター選択だ。いろいろと腹が立つことが多いのでヨウを敵にしてもいいのだが……あいつそんなに強くないんだよなぁ。

瞑想を終えて、寝間着に着替えた。そのままベッドに潜り込む。靴下を履いていると眠れない質なので、靴下は脱いで枕元に置いておいた。

最近少々寝つきが悪い。というより、眠った後にふと目が覚めることがある。今日は安らかに眠れるといいのだが。

そう思いながら、瞼を下ろす。

おやすみ三秒だ。

あとがき

別れというものは必ず訪れるもので、避けようがないと分かっていてもやっぱりさみしいなぁと思ってしまいます。

終わらないと思っていたものだっていつかは終わりが来るし、気持ちの整理ができていなくてもさよならをしなくてはならない日が来ます。

自分がいざその「さよなら」をする立場になったら、ということを思うと、毎日を後悔なく過ごしていきたいなと思う次第です。

それは、せっかくなら「楽しかったな！」という思い出としてしまっておきたいからです。せっかくの大事な大事な思い出を、「あの時ああしていれば」「何でこんなことになっちゃったんだろう」「何がダメだったのかな」とか、後悔まみれのものにはしたくないと思うからです。そのためにいつも、「これが最後になっても後悔しないか」を考えながら、選択をしています。

何故突然こんなことを書いているのかと言いますと、最近たまたまそんな感じのことを考える機会があったからという理由だけではなくて、ちょっとした言い訳をさせていただきたいからです。

実は二巻の原稿を作っているときに、編集部の方から「次巻へ続く、引きになるような形で終わるのはどうか」というご提案をいただいたのですが、その時にはまだ三巻が出せるかは売れ行き次第、という状態でした。

そこで岡崎はどうしたかというと、「それはいやです」と大人げなく我儘を言いました。だって最後になるかもしれないのです。それなのに「次巻に続く！」はあんまりだと思ったのです。

我儘に寄り添ってくださる優しい編集部の方々のおかげで、最終的には皆様のお手元にある形で（お手元にない方はこの機会に是非！）二巻をお届けすることができました。

岡崎の我儘で次回予告でピクトグラムのすがたになってしまった彼には気の毒なことをしたなぁと思いつつ、その分この巻ではたっぷり出番を用意しましたよ、という、言い訳のお話でした。


気の毒さを吹き飛ばすくらい素晴らしいビジュアルをヨウに与えてくださった早瀬ジュン先生、コミカライズでキャラクターに新しい世界を与えてくださっているぐっちぇ先生、瑛来イチ先生、我儘な岡崎を見捨てずにいてくださる編集部の皆様、そして三巻までついてきてくださった読者の皆様には、本当に感謝の念に堪えません。「モブどれ」は皆様のやさしさで成り立っております。


さて、ここで本編を読まれてからこのあとがきをご覧になっている方は、「あれ？」と思われたかもしれません。勘の良い方はきっともうお気づきですね。

いつか「さよなら」を言う日が来るからこそ、「またお会いしましょう」と言える幸せを噛み締めて、今日はこのあたりで。

巻末おまけ

コミカライズ第三話試し読み

漫画　ぐっちぇ
原作　岡崎マサムネ
構成　瑛来イチ
キャラクター原案　早瀬ジュン

エリザベス・バートン12才
身長も伸び 髪も刈り上げ
男装に磨きがかかる
ある日――

第3話

エリザベス様

こちら
グリードと申しまして
私と同じく騎士団候補生の
訓練場の者にございます

見学を
希望しておりますが
よろしいでしょうか

ただ立っている
だけだが隙がない
この男 強い
…どうぞ
構いません
じ…
それにあの
値踏みするような
視線…
かなりの腕前のようだが…
何が目的だ？
一本！
リジーの勝ち！
ペパ
ザッ
エリザベス様
もう私から
お教えすることは
ございません
・・・・・・
少なくとも
あなたはもう
教わる側ではなく
教える側として十分な
実力を身につけたと
いうことです
破門ですか？
違います

では
師範代として認められた…ということでしょうか？
そうなります
なるほど今日の模擬戦は試験であの男は立会人だったのか…！
どうりで探るような目で見てたワケだ…！
だが突然師範代と言われても正直実感がない
私が試合をしたことがあるのはお兄様と教官だけだし…
実戦不足だもっと稽古に身を入れねば…
…ですので
グッ
私はこのあたりでお暇を頂戴いたします
え？
待ってください
私に教えることはなくてもお兄様は…
バートン伯ももう17才
学園の最終学年には剣術の授業はありませんので稽古は不要です

バートン伯…
昨年伯爵を継いだ
お兄様は
学園卒業後に数年間
伯爵として実績を
積んだのち
公爵家当主の座を
継ぐ予定だ
もう剣術の稽古は
必要ないのに
付き合ってくれていたお兄様に
これ以上無理は言えない

では
クリストファーは
クリストファー様は
まだ基礎の段階なので
別の者が適任でしょう
しかし…
私の稽古は
どうすれば…!?
私にはまだ
十分な強さが
ありません

ご令嬢としては
十分すぎる強さが
おありです
私が求めているのは
その程度の強さでは
ありません!!
存じております
ちら
ですので

本日は彼を連れて参りました
ドーモ
……！
ザッ
今まで完全に気配が消えていた…!?
さっきまで刺すような視線でこちらを見ていたのに
王都には騎士団候補生の訓練場がふたつありますが　彼は西の訓練場の教官です
こいつがいるのは東の訓練場なんだが　そっちのほうが身分の高いご令息が多くてな
教官職も東(そっち)ばかりが人気で西(こっち)はいつも人手不足なんだ
そ・こ・で
にやっ

師範代に
なったことだし
うちで
働いてみないか？
お嬢様

――それは

これ以上ないほど
適した提案だった

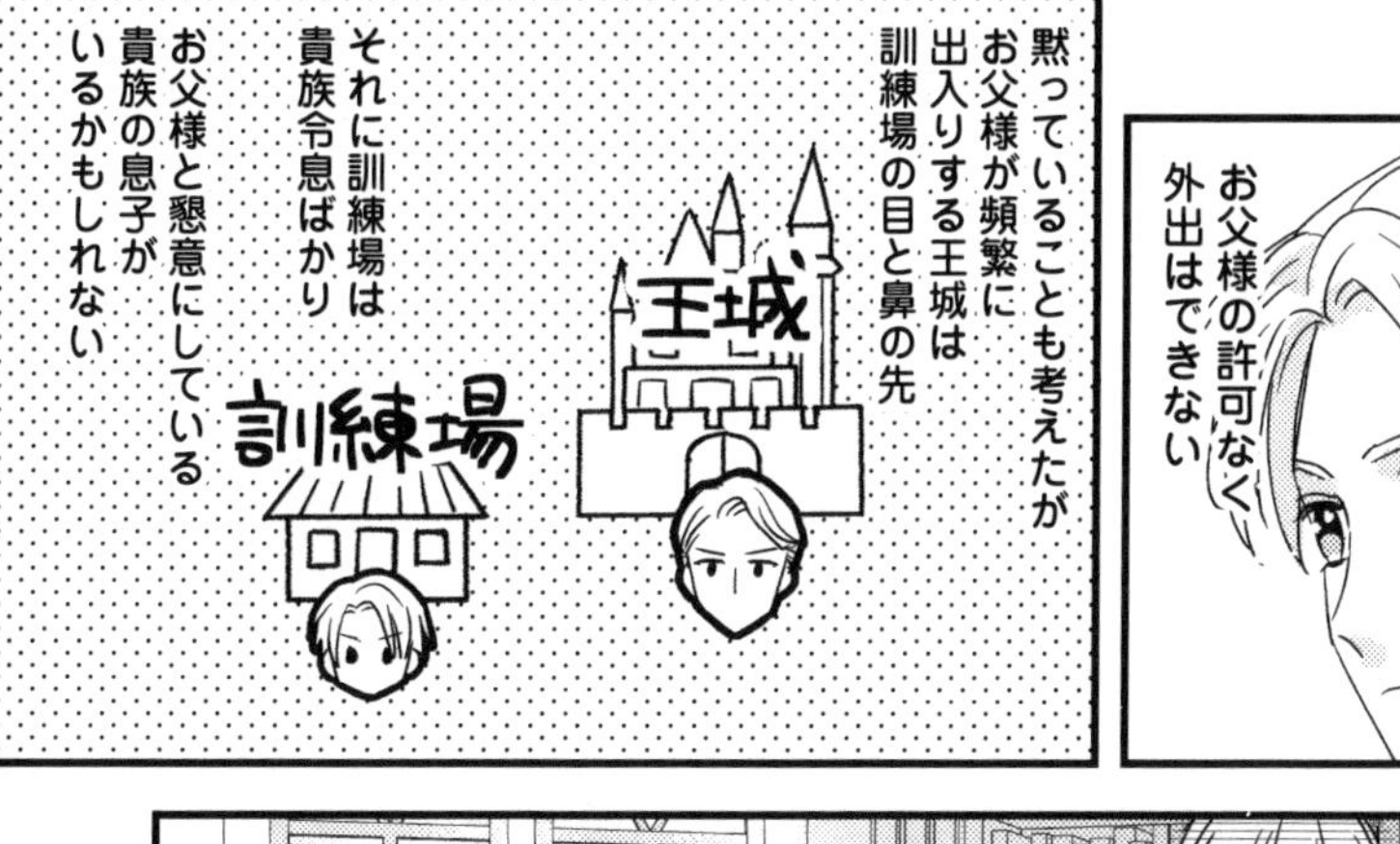

お兄様と一緒に
クリストファーも
頼んでくれたのが
効いたのだと思う

めったに願いごとを
口にしない彼が
頼むものだから
お父様も驚いていた

あとちょっと
泣いていた

我ながらいい兄弟に
恵まれたものだ

――まぁ

私が訓練場に通えないと

家で一緒に厳しい稽古を受ける羽目になるからかもしれないが!

フッ

私は新しく入った候補生たちを担当することになった

候補生のものとは色が違うから家では着替えられないな

この世界には「聖女の祈り」というやつ以外に魔法は存在しないが

乙女ゲームの世界なので登場人物はみんな清潔

シャワールームもあるのか…

その辺りはなんかいい感じになっている

トイレも水洗

なかなか似合っているのでは？
やはり制服マジックは侮れない
着ただけで2割増しくらいイケメンに見える…！
攻略対象たるものやはり高身長は必須
今の身長は170センチ手前だが
濃い色のセットアップとブーツの縦長効果で実際よりもっと背が高く見える
特注で作らせたシークレットブーツだから
身につければ教官たちとも目線の高さも一緒だ
コンコン
準備はいいかいお嬢様

ガチャ
コッ コッ
騎士という要素を
取り入れるため
ここまで来たが
ここではみんなが騎士
騎士キャラだけでは
弱いな
没個性だ…
やはりもう一味くらい
捻り(ひね)が欲しい…
なんだ
緊張してんのか？
ペこっ
ばしん
大丈夫！
子犬のしつけ
みてぇなもんだ

…人に教えるのは
初めてですが
やってみます

この世界でも
体育座りなのか
ヒソ
ヒソ
ヒソ
ヒソ

貴族令息といえど
思ったよりずっと
子どもっぽい連中だな
全員腕が細っこいし
膝小僧なんか
ちゅるんちゅるん
じゃないか

そして
顔がいい
さすが
乙女ゲームの世界
攻略対象たちは
この激戦を勝ち抜いた
選りすぐりの顔面
そりゃあ
顔がいいはずだ

私は背は高めだが
体つきは他の教官のような
ゴリマッチョではなく
引き締まった細マッチョ
見た目でナメられる
可能性はある
真面目に話を
聞かない者が出るのは
想定内
すぅ
こういうのは
初めが肝心
そのだらしがない
口を閉じろ
蛆虫ども！
!?
ピッコマにて先行配信中！
コロナEXにて順次配信！
コミックス1巻はコチラ！
続きはWEB&コミックスにてお楽しみください！

大切なお兄様が隣国へ婿入り⁉

激怒したエリザベスは……

このお話、（私がお兄様になりかわって）破談にさせて頂きます！

エリ様何言ってるんですか⁉

次期バートン公爵様をお慕いしております。
「超絶女たらし」設定で、
王女様の好感度下げに奔走!?
NOVEL
モブ同然の悪役令嬢は
男装して
攻略対象の座を狙う4
著 岡崎マサムネ イラスト 早瀬ジュン
2024年春発売予定!

モブ同然の悪役令嬢は男装して攻略対象の座を狙う3

2023年8月1日　第1刷発行

著　者　岡崎マサムネ

発行者　本田武市

発行所　TOブックス
〒150-0002
東京都渋谷区渋谷三丁目1番1号　PMO渋谷Ⅱ　11階
TEL 0120-933-772（営業フリーダイヤル）
FAX 050-3156-0508

印刷・製本　中央精版印刷株式会社

ISBN978-4-86699-889-3